ATCLIFF

Buch:

Als der Schriftsteller und Journalist Luc Dubois in einem Hotel im Schwarzwald eine alte Bekannte wiedererkennt, würde er am liebsten wieder abreisen. Vor zwanzig Jahren, während der Sommerferien in einem kleinen französischen Dorf, war Isabelle das Kindermädchen seiner Tochter Anouk. Und damals verschwand die kleine Anouk spurlos. Luc hat sich nach der Tragödie in einem neuen Leben eingerichtet und will nicht an die Vergangenheit erinnert werden. Aber die Tischgespräche mit Isabelle drehen sich alle um das mutmaßliche Verbrechen und um die Frage, was damals wirklich geschah. An drei langen Abenden entwerfen die beiden ein Bild des Dramas um das verschwundene Kind und erinnern sich an die Menschen, die darin verwickelt waren und bis heute nicht davon loskommen. Zwischen Vergangenheit und Gegenwart treffen sie auf überraschende Erkenntnisse und verwirrende Ungereimtheiten. Der Fall Anouk wird nie gelöst werden, davon ist Luc überzeugt. Bis das Gespräch eine unerwartete Wendung nimmt.

Autorin:

Elsa Zett lebt in ihrer Heimatstadt Basel. Sie studierte Psychologie und Pädagogik, arbeitete als Lehrerin und Dozentin, publizierte Fach- und Sachtexte, gewann mit Kurzgeschichten Wettbewerbe und widmet sich jetzt dem Schreiben von Romanen.
Ihre Ferien verbringt sie gern in Frankreich. Die Idee zum Roman »Der Fall Anouk« hat sich aus einer Meldung in einer regionalen Zeitung entwickelt – und wurde dann zu einer ganz anderen Geschichte.

ELSA ZETT

Der Fall Anouk

ROMAN

ATCLIFF

1. Auflage
© 2023 Alle Rechte vorbehalten.
Elisabeth Zurfluh
Homburgerstrasse 19
4052 Basel
elsa.zett@bluewin.ch
Druck: epubli - Ein Service der neopubli GmbH, Berlin

Ich danke allen,
die mich ermutigt und unterstützt haben.
Ganz besonders
Anne
Lila
Dieter
und Jörg

Erster Tag

Erinnerungen

1

Auch die Stimme altert, dachte sie, und trotzdem erkennt man sie wieder.

Es war seine Stimme, da war sie ganz sicher, ein wenig schnarrend und gepresst wie aus einer zu engen Kehle.

Sie blieb an der Tür zum großen Saal stehen, die halb offen war, und spähte über die Köpfe der Seminarteilnehmer nach vorn zum Tisch des Lehrers.

Ja, das war er. Sie hätte ihn sofort erkannt, auch wenn sie nicht gewusst hätte, dass er es sein musste. Luc Dubois, der Dozent für literarisches Schreiben, der die Methode des fremden Blicks erfunden und ein halbes Dutzend Bücher über die Kunst und das Handwerk des Schriftstellers veröffentlicht hatte.

»Natürlich können Sie den Fall ungelöst lassen«, sagte er gerade in die Reihen seiner Zuhörer hinein. »Aber Ihre Leser werden damit nicht zufrieden sein. Eine Geschichte muss ein Ende haben, das keinen Raum für Fragen lässt.«

Er war womöglich noch etwas hagerer geworden und grau, aber wenn sie es nicht gestern ausgerechnet hätte, würde sie ihm die fast sechzig Jahre nicht geben. Er kam ihr jünger vor, vielleicht weil er Jeans trug und keine Krawatte oder weil seine Brille immer noch diese kreisrunden Gläser hatte. Harry-Potter-

Brille hatte sie es damals genannt. Es gab dem Gesicht etwas Jungenhaftes.

»Die Regeln sind da, damit sie eingehalten werden«, sagte er als Antwort auf den Einwand einer Studentin. »Wenn man sie bricht, muss man die Folgen auf sich nehmen. Das ist beim Schreiben nicht anders als im wirklichen Leben.«

Er lächelte, freundlich und ein wenig spöttisch, und blickte in den Raum, prüfte die Wirkung seiner Worte. Auch das erkannte sie wieder, dieses Lächeln in dem mageren Gesicht, das sagte: Ich weiß es besser, aber ich will nicht mit euch streiten. Ich bin ein freundlicher Mensch.

Le professeur. So hatten sie ihn im Dorf genannt. Er wirkte einfach so. Die Art wie er sprach, wie er lächelte, wie er durch die Brillengläser schaute, wie ein Professor eben. Obwohl er damals noch gar keiner war. Aber schon damals konnte er alles erklären. Und schon damals stritt er nicht gern, hielt seinen Kritikern dieses Lächeln entgegen wie eine abwehrende Geste.

War es möglich, dass er sich so wenig verändert hatte? Nach allem, was geschehen war?

Da sah er sie an der Tür stehen, hielt in der Bewegung inne und hob fragend die Brauen. Ob er sie erkannte?

»Oh, Elisabeth, komm doch herein«, rief eine Frauenstimme von der anderen Seite des Raumes her. Es war die Kursleiterin. Sie musste im selben Moment auf sie aufmerksam geworden sein und eilte ihr jetzt durch den Saal entgegen.

»Ich habe dich schon angekündigt.«

Sie wandte sich dem Dozenten zu: »Herr Dubois, das ist Frau Gerber, meine Vorgesetzte.«

Die Studierenden drehten die Köpfe. Sie hätte ihn lieber später begrüßt, mit weniger Publikum. Aber es gab kein Entrinnen.

2

Luc Dubois machte zwei Schritte hinter seinem Tisch hervor und sah ihr entgegen.

Eine Frau um die vierzig, schätzte er, mittelgroß, schlank, enge Jeans und eine kurze Cordjacke. Mit dem professionellen Lächeln der Gastgeberin trat sie auf ihn zu und reichte ihm die Hand. Die Haare waren dunkel und gelockt, helle Haut, Sommersprossen, die Augen grün ...

»Entschuldigen Sie, ich wollte nicht stören«, sagte sie.

Ein Erdrutsch. Ein paar Steine brachen von der Felskante, auf der er stand, und schlitterten prasselnd in die Tiefe. Aber er fing sich und sagte:

»Enchanté, Madame la Directrice.«

Einige der Kursteilnehmer grinsten. Er war schlagfertig, der Professor. Er hatte ihnen heute seine Methode des fremden Blicks erläutert. Der Autor soll sich vom Gebrauch der Worte und Bilder in einer fremden Sprache anregen lassen. Luc Dubois schöpfte seine Beispiele gerne aus dem Französischen und verwies dabei auch auf das, was er die französische Überschwänglichkeit nannte. Nehmen Sie es wörtlich, sagte er, und lassen Sie es wirken. Ich bin entzückt, meine Dame die Direktorin.

Aber es war ihm herausgerutscht und Elisabeth Gerber wusste das. Mit diesen spöttischen Worten hatte er sie jeden Morgen begrüßt, in jenem Sommer vor zwanzig Jahren, als sie ihr französisches Abitur geschafft hatte, das Baccalaureat in der Tasche trug, und ihr Stiefvater so stolz auf sie war, dass er jedem sagte, sie würde bestimmt einmal eine Direktorin werden.

»Haben Sie etwas dagegen, den Unterricht für heute zu beenden?«

Sie wartete seine Antwort nicht ab und wandte sich zu den Zuhörern. »Es ist schon spät und Herr Dubois ist ja morgen auch noch da. Genießen Sie den Abend.«

Die Leute begannen ihre Sachen zusammenzupacken. Einige trollten sich schnell, ein paar standen noch herum, hatten Fragen an die Kursleiterin oder an Frau Gerber.

Luc ging zur Fensterbank, wo er seine Unterlagen abgelegt hatte. Er blätterte sie durch, als müsse er sich vergewissern, dass keine Seite fehlte, schob sie in die Ledermappe, suchte die Stifte zusammen, verstaute den Laptop und zog die kleine Flasche mit dem Brillenreinigungsspray aus dem Rucksack.

Sie trug keine Brille.

Der Geruch des Reinigungsmittels stieg ihm scharf in die Nase. Sie war es nicht. Er hatte sich getäuscht. Es war ein langer Tag gewesen. Er war müde. Es war dämmrig in dem Raum, die Luft verbraucht, seine

Brille war verschmiert und es war zwanzig Jahre her. Es konnte gar nicht sein.

Er drehte sich um. Sie stand in der Mitte des Raums und sah zu ihm herüber.

»Kommen Sie«, sagte sie, als ob sie seine Verwirrung nicht bemerkte, »ich zeige Ihnen das Hotel.«

Er nahm seinen Rucksack auf und folgte ihr durch das enge Treppenhaus ins Freie.

Auf der Dorfstraße mussten sie hintereinandergehen. Ein hochbeladener Traktor kroch ihnen entgegen. Er zog ein Jauchefass hinter sich her und eine Kolonne ungeduldiger Autos. Die Leute wollten nach Hause zum Abendessen. Aber die Dorfstraße war eng. Die Autoabgase vermischten sich mit der Ausdünstung des Jauchewagens. Der Motor des Traktors dröhnte in seinen Ohren und brachte das Zwerchfell zum Vibrieren. Das ist nun also der idyllische Schwarzwald mit Ruhe und gesunder Luft, dachte er verstimmt.

Das Jauchefass tropfte und zog eine wackelige Spur auf dem löchrigen Pflaster. Die Direktorin hielt sich so dicht wie möglich an den Hausmauern und Gartenzäunen. Sie ging schnell, als wollte sie ihn abhängen, aber ab und zu wandte sie sich halb nach ihm um, um zu sehen, ob er ihr folgte.

Und er folgte ihr. Benommen und verwirrt, als hätte er eben eine ganz unglaubliche Nachricht erhalten. Alles stimmte. Seltsam, dachte er, man erkennt einen

Menschen viel sicherer an der Art, wie er sich bewegt, wie er den Kopf trägt, wie er die Tasche auf die Schulter schwingt, die Füße setzt beim Gehen, sich umdreht und zurückschaut. Man braucht das Gesicht nicht zu sehen, um einen Bekannten aus der Ferne zu erkennen. Auch wenn man nicht sagen könnte, warum man so sicher ist.

Im Eingang des Hotels zur Linde blieb sie stehen.

»Wir sehen uns beim Abendessen«, sagte sie. »Ich wohne auch hier. Ich habe mir erlaubt, uns auf 19 Uhr einen Tisch zu reservieren. À toute!«

Leichtfüßig lief sie die Treppe hinauf. Er sah ihr nach, sprachlos.

À toute, sagte sie, bis später. Nicht à toute à l'heure, wie es zwar auch nicht besonders formell, aber wenigstens korrekt geheißen hätte, sondern diese flapsige, familiäre Kurzform. Wie sie es damals immer zueinander gesagt hatten.

»Guten Abend, Herr Dubois. Haben Sie gut angefangen?«

Ein gemütlicher Herr mit wirrem grauem Haar war hinter der Empfangstheke erschienen. Zweifellos der Wirt des Hotels zur Linde. Er reichte ihm einen Schlüssel.

»Zimmer 25, zweiter Stock.«
»Oh ja, danke.«

3

Luc schulterte den Rucksack und stieg dieselbe Treppe hinauf, auf der die Direktorin entschwunden war. Die Stufen waren schmal und knarrten. Einen Lift schien es hier nicht zu geben. Ruhe und Gelassenheit in familiärer Atmosphäre, hatte Luc im Internet gelesen. Einfach und gut, sei die Devise. Das gelte auch für das Essen. Der Chef kochte selber.

Das Zimmer war groß und hell. Ein breites Bett mit Kissen wie Wolkenberge, am Fenster ein winziger Schreibtisch, auf dem er gerade mal den Laptop platzieren konnte, an der Wand ein Ledersofa, davor ein riesiger runder Klubtisch.

Er warf den Rucksack auf den Teppichboden und begann, im Zimmer hin und her zu gehen. So lief das nicht! So war es nicht abgemacht. Er wollte allein sein. Das hatte er sich ausbedungen. Luc Dubois kam, um im Seminar zu unterrichten, ganz egal, wo es stattfand und wer es veranstaltete. Im Seminar stand er zur Verfügung, da konnte man ihm Fragen stellen, da war er freundlich und mitteilsam, da geizte er nicht mit seinen Erfahrungen und Ratschlägen. Aber danach musste er für sich sein. Er wohnte nie dort, wo die Seminarteilnehmer wohnten, und er aß auch nicht, wo sie aßen.

Er könnte sich das Abendessen aufs Zimmer bestellen. Allerdings wäre das ziemlich unhöflich. Es war die Direktorin, die mit ihm zu Abend essen wollte. Und es würde nicht gehen. Das war hier ein traditionelles Schwarzwaldhotel mit guter Küche und familiärer Atmosphäre. Zimmerservice war kaum vorgesehen. Abreisen, dachte er. Er musste unverzüglich abreisen. Er würde einen Grund dafür erfinden. Jemand war krank geworden, verunglückt. Ein Freund, ein Kind. Nein, er hatte kein Kind. Und Freunde eigentlich auch nicht.

Er zog das Handy aus der Tasche, schaltete es ein und starrte auf den Bildschirm, wie auf eine schwer verständliche Gebrauchsanweisung. Andrea hatte angerufen. Musste das jetzt sein? Nur gut, dass er das Telefon im Unterricht immer abstellte. Er kannte die Nummer. Eine Nachricht hinterließ sie nie. Sie würde sich wieder melden. Und dann wieder. Bis sie ihn erreichte. Da konnte er sicher sein. Wenn es ihr nicht gut ging, wenn die immerzu schwelende Hoffnung auflöderte und sie nachts nicht schlafen ließ, dann rief sie ihn am Tag darauf an. Dann musste er sagen, dass es Unsinn sei, was sie glaubte herausgefunden zu haben, und dann konnte sie mit ihm streiten, ihm vorwerfen, dass er aufgegeben habe, dass er zu träge sei, um zu glauben. Es war ein Ritual, eine Geisterbeschwörung. Ob es ihr half, wusste er nicht. Aber irgendwie war er es ihr schuldig. Und diesmal könnte es ihn retten. Er würde sagen, seiner Frau gehe es nicht gut. Er müsse sofort zu ihr.

Er drehte sich um, das Telefon in der Hand. War schon an der Tür. Aber nein, dachte er dann. Andrea war schon lange nicht mehr seine Frau. Wer es nicht ohnehin wusste, konnte es leicht herausfinden. Und vielleicht fand sich noch mehr, wenn eine neugierige Studentin einmal anfing, zu recherchieren. Es war gewiss nicht ratsam, sich bei einer Lüge ertappen zu lassen. Schließlich lebte er von seinem guten Ruf als Dozent. Er konnte es sich nicht leisten, ein Seminar mit fragwürdiger Begründung platzen zu lassen. Und er wollte nicht, dass jemand in seiner Vergangenheit herumstocherte.

Er trat ans Fenster und blickte hinaus auf ein stattliches Bauernhaus mit ebensolchem Misthaufen davor. Ein Traktor holperte auf der Straße vorbei. Ohne Jauchefass diesmal, aber mit einem langen Anhänger, auf welchem ganz allein ein Kinderdreirad, ein Traktor aus Plastik, aufgeladen war und bei jeder Unebenheit im Straßenbelag in eine andere Richtung rollte. Er saß hier in der Pampa, fiel ihm ein. Wie sollte er jetzt noch wegkommen? Der letzte Bus nach Schopfheim hinunter war längst abgefahren. Er musste hierbleiben.

Er öffnete die Tür des Kleiderschranks. Stand einfach da und blickte auf die leeren Kleiderbügel. Er konnte nicht weg. Er sollte sich einrichten.

Wäre er doch mit dem Auto hergekommen. Er hatte es vorgehabt. Aber die Sekretärin der Hochschule, die diesen Kurs organisierte, hatte ihm dringend davon abgeraten. Hier oben könne schon im Oktober der erste Schnee fallen und die Straßen seien ohnehin schlecht. Letzteres stimmte, davon hatte er sich überzeugt, aber das Wetter war spätsommerlich warm und sonnig. Beim nächsten Mal, falls es ein nächstes Mal gab, würde er nach Basel fliegen und am Flughafen einen Mietwagen nehmen. Die Zugfahrerei war ohnehin eine Zumutung. Die Reise hierher, jedenfalls der Abschnitt von Dresden nach Schopfheim, war eine einzige Strapaze gewesen. Schon in Frankfurt war er um Stunden verspätet und dachte ans Umkehren, und als er spätabends in Basel ankam, kurz vor acht statt am hellen Nachmittag, sah er den Zug nach Schopfheim gerade noch wegfahren. Da spielte er mit dem Gedanken, die Frau von der Hochschule anzurufen. Er sei in Frankfurt stecken geblieben, wollte er sagen. Er könne es nicht wie geplant bis Schopfheim schaffen, würde sich wohl um einen Tag verspäten. Aber er traute sich nicht. Die Lüge wäre zu durchsichtig gewesen.

Wenn man lügt, muss man geschickt lügen. Oder viel Glück haben, dachte er.

Es gab keinen Grund, umzukehren.

Von Basel fuhr die Wiesentalbahn noch bis spät in die Nacht hinein in regelmäßigen Abständen nach Schopfheim. Und dort war im Löwen ein Zimmer für ihn reserviert. Die Hochschule geizte nicht bei den Spesen. Er hatte gut geschlafen im Löwen und am frühen Morgen den Bus hier herauf genommen. Eine schöne Fahrt war das, im leeren Bus mit hundert Kurven zwischen Wiesen und durch Wald. Er hatte es genossen. Aber jetzt wünschte er doch, er wäre unten geblieben. Er wollte nicht mit dieser Direktorin zu Abend essen. Er wollte mit niemandem zu Abend essen.

Luc setzte sich aufs Sofa, schlüpfte aus den Schuhen und legte die Füße auf den Klubtisch.

Er musste seine Ruhe haben. Dreißig Seminarteilnehmer würden morgen früh wieder auf ihn warten, angehende Autorinnen und Autoren, die seine Bücher gelesen hatten, die von ihm etwas erwarteten, die er nicht enttäuschen sollte. Darauf musste er sich konzentrieren. Er wollte ganz allein etwas essen. An einem Tischlein für sich. Wie gestern im Löwen. Und dann aufs Zimmer gehen und tief und traumlos schlafen. Schnell im Schlaf verschwinden, bevor das Grübeln begann. Das war sein Rezept. Damit war er in den letzten Jahren ganz gut gefahren.

Aber es ging nicht. Er nahm die Füße vom Tisch und rappelte sich auf. Er musste mit der Direktorin zu Abend essen, ob es ihm nun passte oder nicht. Es gehörte nun einmal zum Job. Er war hierhergekommen, um zu unterrichten. Dafür wurde er bezahlt. Darüber würde er mit ihr sprechen.

Er öffnete den Rucksack, begann, seine Sachen auszupacken. Es gab keinen Grund zur Panik. Der erste halbe Tag war gut gelaufen, wie immer. Er versuchte, sich im Spiegel zuzugrinsen, als er im Bad seine Toilettensachen verstaute. Die Marke Dubois stand für Tradition und Qualität. *Der fremde Blick*, das war seine Erfindung und sie hatte sich tausendfach bewährt. Genau wie der Titel des Seminars. *Zwischen Anfang und Ende* hieß es diesmal. Manchmal nannte er es *Anfang, Mitte, Schluss*. Beides kam gut an.

Er räumte die Wäsche in den Schrank, hängte die Hemden auf die Bügel. Ganz unten im Rucksack lag sein erstes Buch. Er nahm es immer mit, wenn er ein Seminar gab. Es war sein Markenzeichen und sein Glücksbringer. Der Neuanfang.

Wie lange war das her? Er stand jetzt mitten im Zimmer, immer noch auf Socken, und versuchte, sich zu erinnern. Er hatte das Buch geschrieben, nachdem er ... Aber daran sollte er nicht denken. Schon gar nicht heute. Das war vorbei. Mit der Methode des fremden Blicks hatte er den Neubeginn geschafft. Seither hatte er die Theorie weiterentwickelt, die Textbeispiele ausgewechselt, den fremden Blick auf andere Inhalte gerichtet. Jedes Jahr ein neues Buch. Das Prinzip war dasselbe: die Suche nach dem Ungewohnten, dem Auffälligen im Leben und in der Literatur. Alles, was ihm fremd vorkommt, soll der Autor in sich aufsaugen und verwandeln und zu etwas Eigenem machen.

Er merkte, dass er dabei war, das Inputreferat für morgen früh vorzubereiten.

Warum bloß war er so nervös? Er musste seine Referate schon lange nicht mehr vorbereiten. Schließlich war der fremde Blick seine Methode. Die konnte er jederzeit erklären und anwenden. Er hatte sie erfunden, oder jedenfalls bekanntgemacht, und auf alle Fälle hatte er sie weiterentwickelt und mehrere Bücher darüber geschrieben.

Was hatte er zu befürchten? Noch zwei ganze Tage und einen halben bis zum Mittag. Dann würde er schnell abreisen, ganz allein zu Tal fahren, bevor das Seminar auch für die Teilnehmer zu Ende war. Dieses Abendessen mit der Direktorin würde ihn doch nicht aus dem Konzept bringen. Im Gegenteil. Ein Essen mit einer charmanten und gut aussehenden Frau, die er von früher kannte und lange nicht gesehen hatte. Das musste doch interessant werden. Von damals plaudern wollte er allerdings nicht. Aber man konnte von der Zeit erzählen, die zwischen heute und ihrem letzten Treffen lag. Zwischen Ende und Anfang, dachte er, wie sinnig. Was hast du gemacht? Wie geht es dir? Was ist aus dir geworden? Und aus den anderen? Das wollte er ganz gerne erfahren. Und er würde vorsichtig sein. Keinen Wein trinken, ermahnte er sich.

Von draußen hörte er eine Turmuhr schlagen. Halb sieben. Es reichte nicht mehr für eine Dusche. Er musste sich beeilen, wenn er nicht zu spät kommen wollte.

Sie sieht gut aus, zufrieden, vielleicht glücklich, dachte er, während er ein frisches Hemd glattstrich. Und sie war ein hohes Tier in dieser Hochschule. Wie hatte die Kursleiterin gesagt? Direktorin? Er hatte nicht aufgepasst. Danach musste er sie fragen. Das war unverfänglich. Ob sie wirklich Deutsch studiert hatte? Das war doch ihr Traum gewesen. Damals, als ihre Haare noch rötlich waren und kurz geschnitten.

Er ging ins Bad, warf einen Blick in den Spiegel, fuhr sich durch die Frisur. Jedenfalls hatte er noch Haare und sie waren noch nicht einmal alle grau. Ob er ihr sehr alt vorkam? Ob er sie das auch fragen sollte?

Im Treppenhaus begann sein Herz zu klopfen. Vorfreude? Nein, Angst. Sie waren selten geworden in den letzten Jahren, diese unverhofften Anfälle von Panik aus nichtigem Anlass. Am Anfang hatte er sie oft gehabt, Herzrasen, Atemnot, Zittern, richtige Panikattacken. In der Klinik hatten sie das in den Griff bekommen, mit Medikamenten und Psychotherapie. Jetzt brauchte er die Betablocker schon lange nicht mehr. Er hatte das alles hinter sich gelassen. Oder nicht?

Ich muss weg hier, dachte er. Einfach verschwinden. Er konnte sich morgen bei ihr entschuldigen, ihr eine Geschichte erzählen. Dass er sich bei einem Spaziergang verirrt habe meinetwegen. Irgendetwas würde ihm einfallen. Er war gut im Erfinden von Geschichten. Man glaubte ihm.

Er blieb auf dem Treppenabsatz im ersten Stock stehen, atmete tief ein und tief aus, wie er es gelernt hatte, und spähte durch den Gang, der hier zu den Zimmern führte. Dort hinten schimmerte ein grünes Licht. Ein rennendes Männchen, ein Pfeil. Der Fluchtweg. Da musste er hin.

»Monsieur Dubois!« Eine Stimme hinter ihm. Eine vertraute Stimme. »Hier geht's zum Speisesaal.«

Er atmete noch einmal durch, presste die Handflächen gegen die Oberschenkel, damit das Zittern verging, und fügte sich ins Unvermeidliche. Sie hatte ihm aufgelauert.

»Ich habe uns ein ruhiges Tischlein reservieren lassen«, sagte sie, während sie hinter ihm die Treppe hinunterstieg.

4

Die Wirtin kam ihnen hinter dem Tresen hervor entgegen. Sie trug ein kurzes Kleid über engen Leggins und silberne Schuhe mit Plateausohlen. Er starrte darauf, während sie vor ihnen her zu ihrem Tisch ging. Was hatte er erwartet? Eine Schwarzwaldtracht?

Der Tisch stand am Rand des Speisesaals in einer Art Nische. Die nächsten Tische waren ein Stück entfernt. Ein Platz wie extra bereitgestellt für ein Liebespaar, das zu zweit sein wollte. Oder für Geschäftsleute, die die Konkurrenz fürchteten. Für Ganoven, die einen Plan aushecken, für Verschwörer, die einen Umsturz planten, oder für unentdeckte Kriminelle, die auf ihr Leben zurückblickten.

Sie ließ ihm den Vortritt, als wäre sie auch hier die Gastgeberin. Man kannte sie, wusste, wer sie war, das merkte er an der Art, wie man sie grüßte und mit ihr sprach. Er setzte sich auf den Platz an der Wand, auf die gepolsterte Bank, die rund um das Lokal lief. Von hier konnte er den ganzen Raum überblicken. Die spärlich besetzten Tische, eine gedeckte Tafel für zwölf Personen vor den Fenstern auf der linken Seite. Schräg gegenüber die Theke, dunkel, aus altem Holz, dahinter bis an die Decke Regale mit Gläsern und Flaschen. Und seitlich musste eine Tür sein, Luc konnte sie nicht sehen, aber gerade verschwand dort ein Kellner. Vermutlich in die Küche. Weiter hinten sah er die Eingangstür, durch die sie gekommen waren.

Wovor fürchtete er sich?

Die Wirtin erkundigte sich, ob der Tisch richtig sei. Luc hatte Zeit, zu atmen und sich ein wenig zu fassen. Sie hat sich verändert, dachte er, früher habe ich den Tisch bestimmt und das Personal hat mich gefragt, ob alles in Ordnung sei.

Die Wirtin schritt auf ihren hohen Sohlen davon und entschwand jetzt ebenfalls durch die unsichtbare Tür hinter der Theke. Er musste etwas sagen.

»Darf ich Sie noch Isabelle nennen?«

»Wenn ich dich noch Luc nennen darf.« Sie lächelte anders als früher. Selbstbewusster.

»Warum nicht? Ich habe mir ja keinen neuen Namen zugelegt.«.

Das stimmte zur Hälfte. Er hatte zwei Namen, seit sie sich kannten. In der Öffentlichkeit, wenn er schrieb, war er Luc Dubois, nicht Lukas Oberholzer. Das war schon lange so. Und seine Freunde hatten ihn schon immer Luc genannt.

Sie zuckte die Schultern. »Bei dir war das ja auch nicht nötig.«

»Du hättest mich wenigstens vorwarnen können. Ich meine, dass du das bist, diese Elisabeth Gerber.«

Die Wirtin war wieder da, brachte die Speisekarten.

»Was möchten Sie trinken?«

»Zwei Glas Sherry bitte, vom Trockenen«, sagte sie schnell und lächelte ihn an.

Sherry. Sein Herz klopfte wieder schneller. Er hatte sie zu einem Glas trockenem Sherry eingeladen, an jenem Abend im Frühling 1998, nachdem sie den ganzen Tag durchs Tal der hundert Furten gewandert waren. Und sie hatte gesagt, das ist der erste Sherry meines Lebens, den werde ich nie vergessen.

»Gerne.« Die Wirtin drehte sich um und ging auf den hohen Sohlen leichtfüßig davon.

»Und ein Wasser!«, rief Luc ihr hinterher.

Bis die Getränke kamen, vertieften sie sich in die Speisekarten. Oder sie taten so. Luc konnte sich nicht darauf konzentrieren. Dabei hatte er den ganzen Tag kaum etwas gegessen. Er war in der Mittagspause spazieren gegangen. Er hatte allein sein wollen. An diesem Tag wollte er an Anouk denken.

Die Wirtin stellte zwei Gläser mit Sherry auf den Tisch, schenkte umständlich Mineralwasser ein, fragte nach ihren Wünschen. Isabelle bestellte eine Vor- und eine Hauptspeise.

»Für mich dasselbe«, sagte Luc. Er hatte nicht hingehört.

Was sie zu trinken wünschten?

»Bringen Sie uns eine Flasche vom Üblichen«, sagte Isabelle.

»Gerne. Zum Wohl.«

»Ich trinke hier immer den gleichen Wein«, erklärte Isabelle. »Du wirst ihn mögen.«

»Für mich noch eine Flasche Wasser«, rief Luc, aber die Wirtin war schon durch die unsichtbare Tür hinter dem Tresen verschwunden.

Isabelle hob ihr Glas. »Auf unser Wiedersehen.«

Auch Luc hob das Glas. »Auf Ihr Wohl, Frau Gerber.«

»Es ist der Name meines Vaters«, sagte sie, als sie das Glas wieder abstellte.

»Deines Vaters? Den hast du doch gar nicht gekannt, oder?«

Nein. Er hatte ihre Mutter verlassen, bevor Isabelle geboren war. Sie hatte ihn nie gesehen und er war früh gestorben, an Krebs, hatten sie damals gesagt. Ihre Mutter nahm sie zu seiner Beerdigung mit, als sie vierzehn war. Und da hatte sie ihre Großeltern kennengelernt, die Gerbers. Aber dann zog sie mit ihrer Mutter nach Frankreich und der Kontakt verlor sich wieder.

»Der Rummel, den sie damals um mich machten, hatte etwas Gutes. Meine Großeltern erfuhren, wie elend es mir in Frankreich ging, und luden mich nach Zürich ein. Ich zog Anfang 1999 zu ihnen und begann zu studieren. Es war eine Befreiung.«

Das konnte er sich denken. In ihrem Dorf in Frankreich war sie eine Geächtete.

»Aber dann wurde René verhaftet. Plötzlich kreuzten Journalisten bei den Großeltern auf, wollten mich interviewen und versuchten, Fotos zu machen.«

Sie seufzte ein wenig. »Das war ein Flashback. Ich war damals ziemlich traumatisiert.«

»Kein Wunder«, sagte er. Er erinnerte sich gut, wie es gewesen war, im Sommer 1998, in Frankreich, wie die Fotografen und Reporter ihr auflauerten, ihr Leben recherchierten, ihre Freundinnen befragten, ihren Namen in die Zeitung schrieben, mit den Namen ihrer Eltern und Verwandten, mit ihrer Wohnadresse und mit ihren Geheimnissen.

»Die Züricher Großeltern kannten das. Mein Vater hatte keinen Krebs. Er ist an AIDS gestorben. In dem kleinen Dorf, wo sie wohnten, war das ein Riesenskandal. Und eine unvergessliche Sensation. Am Ende verkauften sie das Haus und zogen in die Stadt, wo niemand sie kannte. Die Gerbers haben mir geholfen, eine neue Identität anzunehmen.«

»Und der Vorname?« Er fand Elisabeth schrecklich.

Sie lachte. »Den habe ich behalten. Isabel ist die spanische Abwandlung von Elisabeth. Und Isabelle ist die französische Variante davon.«

Elisabeth Gerber. Gut schweizerisch und unauffällig. Wie es schien, hatte der Name sich bewährt. Immerhin war sie Professorin an einer pädagogischen Hochschule.

Und jetzt wusste er auch, warum er sie nicht gefunden hatte. Damals, als er sich aufgerappelt hatte, als er aus der Klinik kam und sein erstes Buch schrieb, sein erstes nach der Katastrophe. Da hatte er ein schlechtes Gewissen. Er wollte sie nicht treffen, auf keinen Fall. Aber er wollte ihr schreiben.

»Ich habe nach dir gesucht«, sagte er. »Wollte dir sagen, dass ich deine Idee geklaut hatte.«

»Der fremde Blick«, sagte sie prompt. »Ja, das hat mich geärgert. Du hättest mich wenigstens erwähnen können.«

Es war ihr Aufsatz gewesen, der ihm die Idee gegeben hatte. Einer der vielen Aufsätze in deutscher Sprache, die die Abiturientin Isabelle Bernasconi dem Journalisten und Autor Lukas Oberholzer zum Lesen gegeben hatte. Im Frühling 1998, als er ohne Frau und Kind in sein Ferienhaus nach Frankreich gekommen war, um in Ruhe zu arbeiten, wie er sagte.

»Das war unmöglich.« Er schüttelte entschieden den Kopf. »Wenn ich dich offiziell erwähnt hätte, hätte Andrea mich ermordet. Sie war rasend eifersüchtig, weil sie damals deine Texte nicht lesen durfte.«

Sie musterte ihn argwöhnisch. »Willst du mir weismachen, dass du sie ihr nicht zum Lesen gegeben hast?«

»Das hatte ich dir doch versprochen. Die Texte waren ja auch sehr persönlich.«

Sie seufzte und lächelte selbstironisch. »Mein ganzes Unglück war darin gespiegelt. Meine Ankunft in einer fremden Welt.«

Als ihre Mutter Armand heiratete und zu ihm in das kleine Dorf im Drômetal zog, war sie, Isabelle, gerade vierzehn. Sie verlor ihre Stadt, ihre Schule, ihre Freundinnen, ihre erste Liebe und ihre Sprache. In der schönen Wildnis der Rhône-Alpes sollte sie das französische Baccalaureat erwerben, statt einer Schweizer Matura. Sie musste französisch sprechen, das französische System nachholen, französisch schreiben und französisch denken lernen, aber sie war entschlossen, den gymnasialen Abschluss zu schaffen. Sie wollte zurück in die Schweiz und in Basel oder in Zürich Deutsch studieren. Und deshalb las sie neben all der französischen Pflichtlektüre deutsche Literatur von Eichendorff bis Grass und schrieb die Schulaufsätze zuerst auf Französisch und dann, heimlich zu Hause, noch einmal auf Deutsch. Und sie litt, weil niemand sie korrigierte, niemand ihr sagte, dass sie gut seien, gut geschrieben, gut erzählt, originell gedacht. Bis Luc kam und sie sich traute, ihm ihre Texte zu geben, zuerst die Aufsätze, dann die Geschichten und zuletzt die Gedichte.

Der Wein wurde gebracht. Luc bestellte noch einmal Wasser.

»Hast du das Buch gelesen, der fremde Blick, meine ich?«

Sie nickte.

»Dann hast du gesehen, dass ich deine Idee ziemlich ausgebaut habe.«

»Stimmt«, gab sie zu. »Aber die Grundidee ist von mir. Die Auseinandersetzung mit einer fremden Sprache schärft den Blick auf die eigenen Sprachgewohnheiten. Das war meine Erfahrung. Und ein paar schöne Beispiele, die du so gern verwendest, sind auch von mir.«

»Welche denn?« Es war so lange her und er hatte so viel darüber nachgedacht, darüber geschrieben und damit gearbeitet, dass er das wirklich nicht mehr wusste.

»Il pleut comme vache qui pisse.«

Sie grinsten beide. Es regnet wie Kuh, die pisst. Ein sicherer Lacher in jeder Vorlesung.

»Das zählt nicht. Was noch?«

»Être tout sucre, tout miel.«

Darüber hatte er sich in seinem Buch länger ausgelassen. Und er hatte das Beispiel auch heute im Unterricht gebraucht. Sie war ganz Zucker, ganz Honig.

»Das regt die Leute immer an. Heute schrieb jemand: Er konnte nicht mehr klar denken, war ganz Nebel, ganz Sumpf.«

»Nicht schlecht«, sagte sie.

»Aber weißt du«, er wollte den Vorwurf des Ideenklaus nicht einfach so auf sich sitzen lassen, »diese Beispiele findest du in jedem guten Wörterbuch. Die kannst du nicht für dich patentieren.«

»Laisse tomber!«

Er sah irritiert auf. Was meinte sie? Lass es fallen, lass los. Die Franzosen brauchten es für »Lass gut sein« oder einfach für »egal«.

Sie sah seine Verwirrung und lachte. »Ich meine es genau so.«

»Dann bist du mir nicht mehr böse.«

»Nein«, sagte sie, »deswegen nicht.«

Weswegen denn, wollte er fragen. Warum hast du dich nie bei mir gemeldet? Aber dann ließ er es lieber bleiben.

Sie hob das Glas.

»Auf unser Wiedersehen.«

Sie kosteten den Wein. Er nahm noch einen Schluck.

»Ist das nicht seltsam«, sagte sie in die Stille, »dass wir uns gerade heute treffen?«

Er schluckte. Er antwortete nicht. Er hatte gehofft, dass sie es vergessen habe.

»Heute ist doch ihr Geburtstag.«

Heute wäre ihr Geburtstag, korrigierte er sie in Gedanken. Er musste an Andrea denken, wie sie diesen Tag all die Jahre hindurch immer gefeiert hatte. Nein, nicht gefeiert, das war das falsche Wort. Sie hatte diesen Tag begangen als das, was er war, der Geburtstag ihrer verschwundenen Tochter. Sie buk keinen Kuchen mehr, Schokoladentorte mit Sahne überzogen und jedes Jahr ein buntes Kerzlein mehr darauf, aber sie stellte sich immer noch vor, dass sie es getan hätte. Sah ihr Kind heranwachsen, gehen lernen, sprechen lernen, zählen, rechnen. Sie hatte sich immer neu ausgemalt, wie Anouk aussah, mit drei, mit fünf, als sie in die Schule kam, als sie eine junge Frau wurde. Andrea glaubte fest, dass ihre Tochter irgendwo lebte. Seit zwanzig Jahren hielt sie daran fest, wider alle Vernunft, und ließ sich nicht davon abbringen.

Er nickte. »Heute wäre sie einundzwanzig geworden.«

»Einundzwanzig«, sagte Isabelle. »So alt war ich damals noch lange nicht.«

Er sah sie vor sich, das Mädchen Isabelle, das gerade sein Bac gemacht hatte. Hellhäutig, rothaarig, grünäugig, mit Sommersprossen und Stupsnase. Sie war noch keine 18 gewesen.

»Erinnerst du dich? Ich hatte mein Bac in der Tasche. Mein Name stand in der Zeitung.«

Ja, er erinnerte sich an die schier endlose Liste, die dort unten jeden Sommer in La Feuille, der regionalen Tageszeitung, veröffentlicht wurde. Les résultats du baccalauréat, die Resultate der Abiturprüfungen. Von A bis Z wurden zuerst alle aufgelistet, die bestanden hatten. Dann auch die, die nochmals antreten mussten. Weit oben, unter der Überschrift admis, bestanden, Bernasconi Isabelle.

Sie hatte es geschafft. Trotz Systemwechsel und Fremdsprache.

»Alle waren stolz auf dich, deine Mutter, Armand. Auch wir.«

Sie nickte. Ein wenig bitter, wie ihm schien.

»Später haben sie sich geschämt, wenn mein Name in der Zeitung stand. Und er stand ja oft dort. Am Anfang jeden Tag.«

Ein Kellner kam, ein schüchterner junger Mann, der Lehrling vermutlich, und brachte zwei Schüsseln mit buntem Salat und gebratenen Shrimps.

»Sieht schön aus«, sagte Luc mit Blick auf den Teller, »richtig verlockend. Scheint ein gutes Lokal zu sein.«

Er wollte über etwas anderes sprechen, egal über was, seinetwegen über das Anrichten und Verzieren von Vorspeisen auf überdimensionierten Tellern, nur nicht über jene Geschichte. Es war so lange her und er hatte so viel gekämpft und gelitten, bis er wieder arbeiten konnte, ein normales Leben führen, sogar Bücher schreiben. Er wollte nicht, dass das alles wieder aufgerührt würde. Es würde ihm nicht guttun.

»Bist du öfter hier?«

Sie nickte. »Das Bildungshaus hier oben ist für unsere Zwecke sehr geeignet. Und die Leute mögen den Schwarzwald. Die Hochschule führt hier jedes Jahr Veranstaltungen durch.«

»Und du bist die Direktorin?«

Sie lachte. »Nicht ganz. Ich leite den Fachbereich Deutsch.«

»Dann hast du mich angestellt?«

Nein. Sie schüttelte die dunkle Lockenfrisur. Sie stand ihr gut.

»Das war die Dozentin, die diese Autorenworkshops organisiert. Sie war sehr stolz, dass es ihr gelungen ist, Luc Dubois zu engagieren.«

»Und du kommst jedes Mal her, wenn ein Kurs stattfindet?«

»Nein«, sagte sie. »Ich mache selten Besuche in den Kurswochen.«

»Und warum bist du jetzt hier?«

Die Frage war unpassend, das wurde ihm gleich bewusst, aber da war sie schon gestellt.

»Mein Team, die Dozentinnen, sie wollten unbedingt, dass ich herkomme und dich begrüße. Sie hoffen, dass ich dich auch für die anderen Workshops verpflichten kann.«

»Wie viele gibt es denn außer diesem?«

Für seine Verhältnisse war das Honorar, das er hier bekam, außergewöhnlich attraktiv. Ein paar solche Veranstaltungen mehr könnte er weißgott gebrauchen.

»In der Regel sind es jedes Jahr vier Intensivwochen. Sie sind meist ausgebucht. Wenn wir Luc Dubois fest im Angebot hätten, könnte es sogar eine mehr werden.«

Sie lächelte ihn an.

Er blies anerkennend die Backen auf. Er konnte leben, von dem was er als Lektor und Referent verdiente. Aber er wurde bald sechzig. Ein paar solche Aufträge jedes Jahr gäben ein angenehmes Polster für die Zeit, wenn er vielleicht nicht mehr so gefragt war.

»Und du bist gekommen, weil du dachtest, du könntest mich überreden?«

Es war eine Frage, aber er hörte selber den Zweifel darin, es klang wie ein Vorwurf. Warum um alles in der Welt war sie hergekommen? Ihr musste doch klar sein, dass ihn das verwirrte, dass es den Erfolg des Unterrichts gefährden konnte. Sie hatten sich fast zwanzig Jahre lang nicht mehr gesehen. Sie selber hatte ihm damals, als er zu ihr nach Hause gekommen war, um ihr den Lohn fürs Kinderhüten zu bringen, den Rücken zugewandt und gesagt, sie wolle nie mehr mit ihm zu tun haben. Er hatte das verstanden und respektiert. Auch er wollte nichts mehr zu tun haben mit dieser Geschichte.

»Zuerst wollte ich nicht. Aber dann haben sie mich überzeugt.«

Bildete sie sich wirklich ein, dass er noch einmal hierherkommen würde, jetzt, nachdem er wusste ...

»Ich bin sehr erschrocken«, sagte sie, »als ich deinen Namen hörte. Ich dachte, dass ich bestimmt nicht kommen würde. Dann fiel mir ein, dass heute Anouks Geburtstag ist. Das kam mir vor wie ein Zeichen. – Und dann habe ich deine Bedingungen gelesen ...«

Er sah auf. Was meinte sie? Sein Honorar? Die Spesen?

»Dass du außerhalb des Studienhauses wohnen und essen wolltest.« Sie lächelte. »Das halte ich auch immer so, wenn ich hier bin.«

Ausgerechnet, dachte Luc zornig. Ausgerechnet diese Vorsichtsmaßnahme hatte ihn in diese Situation gebracht. Er machte es immer zur Bedingung, dass er außerhalb des Unterrichts für sich sein konnte. Die Vorstellung, beim Essen zwischen interessierten Studentinnen zu sitzen und über das Schreiben zu sprechen, am Abend Konversation zu machen, witzig zu sein, vielleicht etwas Privates zu offenbaren, war ihm ein Gräuel.

»Deine Mitarbeiterin hat mir versichert, ich könne ein Zimmer im Hotel hier nehmen und auch hier essen, wenn es mir nichts ausmache, allein zu sein.«

Sie überhörte den Vorwurf. »Und du bist gerne allein?«

»Ja«, sagte er.

»Du bist nicht mehr mit Andrea zusammen.«

Es war eine Feststellung. Natürlich wusste sie das. Ihre Mutter und Andrea waren all die Jahre in Kontakt geblieben.

»Wir sind seit fünfzehn Jahren geschieden.«

Sie schwieg, als erwarte sie eine Fortsetzung, eine Begründung. Aber was konnte er sagen? Unsere Ehe hat sich von dem Schlag damals nicht erholt. Danach war nichts mehr wie vorher. Ich habe meinen Job bei der Zeitung verloren. Ich war in einer psychiatrischen Klinik. Bestimmt wusste sie auch das. Er wollte nicht davon sprechen.

»Und du?«, holte er zum Gegenschlag aus, »was hast du gemacht, all die Jahre? Bist du verheiratet?«

Das Gesicht unter den dunklen Locken, an die er sich noch nicht gewöhnt hatte, hellte sich auf. Ja. Sie war verheiratet. Seit zwölf Jahren. Mit einem Schweizer. Und sie hatten zwei Kinder, zwei Mädchen, fünf und sieben Jahre alt.

Sie brach ab, als ob es ungehörig wäre, die Kinder zu erwähnen, die Mädchen. Oder vielleicht kam es ihm auch nur so vor.

»Stand damals nicht in La Feuille, du könnest keine Kinder bekommen?«

Das Blut schoss ihr ins Gesicht. War ihr das peinlich? Damals hatte sie es ihm ohne Gemütsbewegung erzählt.

»Ja«, sagte sie und jetzt sah er, dass es Zorn war, nicht Verlegenheit. »Es stand in der Zeitung. Meine Mutter hat es dort gelesen. Sie wusste es nicht. Ich hatte es ihr nicht erzählt.«

Sie sah ihn prüfend an und er schaute weg. Wusste sie Bescheid? Aber woher konnte sie es wissen?

»Ich vergesse manchmal, dass nicht alles wahr ist, was in der Zeitung steht.« Er versuchte ein Grinsen, aber er glaubte nicht, dass es überzeugend aussah. Es war besser, das Thema zu wechseln.

Was ihr Mann denn mache, fragte er.

Er war Psychologe. Bei der Polizei. Und Dozent für forensische Psychologie an einer Schweizer Universität.

Ausgerechnet, dachte Luc. Und sie lächelte, als ob sie lesen könnte, was er dachte.

»Er arbeitet in der Ausbildung. Er macht keine Täterprofile oder so etwas.«

Die Vorspeisenteller wurden abgetragen.

»War's recht?«, fragte der schüchterne Kellner leise.

»Köstlich«, sagte Luc.

»Und du lebst jetzt in Dresden?«

Er nickte.

»Das ist weit weg.«

»Ich wollte weit weg. Ich wollte das alles vergessen – oder wenigstens verdrängen. Weißt du, diese ganze Geschichte und dann die Scheidung.« Er brach ab. Warum erzählte er das? Andrea hatte keine Ruhe gegeben, konnte immer noch keine Ruhe geben, aber was ging es Isabelle an.

»Der Verlag dort hat mir ein Angebot gemacht und da habe ich zugegriffen.«

»Gefällt es dir?«

»Ich habe es noch keinen Moment bereut.«

»Und geht es dir gut?«

Er hob unbestimmt die Schultern. »Ich habe mich aufgerappelt. Wie du ja auch. Du siehst gut aus. Ich hätte dich beinahe nicht erkannt.«

»Ich habe mir ja auch große Mühe gegeben, mich zu verändern.«

»Ich glaube, es war vor allem die Brille, dass du keine Brille mehr trägst. Wenn ich an dich dachte, die ganze Zeit, habe ich immer zuerst an deine Brille gedacht.«

»Kein Wunder.«

»Warum?«

»Mit der Brille hat das ja irgendwie alles begonnen.«

»Glaubst du?« Er hatte sich oft gefragt, ob alles anders gekommen wäre, wenn sie damals ihre Brille ...

»In meiner Erinnerung fängt es immer damit an, dass ich meine Brille suche. Aber ich konnte sie nicht finden. Und ich musste doch Andrea abholen und zum Bus begleiten.«

So war es ausgemacht. Andrea musste zum Zahnarzt nach Valence. Sie hatte sich einen Zahn ausgebissen oder eine Füllung.

»Sie hat lange gezögert. Sie wollte warten, bis wir wieder zu Hause wären. Aber sie hielt es nicht aus und sie konnte nicht essen.«

Elisabeth Gerber grinste wie ein spottlustiger Teenager. »Ein wenig abnehmen hätte ihr ja nicht geschadet.«

»Sie hatte Schmerzen. Sonst hätte sie sich nie darauf eingelassen.«

»Und dann hätte ich es fast vermasselt.«

Sie hatte versprochen, früh da zu sein und das Baby zu wickeln und anzuziehen, während Andrea sich selber für ihre Abreise bereit machte. Und dann war sie zur verabredeten Zeit nicht da. Und eine Viertelstunde später auch nicht.

»Andrea wollte schon den Termin beim Zahnarzt absagen.«

»Das wäre ihr doch nur recht gewesen.«

»Aber das kam gar nicht infrage. Sie hatte seit zwei Tagen weder gegessen noch geschlafen vor Zahnschmerzen.«

»Trotzdem machte sie ein schreckliches Theater. Sie wollte Anouk allen Ernstes nach Valence zum Zahnarzt mitschleppen. Als ob niemand sonst imstande wäre, auf das Kind aufzupassen.«

Es ärgert sie, als wäre es gestern gewesen, dachte Luc. Merkte sie nicht, dass Andrea recht behalten hatte? Aber sie hatten sich damals alle geärgert. Andrea war schon seit Tagen beunruhigt wegen der bevorstehenden Trennung von Anouk. Und als Isabelle dann nicht kam, schöpfte sie sofort wieder Hoffnung. Ich werde den Bus verpassen, dann musst du uns mit dem Wagen hinbringen. Aber das kam auch nicht infrage. Sie hatten es ein Dutzend mal diskutiert. Es war heiß und der alte Peugeot hatte keine Klimaanlage. Willst du, dass wir verschmachten? Denn ein Fenster durfte man beim Fahren nicht öffnen. Sonst könnte Anouk sich erkälten.

»Dass du zu spät gekommen bist, hat es ihr nicht einfacher gemacht.«

»Ich hatte verschlafen. Und dann konnte ich die Brille nirgends finden. Da bin ich ohne gegangen. Ich brauchte sie ja nur für die Ferne.«

»Und jetzt brauchst du keine mehr?«

Er wollte das Thema wechseln. Von heute sprechen, nicht von damals, nicht von jenem 24. Juli 1998.

»Ich trage seit Jahren Kontaktlinsen. Ich habe meine Brille immer gehasst. Deshalb machte es mir damals nichts aus, ohne sie zu euch zu gehen.«

Wie hatte er nur glauben können, dass sie nicht sofort wieder darauf zurückkommen würde? Dachte er, seit er hier saß, nicht selber immerzu daran? Egal worüber sie gerade sprachen.

»Andrea war ganz schön sauer auf mich, weißt du noch. Das mit der Brille kam ihr gerade Recht. Wie willst du auf mein Kind aufpassen, wenn du nichts siehst?«

Luc musste wider Willen lachen. Sie konnte Andrea immer noch nachahmen, nicht die Stimme, aber den vorwurfsvollen Ton.

»Ich glaube, du magst Andrea immer noch nicht.«

Sie zögerte. »Ich habe sie nie mehr gesehen seither. Aber als meine Kinder klein waren, habe ich viel an sie gedacht. Ich kann sie heute besser verstehen. Aber diese ständige Angst um das Kind war schon krankhaft.« Sie lächelte ein beschämtes Lächeln. »Damals fand ich ihr Getue furchtbar.«

»Ich weiß, du hast damit nicht hinter dem Berg gehalten.«

Sie hatten sich beide heimlich lustig gemacht über Andreas Überängstlichkeit. Aber sie hielten sich trotzdem an ihre Ermahnungen und Verbote. Fast immer.

»Es war wirklich krass. Sie war ständig hinter mir her. Pass auf, dass du sie nicht fallen lässt, dass sie sich nicht erkältet, dass sie genug zu trinken hat bei der Hitze, dass sie nicht aus dem Wagen fallen kann, dass das Gartentor zu ist wegen den Hunden ...«

Geh nicht in die Berge mit ihr, das ist viel zu gefährlich mit einem Baby auf dem Rücken, bleib im Dorf auf den gepflasterten Wegen, dachte Luc. Aber er wollte seine Ex-Frau verteidigen.

»Sie hat viel auf sich genommen, bis sie das Kind endlich hatte. Vielleicht kamen die Ängste daher.«

»Was hat sie denn auf sich genommen? Mehr als andere Frauen?«

»Erinnerst du dich nicht? Als ich Andrea kennenlernte, war sie eine wunderschöne Frau.« Sie war so groß wie er, hatte weiche weibliche Formen und Haare wie ein Barockengel.

»Da muss sie noch sehr jung gewesen sein?«

»Wir gingen beide auf die vierzig zu.«

Isabelle schüttelte den Kopf. »Da war ich fünfzehn oder sechzehn. Ich interessierte mich nicht für die Freunde meiner Eltern.«

Ihre Mutter und Andrea waren Freundinnen aus der Studienzeit. Wenn die Oberholzers im Dorf in den Ferien waren, lud man sich gegenseitig ein oder ging gemeinsam Essen. Aber Isabelle war bei diesen Treffen nie dabei.

»Andrea wollte unbedingt ein Kind. Aber es klappte nicht. Da hat sie eine Hormonbehandlung gemacht ...«

»Ist sie deswegen so dick geworden?«

»Es war schrecklich. Ich glaube, sie hat jeden Tag ein Kilo zugenommen.«

»Man sagt, dass das nur vorübergehend sei.«

Er seufzte. »Bei ihr ging es nicht vorüber. Vielleicht war es einfach der psychische Druck. Sie wollte unbedingt schwanger werden. Und sie mag gern Süßes, vor allem, wenn es ihr nicht gut geht.«

»Aber sie ist doch schwanger geworden. War sie da nicht glücklich?«

»Wir waren beide sehr glücklich. Aber die Schwangerschaft war ziemlich kompliziert.«

»Ich kann mich nicht erinnern, dass ich sie schwanger gesehen habe.«

»In jenem Sommer kamen wir nicht nach Frankreich. Andrea war in ständiger Angst, dass sie das Kind verlieren könnte.«

Und sie hat es ja auch verloren, dachte er.

»Und als Anouk dann da war, hat es nicht aufgehört?«

»Zuerst war sie – wieder wie zuvor. Heiter und zufrieden.«

Luc fing Isabelles zweifelnden Blick auf. Vermutlich konnte sie sich das nicht vorstellen, eine heitere Andrea. In jenem Sommer mit Anouk war sie unruhig und gereizt. Ein schwerfälliges Muttertier, das jeden anknurrte, der sich ihrem Kälbchen näherte. Dieses Bild hatte Luc in seinem Notizbuch notiert.

»Sie war glücklich und gelassen, trug das Baby von früh bis spät mit sich herum und sang ihm Lieder vor. Oder sie saß in einer Ecke und stillte das Kind. Ich erwartete immer, dass sie zu schnurren anfangen würde wie eine Katzenmutter.« Er lächelte bei der Erinnerung. »Sie hat sogar ein paar Kilo abgenommen.«

»Und warum ist es nicht so geblieben?«

»Nach Neujahr begann sie wieder zu arbeiten. Ein halbes Deputat in der Grundschule gleich um die Ecke. Wir wollten uns Arbeit und Kinderbetreuung teilen. Fifty-fifty.«

Er machte eine Pause, schüttelte ratlos den Kopf. »Wir hatten uns das ziemlich einfach vorgestellt. Ich konnte meine Artikel auch zu Hause schreiben, mir die Arbeit frei einteilen. Es war ideal.«

»Aber es hat nicht geklappt.«

»Das neugeborene Enkelkind einer Arbeitskollegin war kurz zuvor an einer Sepsis gestorben. Das war Thema im Lehrerzimmer der Schule. Andrea konnte sich kaum auf die Arbeit konzentrieren. Sie dachte immerzu an ihr Kind zu Hause und ob ich alles richtig machte. Wenn am Ende der letzten Unterrichtsstunde die Glocke schellte, ließ sie alles stehen und liegen, war noch vor den Schülern aus dem Zimmer und rannte buchstäblich nach Hause, um Anouk in die Arme zu nehmen.«

»War das nicht schlimm für dich?«

»Es war für uns beide schlimm. Andrea bekam Schwierigkeiten in der Schule. Sie saß nur ihre Stunden ab, war kaum vorbereitet. Die Eltern der Kinder beschwerten sich. Der Schulleiter bestellte Andrea zu einem Gespräch ein. Er verlangte, dass sie vorbereitet erscheine und nach dem Unterricht nicht gleich verschwinde.«

»Hat es genützt?«

Luc seufzte. »An Ostern wurde Anouk krank. Sie hatte Durchfall und Fieber und wir brachten sie mitten in der Nacht auf die Notaufnahme der Kinderklinik. Sie war dehydriert, aber wir konnten sie wieder nach Hause mitnehmen.«

»Das hast du mir nie erzählt«, sagte Isabelle.

»Nach den Osterferien wurde Andrea verwarnt. Und für die Sommerferien bekam sie Auflagen.«

»Und was hast du gemacht?«

War da etwas Lauerndes in ihrem Blick? In jenem Sommer hatte sich Isabelle über Andrea lustig gemacht. Und er hatte sie nicht verteidigt. Er hatte sich für seine Frau geschämt.

»Ich hielt es für Anfangsschwierigkeiten. Ich war überzeugt, dass es vorbeigehen würde.«

Vielleicht wäre es ja auch vorbeigegangen, dachte er. Wer weiß.

»Zuerst freuten wir uns beide auf die Osterferien. Für mich war das Haus in Frankreich immer ein Ort der Ruhe und Erholung, so eine Art Tankstelle, wo wir Mut und Zuversicht fassen konnten. Ich dachte, dass sich dort alles lösen würde. Aber dann wollte Andrea plötzlich nicht mitkommen. Da sei ja gar nichts für ein Kind vorbereitet. Anouk könnte wieder krank werden. Oder es könnte ihr etwas zustoßen.«

»Und da bist du allein gekommen. Daran erinnere ich mich.«

Sie warf ihm einen schnellen Blick zu. Er schaute weg.

In jenem Frühling war er allein ins Ferienhaus gereist. Am Tag arbeitete er oder stieg in die Berge hinauf. Und die Abende verbrachte er meist bei Isabelles Eltern. Sie saßen draußen vor dem Haus. Armand, der Stiefvater, erzählte von seinen Geschäften.

Anna erkundigte sich nach Lucs Arbeit. Er schrieb an einer Artikelserie über späte Väter. Männer, die mit vierzig oder mehr Jahren erstmals Vater wurden. Und er erzählte von seinem neuen Buch. Isabelle saß dabei und hörte zu, und als ihre Eltern einmal nicht in Hörweite waren, fragte sie, ob sie ihm etwas zu lesen geben dürfe. Einen Aufsatz, den sie auf Deutsch geschrieben hatte. Und den hier niemand korrigierte.

»Es war Andreas Idee, dass ich allein fahren sollte. Wir waren ein ganzes Jahr nicht in unserem Haus gewesen. Jetzt musste ich einfach nachsehen, ob alles in Ordnung war. Aber sie wollte nicht. Ich glaube, sie hat es sehr genossen, Anouk zwei Wochen lang ganz für sich zu haben. Sie keinen Moment aus den Armen zu lassen.«

Die Wirtin und der Junge brachten die Hauptspeise, rosa gebratene Entrecôtes, Fenchelgemüse mit getrockneten Tomaten und frittierte Kartoffelschnitze. Der Duft von Rosmarin stieg daraus auf. Die Wirtin schenkte Wein nach, die Gläser waren schon fast leer.

Er sei hergekommen, um in Ruhe zu arbeiten, hatte Luc damals gesagt. Zu Hause sei es ein wenig unruhig, das Baby schlafe noch nicht durch. Aber Isabelle interessierte sich nicht dafür. Weder für das Baby noch für die Probleme der frischgebackenen Eltern. Ihr Interesse galt der Literatur und dem Schreiben. Er las ihre Aufsätze und sie diskutierten darüber, nachts in der Küche ihrer Eltern, wenn die schon zu Bett gegangen waren. Dann gab sie ihm ihre Kurzgeschichten zu lesen. Und ganz zuletzt die Gedichte.

»Aber sie war eifersüchtig, weil sie meine Texte nicht lesen durfte?«

Er wich ihrem Blick aus.

»Nun ja«, sagte er. »Kannst du das nicht verstehen? Als ich wieder zu Hause war, hast du mir alle paar Wochen einen Brief geschickt. Am Anfang habe ich ihr wohl auch vorgeschwärmt, wie begabt du seist ...«

»Kein Wunder, dass sie mich nicht mochte. Und dann hast du ausgerechnet mich für den Sommer als Babysitter engagiert.«

»Wir waren beide froh, dass du zugesagt hast. Sie hatte Auflagen von der Schule bekommen, musste Berichte schreiben, die schon lange überfällig waren, und andere Sachen nachholen, die sie versäumt hatte. Und ich hatte doch den großen Auftrag von der Zeitschrift.«

»Über die wilden Gewässer der Rhône-Alpes.«

»Es war ein Traumauftrag«, sagte er wehmütig. »Ich habe ihn nie fertiggestellt.«

»Du könntest es nachholen.«

Er lachte ein wenig. »Ich glaube nicht, dass alles noch so ist wie damals.«

Sie machte ein skeptisches Gesicht. »Dort unten ändert sich doch nie etwas.«

Darauf wusste er nichts zu sagen.

»Der Bach ist jedenfalls noch genauso wie immer.

Ich war mit meinem Mann im Sommer dort. Es ist jedes Mal eine traumhafte Wanderung.«

Die Bachwanderung. Auch die gehörte zu den Dingen, an welche er nicht denken wollte. Aber jetzt tat er es doch. Wie oft mochte er diesen Weg gegangen sein? Wann immer die Bedingungen es zuließen, versuchte er, bis zum Ende des Tals durchzukommen, allein oder mit Freunden, mit Denise, mit Andrea vor der Schwangerschaft und zuletzt mit Isabelle in jenem Frühling, als er allein gekommen war. Im Jahr zuvor hatte er über diese kleine Expedition eine Reportage geschrieben. Aber dann schickte er sie nicht ein. Es war sein Bach, seine Wanderung. Keine Fremden sollten ihn hier stören. Auch nicht Isabelles Mann.

»Sind es immer noch hundert Furten?«

Sie lachte. »Ich habe sie nicht gezählt.«

Er zählte jedes Mal die Übergänge. Aber er wusste nicht genau, wie oft der Weg den Flusslauf kreuzte. Der Trampelpfad schlängelte sich dem Wasserlauf entlang, mal auf der linken, mal auf der rechten Uferseite, und nirgends war eine Brücke oder ein Steg. Man musste durchs Wasser waten, über große Steine balancieren, der Strömung standhalten, einen Weg um tiefe Stellen finden und aufpassen, dass man nicht hineinfiel. Viele Male war er umgekehrt, weil der Bach zu hoch ging, sodass man nicht mit aufgekrempelten Hosenbeinen ans andere Ufer tappen konnte, ohne nass zu werden, oder weil die Füße in den Sandalen zu kalt geworden waren. Man verzählte sich leicht, während man durchs Unterholz stapfte, den Vögeln lauschte und den Grillen.

»Seid ihr bis ganz nach hinten gekommen?«

»War kein Problem. Der Bach hatte nicht viel Wasser und das Wasser war nicht kalt.«

»Und?«

»Es ist immer noch überwältigend.«

Er vergaß jedes Mal, wie viel er gezählt hatte, wenn er vor der hohen Felswand stand, aus welcher der Bach durch einen Spalt herausschoss wie aus einer Schneekanone. Das Tal der hundert Furten hatte er es genannt. Das war natürlich poetisch übertrieben. Aber an die fünfzig Übergänge waren es bestimmt, wenn man den Hin- und den Rückweg zusammenzählte.

»Und das Tal? Ist es wirklich noch so wie früher?«

Konnte das sein? Nach der langen Zeit.

»Ein wilder Urwald und keine Menschenseele unterwegs.«

Ihr Gesicht leuchtete bei der Erinnerung daran. Er fühlte etwas in seinem Magen. Sehnsucht. Neid.

Sie stach die Gabel in das Steak auf ihrem Teller.

»Guten Appetit«, sagte sie.

Er nahm Gabel und Messer auf.

»Aber die Papillons wüten natürlich auch dort. Hast du von ihnen gehört? Weiße Schmetterlinge. Tausende, vielleicht Millionen. Es ist unglaublich.

Manchmal sind es so viele, dass man meint, es schneit in großen Flocken. Buchsbaumzünsler heißen sie bei uns.«

Er hatte davon gelesen, aber nie so einen Falter gesehen. Jedenfalls nicht bewusst.

»Erinnerst du dich an die Buchsbaumwäldchen dort am Bach?«

Ja, daran erinnerte er sich. Der Buchs wächst im Dämmerlicht unter den Bäumen und färbt die Schatten dunkler.

»Dort stehen jetzt nur noch schwarze Stämme mit kahlen Zweigen. Du siehst kaum noch ein Buchsbaumblatt. Alles weggefressen von den Raupen dieser schönen Schmetterlinge. Überall ist es so, auch in den Wäldern am Saint-Boniface.«

Er legte sein Besteck wieder ab. Natürlich hatte er davon gehört. Aber er hatte nicht gedacht, dass ... nicht an den Buchs gedacht, der dort überall wuchs, unter den krüppligen Eichen, zwischen den Steinen.

»Kein Buchs mehr?«, fragte er. Seine Stimme knarzte.

»Alles kahl, die meisten sind schon tot.«

Er sah sie entsetzt an. Tot. Die knorrigen Zweige, diese Wedel voll zäher grüner Blättchen, sie waren ein Dach und ein Schutz ...

»Und alles ist voll Raupen«, erzählte sie weiter. »Die sind eigentlich auch ganz hübsch, schwarz und grüngolden,. Sie hängen von den Bäumen herab wie an Spinnenfäden. Wenn du durch den Wald gegangen bist, kleben sie massenhaft auf den Kleidern. Zum Glück nur auf den Kleidern. Haut mögen sie wohl nicht.«

Das erleichterte ihn. Haut mögen sie nicht. Er hatte sie schon vor sich gesehen, dicke Teppiche aus grünschillernden Raupen, die alles bedeckten, lebendig oder tot.

»Wie lange gibt es sie schon, diese Raupen?«

»Seit ein paar Jahren. Sie wurden aus Asien eingeschleppt.«

Vor zwanzig Jahren waren sie noch nicht dort.

»Willst du nicht anfangen?«

»Was? Ach ja, entschuldige. Ich war in Gedanken woanders.«

Wie lange er wohl schon vor seinem Steak saß und sich nicht entscheiden konnte, anzufangen? Er begann zu essen.

»Gehst du manchmal noch zu deinen Eltern?«

Ins Dorf ging sie nur selten. »Ich fühle mich dort nicht wohl.« Aber seit sie verheiratet war, machte sie mit der Familie jeden Sommer Ferien in einem der Nachbardörfer. Dort traf sie sich mit Anna und Armand.

»Gibt es Neues dort unten?«

»Ach, ich weiß nicht. Natürlich ist die Zeit nicht stehen geblieben. Die meisten Häuser wurden renoviert, die Straße ins Dorf ist etwas breiter. Ein paar

Familien sind weggezogen. Ein paar von den Alten sind gestorben. Aber eigentlich ist alles noch wie immer.«

Und unser Haus, wollte er fragen, aber er schluckte die Frage mit einem Kartoffelschnitz hinunter. Es war nicht mehr sein Haus und es ging ihn nichts mehr an.

»Les Bleues sind wieder Weltmeister geworden. Wie damals. Die Schlagzeilen waren genau die gleichen wie vor zwanzig Jahren.«

Er säbelte ein Stück von seinem Fleischstück ab. Führte denn jedes Thema wieder zu damals zurück?

»Weißt du denn noch, was vor zwanzig Jahren in der Zeitung stand?«

Er versuchte, spöttisch zu klingen. Aber es war eine blöde Frage. Natürlich wusste sie es. In jenen Tagen schien es für La Feuille und seine Leserschaft nur zwei Themen zu geben. Die Fußballweltmeisterschaft und das verschwundene Kind des Ehepaars aus der Schweiz. Die Frage, ob die Franzosen in den blauen Trikots Weltmeister werden würden, beschäftigte ganz Frankreich, aber im Drômetal wurde sie manchmal fast verdrängt von der Frage nach der Rolle, die der Babysitter der kleinen Anouk bei deren Verschwinden gespielt haben mochte.

»Ja, sagte sie, das weiß ich allerdings. Das werde ich nicht vergessen, solange ich bei Verstand bin.«

Macht uns träumen, stand auf der Titelseite von La Feuille, als die französische Mannschaft ins Viertelfinale einzog. Und ein paar Tage später: Le rêve continue, mit Ausrufezeichen. Der Traum geht weiter! Während die Franzosen einen Traum wahr werden sahen, lebte Isabelle in einem Albtraum.

Sie kauten schweigend.

Jeden Tag stand der Name Isabelle B. in der Zeitung und im Dorfladen wurde laut über sie geredet. Isabelle war erst vor ein paar Jahren mit ihrer Mutter hergezogen. Sie war eine Fremde im Dorf. Da konnte man nie wissen. Aber sie war auch die Stieftochter von Armand Morin. Und der war gewiss kein Fremder. Die Familie Morin lebte seit Generationen hier, länger als jede andere Familie. Ihre Mitglieder waren immer wichtig gewesen, bedeutende Männer und Frauen. Jeder hier kannte Armand. Und der eine oder die andere hatte die Stirn gerunzelt, als er plötzlich mit dieser Frau ankam. Anna aus Basel mit der Tochter Isabelle. Gab es nicht genug tüchtige Frauen im Drôme-Tal? Musste er eine Ausländerin heiraten? Noch dazu eine, die ein Kind mitbrachte. Ein uneheliches Kind, wie manche wissen wollten. Sie konnte nicht einmal richtig französisch, diese Tochter, die keine war. All das machte sie für La Feuille interessant, noch interessanter, als sie es jetzt ohnehin schon gewesen wäre. Denn sie war die Letzte, die das Kind gesehen hatte. Und sie war es, die auf Anouk aufpassen sollte, als sie verschwand.

Das Fleisch war zart und genau richtig gewürzt.

Aber er hatte keinen Appetit mehr. Warum verlangte er nicht die Rechnung und verabschiedete sich höflich? Noch drei Tage, dachte er, noch zweimal Abendessen. Er musste einen Ausweg finden.

»Gibt es das Blatt überhaupt noch, La Feuille meine ich?«

»Wird immer noch gelesen«, Isabelle nickte mit vollem Mund, dann schluckte sie. »Und berichtet getreulich über jede Vereinsversammlung und jede Schüleraufführung in der Region.«

»Und es stehen immer noch alle, die ihr Bac gemacht haben, mit vollem Namen drin? Und auch die, die noch einmal antreten müssen?«

»Oh ja. Der Datenschutzgedanke hat dort noch nicht so recht Einzug gehalten. Wenn irgendwo eine Schlägerei über die Bühne ging oder ein Einbruch, oder wenn ein Wolf ein paar Schafe reißt, dann kommen die Geschädigten und die Verdächtigten mit Name und Adresse in La Feuille. Außer dem Wolf natürlich. Der kommt am besten weg.«

»Der wird erschossen, oder?«

»Ich glaube nicht. Sie haben dem Bauern geraten, sich einen Hund anzuschaffen. Ach ja, Jean-Paul hat einen neuen Hund. Schon den Dritten seit Nap. Wieder so ein Riesentier. Ich weiß nicht, wo er die immer findet.«

»Wie geht es ihm denn, Jean-Paul? Hat er sich erholt?«

Sie zuckte die Schultern. »Er versucht immer noch, sich zu Tode zu trinken, aber bisher ist es ihm nicht gelungen.«

Sogar er hat sich aufgerappelt, dachte Luc.

»Und er ist verbitterter denn je. Er hat es mir nie verziehen, dass ich vor dem Untersuchungsrichter seinen Namen genannt habe«, sagte Isabelle leise.

Luc schob den Teller zur Seite. »Ich kann nicht mehr. Tut mir leid.«

Er wollte zahlen und gehen. Aber Isabelle war noch nicht fertig.

»Armand sagt immer, Jean-Paul sei ein Idiot, ein Cretin, sagt er. Aber nur en famille. Nach außen verteidigt er ihn, schließlich ist er sein Bruder. Aber er findet, Jean-Paul sollte endlich aufhören mit diesen alten Geschichten. Aber Jean-Paul kann das Unrecht nicht vergessen, das wir ihm angeblich angetan haben. Wie sollte er auch? Die Geschichte flammt immer wieder auf. Solange Andrea nicht Ruhe gibt. Weißt du, dass sie einen Antrag auf Wiederaufnahme des Verfahrens gestellt hat?«

Ja, er wusste es. Er hatte versucht, es ihr auszureden. Aber sie würde nie aufhören, nach Anouk suchen zu lassen. Sie war überzeugt, dass ihre Tochter irgendwo lebte. Und sie würde nicht zulassen, dass die Sache einschlief, dass der Fall am Ende verjährte, der Schuldige straflos blieb. Alle paar Jahre hatten sie und ihre Anwälte neue Verdachtsmomente gefunden, neue

Verdächtige aufgespürt, noch mehr Menschen unglücklich gemacht. Und jedes Gespräch darüber endete damit, dass sie ihm vorwarf, er habe Anouk aufgegeben, wolle glauben, dass sie tot sei, damit er Ruhe habe.

»Andrea wird nie aufgeben«, sagte er düster.

Er hatte alles versucht, um sie von ihrem Vorhaben abzubringen, aber sie war keinem Argument zugänglich, wusste auf alles eine Entgegnung. Wenn Anouk tot wäre, hätte man sie gefunden. Sie finden doch heutzutage alles. Fingerabdrücke, DNA-Spuren, das kleinste Fieselchen Stoff. Und da sollten sie ein Kind nicht finden, ein zehn Monate altes, gut genährtes, gesundes, süßes ... Dann konnte sie nicht weiter reden, wandte sich ab und brach in Schluchzen aus.

»Irgendwie ...« Er suchte nach Worten. Durfte man das sagen? »Irgendwie braucht sie das alles. Es ist ihr Lebensinhalt. Zuerst war es der einzige Sinn ihres Lebens, ein Kind zu bekommen. Als Anouk da war, lebte sie in der Angst, sie zu verlieren. Und jetzt ist die Suche nach ihr zu ihrem Lebenszweck geworden.«

»Und jedes Mal, wenn wieder Bewegung in die Sache kommt, wird im Dorf dort unten alles wieder hervorgezerrt. Meine Mutter hat alle Berichte darüber aus La Feuille gesammelt. Es ist eine ganze Mappe voll. Letzten Sommer habe ich einmal hineingeschaut. Da wird jedes Mal alles wieder von Anfang an erzählt.«

»Und was meinen die von La Feuille, was der Anfang sei?«

An der langen Tafel am Fenster waren die Gäste eingetroffen. Lautes Reden, Stühlerücken. Der Kellner eilte herbei. Eine mittelalterliche Dame mit ausladenden Formen tippte ihm von hinten auf die Schulter und schien ihn etwas zu fragen. Der Junge nickte beflissen und wollte sich zurückziehen. Aber die Dame versperrte ihm den Weg. Sie war selber zwischen zwei Tischen gefangen, die vielleicht etwas nahe beieinander standen. Oder hatte sie soeben jemand verschoben? Luc sah zu, wie die Dame ihre beeindruckenden Hüften zwischen den Tischen hindurchzwängte wie durch eine enge Schlucht und endlich den Weg frei gab. Der Kellner rannte beinahe zurück hinter den Tresen. Luc war dankbar für die Ablenkung. Jede Ablenkung wäre ihm recht gewesen.

5

Was war der Anfang gewesen? Isabelle hing der Frage immer noch nach. Sie hatte verschlafen, hatte ihre Brille nicht gefunden, war ohne Brille zu den Oberholzers hinübergelaufen. Als sie ankam, war Andrea gerade dabei, das Kind zu wickeln. Anouk trug noch den Schlafanzug, der später in der Zeitung abgebildet war. In ganz Frankreich, nicht nur in La Feuille, erschien das Foto, das Andrea ein paar Tage zuvor gemacht hatte. Eines der letzten Fotos von Anouk. Sie saß mit nackten Beinchen auf einer bunten Spieldecke und reckte beide Arme in die Höhe, wie ein Olympiasieger auf dem Siegespodest. So konnte man den kurzärmligen, weißen Body mit der Aufschrift ›Slaap lekker‹ gut erkennen.

Andrea hatte das Foto für Anouks Patin gemacht. Um ihr zu zeigen, dass der Body genau passte. Die Patin hatte den Schlafanzug aus Amsterdam mitgebracht. Wenn sie geahnt hätte, dass das Ding einmal so berühmt werden sollte, hätte sie ihn nicht gekauft, sagte sie später einmal. Obwohl das ja auch nichts geändert hätte.

»Ich ziehe sie später an«, sagte Isabelle an jenem Morgen zu Andrea, »eine frische Windel genügt, wir müssen los.«

Sie hob Anouk vom Wickeltisch und küsste sie auf die Stirn. Sie wusste, dass Andrea sich über solche

Zärtlichkeiten von ihr ärgerte, aber das war ihr egal. Sie verstand nicht, wie Luc es mit dieser schrecklichen Frau aushalten und sogar freundlich zu ihr sein konnte. Andrea sah es nicht gern, wenn andere Menschen ihrem Kind zu nahe kamen. Dabei fürchtete sich Anouk nie vor Fremden. Isabelle bohrte ihre Nase in Anouks Bauch und sog den Duft von Babyöl und frischer Windel ein. Anouk gluckste genüsslich. Dann setzte Isabelle das kleine Bündel in die Babytrage und schwang sie sich auf den Rücken. Auch das sah Andrea nicht gern. Anouk könnte herausfallen, wenn du sie so durch die Luft schwingst, behauptete sie allen Ernstes. Als handelte es sich um den Sitz einer Sesselbahn auf dem Jahrmarkt. Aber heute bemerkte sie es nicht. Wir sind zu spät, jammerte sie, wir werden es nicht mehr schaffen. Aber Luc, der in diesem Augenblick von irgendwo her dazukam, schob sie sanft aus der Tür.

Der Bus hielt dort, wo eine schmale Straße zum Dorf hinauf von der Hauptstraße abzweigte. Er wurde von den Schulkindern benützt und von den wenigen Dorfbewohnern, die kein Auto besaßen. Normalerweise brauchte Isabelle keine zehn Minuten bis zur Haltestelle, mit Andrea waren es an jenem Morgen zwanzig, obwohl sie abwärts gingen. Es war noch früh am Tag und die Hitze würde erst kommen, aber Andrea schwitzte schon jetzt. Unablässig redete sie auf Isabelle ein. Ermahnungen, Gebote, Verbote. Und sag Luc, dass er sie nicht zum Wasserfall mitnehmen darf, hörst du? Ich habe es ihm schon oft gesagt, aber er nimmt es nicht ernst. Ich will nicht, dass er mit dem Kind auf dem Rücken in den Bergen herumklettert.

An der Bushaltestelle wartete niemand. Das sahen sie, als sie um die letzte Kurve bogen. War der Bus schon weg? Oder waren sie die Einzigen, die mitfahren wollten?

»Er ist schon weg«, sagte Andrea und es klang erleichtert. »Wir müssen zurück.«

Wäre es so gewesen, dachte Isabelle später jedes Mal, wenn sie sich die Ereignisse vergegenwärtigte, diesen Teil der Ereignisse, der nicht in der Zeitung stand. Wäre der Bus schon weg gewesen. Dann wären wir zusammen zurückgegangen. Aber der Bus bog eben um eine lange Kurve, kam schnell auf sie zu und hielt brüsk, als Isabelle winkte, weil sie glaubte, er würde vorbeifahren, ohne anzuhalten. Andrea stürzte sich auf Anouk und küsste sie. Das Kind erschrak und begann zu weinen.

»Steigen Sie ein, Madame«, rief der Fahrer, »wir sind spät dran.«

Andrea riss sich von dem Kind los und hastete zum Bus. Auf der kurzen Treppe stolperte sie und stieß sich das Schienbein an der obersten Stufe. Isabelle sah Blut hervorquellen. Anouk schrie. Dann schloss sich die Tür mit lautem Zischen und der Bus fuhr davon.

Auf dem Heimweg schämte sie sich für diese Frau.

Sie führte sich auf, als müsste ihr Kind gleich sterben, wenn sie einmal nicht in seiner Nähe war. Dabei war Anouk ein gesundes und unkompliziertes Baby. Sie strahlte jeden an, und wenn sie Isabelle entdeckte, zappelte sie wild und rief das einzige Wort, das sie sprechen konnte: Mama, Mama. Sie hatte sich längst beruhigt. Gleich würde sie einschlafen. Sie schlief nach dem Frühstück meist noch einmal ein. Isabelle beschloss, Luc nichts von Andreas Missgeschick zu erzählen. Vielleicht hat er nie davon erfahren. Jedenfalls stand es nicht in der Zeitung. Dort stand anderes, immer wieder dasselbe. Isabelle konnte es noch heute aus dem Gedächtnis hersagen. Aber Luc hörte nicht zu. Sie räusperte sich.

»Entschuldige«, sagte Luc, »ich war abgelenkt. Wo waren wir?«

»Beim Anfang. Wie die Zeitungen ihn beschrieben haben. Ich kann es auswendig.«

Er grinste, als habe sie einen Scherz gemacht. Aber sie ließ sich nicht beirren.

»Am Morgen des 24. Juli 1998«, zitierte sie aus dem Gedächtnis, »begleitete Isabelle B., eine Bekannte der Eltern des vermissten Kindes, die Mutter, Madame Andrea Oberholzer, zum Bus und kehrte danach mit dem Kind, la petite Anouk, zum Haus seiner Eltern zurück. So ungefähr fängt es in den meisten Zeitungsartikeln an.«

Ja, so stand es in den Zeitungen. Allerdings auf

Französisch. Luc kam es trotzdem vor, als hätte sie es abgelesen. Er zog seinen Teller wieder heran und versuchte, weiterzuessen. Isabelles Teller war noch halb voll. Sie schien noch lange essen zu wollen, säbelte noch ein Stück vom Steak ab. Sollte sie doch weiter erzählen. Jetzt war es egal. Er war eh schon aufgewühlt und würde heute Nacht schlecht schlafen.

»Gegen Mittag, so geht es dann fast immer weiter, habe jemand die Polizei alarmiert, weil das Bébé Anouk Oberholzer verschwunden war.«

»Haben wir so lange gewartet?«, fragte Luc. Er hatte nur verschwommene Erinnerungen an diese erste Zeit, nachdem Isabelle entdeckt hatte, dass Anouk verschwunden war.

»Wir haben zuerst alles abgesucht, weißt du das nicht mehr?«

Doch, daran erinnerte er sich. Sie hatten gesucht, obwohl Isabelle sagte, das sei sinnlos. Auch jetzt, zwanzig Jahre danach, konnte sie es nicht lassen, ihre Beweisführung zu wiederholen.

»Als ich mit ihr ankam, war sie eingeschlafen. Sie hat nicht lange geweint. Ich nahm sie aus der Rückentrage und legte sie in den Kinderwagen.«

Isabelle hatte das schon so oft gesagt, dass es ihr automatisch über die Lippen kam. Es war unnötig, es zu erzählen. Auch Luc hatte es tausendmal gehört.

»Sie könnte herausgefallen und weggekrochen sein«, sagte er. Auch das hatte er schon viele Male von anderen gehört. Aber damals hatte er selber es zuerst gesagt. Anouk war fast ein Jahr alt. Sie konnte noch nicht allein gehen, aber sie konnte sich aufsetzen, umdrehen, krabbeln.

»Ich habe Anouk mit den Sicherheitsgurten im Wagen angeschnallt.« Das war eine von Andreas vielen Vorschriften. Und Isabelle hielt sich daran.

Trotzdem hatten sie sie überall gesucht. Im Garten unter den Büschen, dann draußen neben dem Weg zum Haus. Da kann sie aber gar nicht sein, sagte Isabelle. Das Gartentor war zu. Ich habe es überprüft. Auch das war eine Vorschrift von Andrea. Damit kein Hund hereinkommen konnte. Trotzdem half Isabelle beim Suchen. Nachbarn kamen herbei. Schließlich war das halbe Dorf auf den Beinen. Erst als Luc jemanden im Bach herumstochern sah, so wie man nach einem ertrunkenen Kind sucht, rief er die Polizei an.

»Stand nicht in der Zeitung, es sei Jean-Paul gewesen, der im Bach stocherte, um eine falsche Spur zu legen?«

»Das war später. Als Jean-Paul verdächtigt wurde. Da stand auch, dass die Mutter des Kindes sich auf ihn gestürzt und ihn angeschrien habe. Aber das war alles frei erfunden. Als jemand im Bach stocherte, war Andrea noch gar nicht aus Valence zurück.«

»Und dann haben sie mich verdächtigt«, sagte Luc.

Er fand selber, dass es ein wenig zu beleidigt klang. Isabelle warf ihm einen zornigen Blick zu.

»Erwarte bloß keine Entschuldigung von mir.«

Sie war schuld. Sie hatte ihn beschuldigt. Aber sie würde sich niemals dafür entschuldigen.

Sie hatte Anouk in den Wagen gelegt und festgebunden, das Gartentor überprüft und war ins Haus gegangen, um sich nach der Hetze dieses Morgens endlich den ersten Kaffee zu gönnen. Sie stand am Küchenfenster, die heiße Tasse in der Hand und behielt Anouk im Auge. Die Kleine würde bald aufwachen. Sie wachte immer auf, wenn das Schaukeln auf dem Menschenrücken aufgehört hatte. Isabelle wollte gleich hinauslaufen, wenn sie sich rührte. Das Kind endlich anziehen, bevor Luc kam, es war ja noch im Schlafanzug. Er sollte nicht denken, dass sie ihre Arbeit vernachlässigte.

»Ich erwarte keine Entschuldigung. Ich habe nie geglaubt, dass du absichtlich falsch ausgesagt hast. Du hast dich einfach geirrt.«

»Ich habe der Polizei gesagt, was ich gesehen habe. Anouk begann zu zappeln und richtete sich auf. Ich wollte hinauslaufen, habe nur schnell die Kaffeetasse ausgespült. Als ich mich wieder umdrehte, warst du schon dort und hattest das Kind aus dem Wagen genommen. Die Babytrage lag neben dem Kinderwagen im Gras. Du setztest Anouk hinein und stelltest den Rucksack auf den Gartentisch, wie du es immer gemacht hast. Du musstest etwas in die Knie gehen, um in die Gurte zu schlüpfen. Aus der Ferne sah es ein wenig bescheuert aus. Dann sahst du mich am Küchenfenster und hast mir zugewinkt.« Und dann war er durchs Gartentor hinausgegangen. Nach links, auf den Weg zum Saint-Boniface.

Sie hatte ihren Teller fast leer gegessen. Jetzt legte sie das Besteck darauf. Sie schwiegen. Was danach geschah, brauchte sie nicht zu erzählen. Es ergab keinen Sinn. Auch heute noch nicht.

Der Kellner kam und räumte wortlos ab. Die Wirtin war mit den neuen Gästen beschäftigt.

6

Als er vom Spaziergang zurückkam, saß sie im Garten und las in der Zeitung. Sie sprang auf, als sie ihn bemerkte, und kam ihm ein paar Schritte entgegen. Sie lächelte ihn an. Wo bist du gewesen, fragte sie, du warst lange weg? Ich war beim Wasserfall, sagte er. Ich wollte etwas überprüfen, was ich gestern geschrieben habe. Und es war so schön da unten im Wald.

Erst jetzt bemerkte sie, dass er keine Babytrage auf dem Rücken trug. Nie hatte er den Ausdruck auf ihrem Gesicht vergessen. Diese Veränderung. Die grünen Augen, die rötlichen Haare, die blasse Haut und die Sommersprossen, die kleine Stupsnase, alles blieb so, wie es war, nicht einmal der Mund verzog sich sichtbar, und doch veränderte sich der Ausdruck dieses Gesichts von der Freude über sein Kommen zu Erstaunen, Unglauben, Ratlosigkeit und dann zu Angst.

Wo ist Anouk, fragte sie. Er wusste nicht, was er sagen sollte, schaute sie nur an. Tausend Gedanken verhedderten sich in seinem Kopf. Du hast sie doch mitgenommen, sagte sie.

Anouk? Nein. Er kam vom Wasserfall her. Da konnte er sie doch nicht mitnehmen. Andrea hatte das bekanntlich verboten.

Ich habe es gesehen. Ich war in der Küche. Du hast mir zugewinkt.

Noch schien sie zu glauben, dass alles ein Irrtum war. Oder dass er vielleicht Witze machte, sie erschrecken wollte.

Aber er blieb dabei. Nein, er hatte Anouk nicht mitgenommen. Er war zum Wasserfall gegangen. Er wollte etwas überprüfen, weil er doch an einem Artikel darüber schrieb, für die Tourismusbeilage einer deutschen Zeitschrift. Er hatte geglaubt, dass Anouk hier sei, in seinem Haus, in Isabelles Obhut. Hatten sie sie nicht dafür angestellt, auf Anouk aufzupassen, während er arbeitete?

Isabelle sagte nichts mehr. Sie half bei der Suche, aber als die Polizisten kamen, wiederholte sie, dass sie das Kind nicht aus den Augen gelassen habe, bis Monsieur Oberholzer es aus dem Wagen genommen habe und mit ihm weggegangen sei.

Und Luc wiederholte, dass er das Kind nicht mitgenommen habe.

Aber wo war Anouk?

»Noch ein kleines Dessert?«, fragte die Wirtin und legte ihnen die Karte auf den Tisch. Isabelle nickte und begann darin zu blättern. Luc beachtete die Karte nicht.

Als Andrea am Nachmittag aus dem Bus stieg, mit geflicktem Zahn, schmerzfrei, aber voller Unruhe, wurde sie an der Haltestelle von einem Polizeiauto erwartet. Und als sie vor dem Gartentor ihren schweren, schwitzenden Körper aus dem Auto zwängte, war sie ein vibrierendes, zuckendes Nervenbündel.

Isabelle saß auf einer Bank im Garten. Sie könne nach Hause gehen, hatte der Gendarm mit dem blonden Schnauzbart gesagt. Aber sie solle sich zur Verfügung halten, falls sie noch Fragen hätten. Der Polizist kannte Armand, war mit ihm zur Schule gegangen oder in den Religionsunterricht, er wusste, wo er Isabelle finden würde. Aber Isabelle wollte nicht gehen. Sie setzte sich auf die Gartenbank und wartete. Niemand hatte sie mehr beachtet. Aber Andrea stürzte sich jetzt auf sie, packte sie an den Oberarmen, schüttelte sie wie einen Apfelbaum und schrie sinnloses Zeug. Du hast nicht aufgepasst. Du bist schuld. Habe ich dir nicht gesagt, dass du sie nicht aus den Augen lassen darfst?

Isabelle wehrte sich nicht. Als Luc seine hysterische Frau gemeinsam mit einem Polizeibeamten wegzog und sie anherrschte, dass sie aufhören solle, sagte Isabelle leise und fast ausdruckslos, dass Luc das Kind auf seinen Spaziergang mitgenommen habe. Sie habe es gesehen.

Andrea schien einen Moment sprachlos, aber dann schrie sie umso lauter.

»Jetzt willst du ihm die Schuld geben! Willst dich herausreden! Gib es zu, dass du gelesen hast, statt auf das Kind aufzupassen.«

Das war auch eine von Andreas fixen Ängsten, dass

Isabelle, die Leseratte, die Babysitterzeit mit Lesen verbringen könnte, statt jede Sekunde über Anouk zu wachen.

»Ich konnte doch gar nicht lesen«, saget Isabelle verzweifelt, »ich habe doch meine Brille nicht dabei.«

Das war gelogen. Sie war kurzsichtig, konnte in die Ferne nicht scharf sehen. Zum Lesen brauchte sie damals keine Brille. Les mensonges ne mènent pas loin. Sie führen nicht weit, die Lügen. Sie haben kurze Beine. Oder sie stellen sich selber ein Bein.

»Ah, du hast die Brille nicht. Aber du willst von der Küche aus gesehen haben, dass Luc das Kind aus dem Wagen genommen hat. Wie willst du das gesehen haben? Du siehst doch gar nichts in der Ferne. Das hätte doch irgendjemand sein können.«

Am folgenden Tag hatten sie das überprüft. Sogar ihren Optiker hatten sie befragt. Was mochte der gesagt haben? Aber es spielte keine Rolle, ihr Name stand schon in der Zeitung. Isabelle Bernasconi war die junge Frau, die den Vater des entführten Kindes beschuldigt und damit von der Entführung abgelenkt hatte. Wertvolle Zeit war vergangen. Vom Kind immer noch keine Spur. Und Isabelle war schuld. Sie war kurzsichtig. Entferntere Gegenstände konnte sie nicht scharf erkennen. Auf die fragliche Distanz bestimmt keine Gesichter unterscheiden. Es konnte also jemand anders gewesen sein, der das Kind aus dem Wagen nahm.

Von da war der Weg nicht weit zu der einzigen Schlussfolgerung, die Sinn machte. Anouk war von einem Unbekannten entführt worden.

»Du hättest mich an den Galgen gebracht«, sagte Luc. Es sollte ein Scherz sein. »Andrea hat mich gerettet.«

»Oh ja. Und Andrea wusste ja auch gleich, wer der Entführer war. Für sie kam nur einer infrage und der musste es gewesen sein.«

Ob sie Feinde hätten, fragten die Ermittler.

Luc hatte nur den Kopf geschüttelt. Aber Andrea nickte heftig. Ja, sie hatte einen Feind. Er hatte ihr gedroht. Oder nein, er hatte Anouk gedroht.

»Haben Sie etwas Schönes gefunden?« Die Wirtin stand wieder da und sprach offenbar von den Nachspeisen.

»Ein Sorbet, bitte«, sagte Isabelle zerstreut, »ein Zitronensorbet mit Wodka.«

»Und für mich einen Wodka«, sagte Luc.

Er sah der Wirtin nach. Ihren Plateausohlen.

»Ganz unschuldig war Jean-Paul ja wirklich nicht.« Er fand Isabelles Zorn ungerecht.

»Andrea hat sich völlig danebenen benommen.«

»Dieser Hund war aber wirklich eine Plage.«

»Seit wann verteidigst du Andrea? Früher hast du gesagt, sie habe einfach Angst vor Hunden.«

»Ja, sie hat Angst vor Hunden, vor allem vor großen Hunden. Und ganz besonders vor solchen, die aussehen wie eine Kreuzung zwischen Bär und Löwe und Tag und Nacht frei herumlaufen.«

Sie lächelte. Kreuzung zwischen Bär und Löwe traf es ziemlich gut. Aber Andrea hatte dem Tier unrecht getan.

»Und weil sie nicht zugeben wollte, dass sie einfach Angst hatte, behauptete sie, er kacke in euren Garten. Das war gelogen.«

»Vielleicht ist es einmal vorgekommen. Jean-Paul wohnt ja fast nebenan. Da kann es schon vorkommen, dass der Hund mal durch unseren Garten streunt.«

Durch unseren Garten, sagte er. Als ob es noch so wäre. Und jetzt stritten sie wieder über Jean-Paul und seinen Hund, als ob es darauf noch ankäme.

»Nap war jedenfalls ein wirklich liebes Tier und er hat nie jemandem etwas getan.«

Napoleon hieß das seltsame Riesentier mit vollem Namen. Jean-Paul nannte ihn nur bei feierlichen Anlässen so. Im Alltag rief er ihn Nap. Aus seinem Mund klang es wie Nape, mit einem ganz kurzen ›e‹ am Schluss. Er habe ihn von der Ziegenfarm, am jenseitigen Abhang des Saint-Boniface, behauptete Jean-Paul. Die Mutter sei ein gewöhnlicher Bauernhund, der die Ziegen hütete und den Hof bewachte. Schwarz und braun mit kurzem Fell und spitzer Schnauze. Aber dieser Sohn, den Jean-Paul vor dem Ertränktwerden bewahrte, als er fragte, ob er ihn haben könne, dieser Sprössling war nicht nach ihr geraten. Als Jean-

Paul ihn ins Dorf brachte, war er ein paar Wochen alt, ein wolliger Welpe mit gelbem Wuschelfell und viel zu großen Pfoten. Sie blieben immer zu groß, diese Pfoten, so sehr sich ihr Besitzer auch zu bemühen schien, ihnen zu entwachsen. Sie erinnerten Luc an unförmige Kartoffeln, die durch die Luft wirbelten, wenn der Hund herumsprang. Und das tat er fast immer. Falls der schöne und würdige Leonberger, den deutsche Feriengäste im Herbst oder Winter am Saint-Boniface spazieren führten, wirklich der Vater war, so hatte Nap auch von ihm kaum etwas mitbekommen.

»Er war eine furchterregende Missgeburt.«

»Er war der freundlichste und liebste Hund, den ich jemals gekannt habe.«

So konnte man es auch sehen. Er war wirklich freundlich. Auf bekannte wie auf fremde Menschen lief er begeistert zu, wedelte und bellte manchmal sogar vor Freude. Wer die Hundesprache nicht so gut verstand oder wie Andrea einfach Angst vor großen Hunden hatte, erschrak jedes Mal fürchterlich. Er will doch nur spielen, rief Jean-Paul von Weitem, wenn er zufällig mitbekam, dass sein Hund wieder einmal jemandem Angst machte. Aber sogar jene unter den Fremden, die sein Französisch verstanden, konnte das nicht beruhigen. Napoleon wollte wirklich spielen, hüpfte herum, ließ die Pfoten fliegen und fiepte wie ein Welpe. Aber er war groß wie ein Kalb und hatte ein langes gelbes Fell, das ihm am Hals wie eine

Löwenmähne abstand und ihn wirklich gefährlich aussehen ließ. Der arme Nap wusste davon offensichtlich nichts. Vielleicht war er geistig ein wenig zurückgeblieben. Sein Selbstbild schien immer noch das des süßen kleinen Welpen zu sein, der er Isabelle zufolge einst gewesen war.

»Du hast ihn einfach nie verstanden. Dabei mochte er dich ganz besonders.« Jetzt grinste Isabelle. Sie wussten beide, warum, aber Luc fand jene Begebenheit auch heute noch nicht besonders lustig.

Er hatte sich mit Isabelle beim Friedhof verabredet. Es war in jenen Frühlingsferien, als er ohne Andrea nach Frankreich gereist war. Sie wollten zusammen auf den Saint-Boniface hinaufsteigen. Isabelle hatte sich verspätet und Luc setzte sich auf eine Bank am Eingang zum Friedhof und zog sein Notizbuch heraus. Er wollte irgendetwas aufschreiben, was ihm gerade eingefallen war. Er schrieb seine Einfälle immer auf. Das machte er auch heute noch. Später, beim Blättern im Notizbuch, entdeckte er all die vergessenen Geistesblitze wieder, wie Erinnerungen aus längst vergangenen Tagen. Und wie er dort saß, ganz allein und mit dem Notizbuch auf den Knien, kam Nap herbeigewedelt und legte ihm zuerst eine Pfote und dann den massigen Kopf, schwer wie ein preisgekrönter Riesenkürbis, in den Schoß. Luc kraulte ein wenig in der ungepflegten Löwenmähne. Es konnte nicht schaden, sich mit dem Biest gut zu stellen, auch wenn der

Geruch, der aus den verfilzten Haaren aufstieg, etwas mehr Abstand wünschenswert erscheinen ließ. Doch Nap drängte sich näher an ihn heran und versuchte, auf seine Knie hinauf zu kriechen, wie ein Schoßhündchen. Lucs Versuche, ihm das auszureden, schien er als Ermutigung zu verstehen. Zum Glück kam da endlich Isabelle und das Ungeheuer ließ von ihm ab und rannte Isabelle beinahe über den Haufen. Aber sie lachte nur, denn sie liebte ihn heiß, seit er ein tapsiges Hündchen gewesen war.

»Etwas stürmisch war er schon, das musst du zugeben«, sagte Luc.

Andrea fürchtete ihn und traute sich kaum allein aus dem Garten hinaus, weil der Hund Tag und Nacht frei in der Nachbarschaft herumlief.

»Ja schon«, gab Isabelle zu. »Aber als Anouk da war, ist Andrea völlig durchgedreht. Sie verlangte von Jean-Paul, dass er den Hund einsperrt und an die Leine nimmt, wenn er mit ihm rausgeht. Das war völlig absurd. Jean-Paul hat noch nie eine Hundeleine besessen.«

Isabelle regte sich auf wie damals. Da war sie jung gewesen und hatte die Freiheit ihres Stiefonkels gegen die Ansprüche der Fremden verteidigt, obwohl auch manche Kinder aus dem Dorf dem Hund aus dem Weg gingen und ihre Mütter sich bei Armand über Nap beschwerten. Für die hatte sie Verständnis, aber Andrea fand sie nur lächerlich. Sie sei une grosse dondon, sagte Jean-Paul, eine fette Dampfwalze. Und Isabelle fand, dass er recht hatte.

»Andrea ist in der Stadt aufgewachsen und sie hatte nun einmal Angst vor dem Tier.«

»Sie war es, die Jean-Paul zuerst gedroht hat, das musste sie zugeben. Wenn er den Hund nicht anbinde, könnte ihm etwas passieren, hat sie gesagt. Sie hat angefangen.«

Luc sagte nichts. Was stritt er sich hier um einen Wortwechsel, der vor zwanzig Jahren stattgefunden hatte? Und bei dem er nicht einmal dabei gewesen war. Andrea war vom Einkaufen in der Épicerie zurückgekommen, verstört und aufgelöst. Sie habe Jean-Paul getroffen, mit dem Hund natürlich. Der Hund sprang auf sie zu und schnüffelte am Tragetuch, in welchem sie Anouk auf der Hüfte trug. Sie hatte furchtbare Angst, dass er das Kind mit seinen Zähnen packen könnte. Sie rief Jean-Paul zu, er solle den Hund an die Leine nehmen, aber der lachte nur. Und als sie dann wütend wurde und in ihrer Angst sagte, er solle den Hund anbinden, sonst könnte ihm etwas passieren, da habe er geantwortet, sie solle selber aufpassen, dass ihrem Balg nichts passiere.

»Sie war sicher, dass er ihr gedroht hatte, Anouk etwas anzutun.«

»Das war doch Quatsch.«

Jean-Paul konnte kein Deutsch und Andreas Schulfranzösisch war nicht besonders elaboriert. ›Gosse‹, habe er gesagt, dieses Wort kannte sie und sie hatte es mit Balg übersetzt. Aber das Wort ist im Französischen nicht unbedingt abwertend. Manchmal wird es mit Göre übersetzt. Es kann aber auch einfach Kind bedeuten. Und viel mehr vom französischen Wortlaut konnte Andrea nicht wiedergeben. Man war geneigt, Jean-Paul zu glauben, als er später behauptete, die Dame aus der Schweiz habe ihn wohl falsch verstanden. Er habe gesagt, er werde schon aufpassen und ihrem Kind werde nichts passieren.

Aber Andrea ließ das nicht gelten. Sie war sicher, dass Jean-Paul das Kind entführt hatte, gestohlen, sagte sie, aus ihrem Garten, aus dem Kinderwagen gestohlen, unter den Augen von Isabelle, die nicht aufgepasst hatte.

Natürlich gingen die Beamten zu Jean-Paul hinüber. Sie kannten ihn gut. Alle kannten ihn. Jean-Paul war nicht nur das schwarze Schaf in der Familie Morin, sondern der Schandfleck des ganzen Dorfes. Er wohnte in einem Schuppen, der seinem Bruder gehörte. Armand hatte sogar eine Küche und ein Bad eingebaut, und er gab Jean-Paul Geld, wenn er vorbeikam und sich über die Preise und die Unverschämtheit der Leute beschwerte. Auf dem Grundstück rund um den Schuppen wucherten Unkraut, Müll und Schrott und bildeten einen passenden Hintergrund zu Jean-Pauls Erscheinung. Nackte Beine und ein Unterhemd im Sommer, Schlabberhosen und eine fleckige Jacke im Winter, die Haare zu jeder Jahreszeit speckig und steif. Er war verwahrlost, Junggeselle, fast immer ohne Arbeit, häufig betrunken und hatte stets etwas zu meckern. Manchmal hörten sie ihn vor seiner Bude herumkrakeelen, dann wieder war er für Tage verschwunden. Er habe auswärts zu tun gehabt, brummte er auf die Fragen der Nachbarn, die inzwischen seinen hungrigen Hund fütterten, aber alle wussten, dass er nur irgendwo einen gewaltigen Rausch ausgeschlafen hatte. Vermutlich nicht selten in einer Ausnüchterungszelle in der Stadt unten. Die Polizisten gingen also hinüber und klopften an die Tür. Aber Jean-Paul war nicht zu Hause.

Das Sorbet wurde gebracht, drei weiße Kugeln wie kleine Schneebälle in einem bauchigen Kelchglas.

»An jenem Abend war Andrea überzeugt, dass Jean-Paul Anouk aus dem Wagen genommen hatte und sich jetzt irgendwo versteckte. Mit oder ohne Anouk. Es war beides gleich entsetzlich.«

»Ja«, sagte Isabelle, »Andrea hat sich unmöglich verhalten, aber an jenem Abend tat sie mir leid.« Sie schauderte bei der Erinnerung. »Es war so schrecklich. Anouk war ja noch so klein. Und wir hatten sie doch alle so gern. Sie war so lustig und voller Leben.«

Ihre Stimme zitterte ein wenig. Sie sah Luc an, als erwarte sie eine Bestätigung. Luc überging es. Sie sprachen von Jean-Paul und von seinem Hund und er hatte von Andrea gesprochen, das war schlimm genug. Über Anouk würde er nicht sprechen.

Sie mussten jetzt lauter reden. Die Gäste am langen Tisch klapperten mit Besteck und Geschirr, ließen Gläser klingen und füllten den Raum mit Reden und Gelächter.

Sie würden Jean-Paul schon finden, sagte einer der Polizisten zu Luc. Er meinte es beruhigend und sprach in zuversichtlichem Ton. Aber seine Ruhe brachte Andrea erst recht in Aufruhr. Wenn Jean-Paul das Kind entführt hatte, konnte er damit über alle Berge sein. Man musste nach ihm suchen, sofort, überall. Warum standen die Polizisten hier herum? Sie ließ sich nicht beruhigen. Jean-Paul, dieser Wüstling hatte ihr Kind. Es war unvorstellbar, es war entsetzlich. Er würde Anouk wehtun, sie nicht wickeln, hungern lassen, umbringen. Aber nein, sagte Luc, beruhige dich doch. Was soll Jean-Paul mit einem Baby? Er hat sie genommen, schrie Andrea. Vielleicht hat er sie irgendwo ausgesetzt, im Wald. Sie wimmerte. Die Polizei sucht den Wald ab, sagte Luc. Mit Hunden. Da schauderte sie und schluchzte auf. Polizeihunde, sagte Luc, die tun einem Kind nichts. Er hätte die Hunde besser nicht erwähnt. In Andreas Vorstellung sahen sie vermutlich dem wilden Nap ähnlich und ihre Angst um Anouk wuchs womöglich noch ein Stück. Sie werden sie bald finden, sagte Luc, glaub mir. Bald bringen sie sie dir.

Damals glaubte er fest daran.

Die Wirtin kam mit der Wodkaflasche, füllte ein kleines Glas und goss es feierlich über die Schneebälle. Dann schenkte sie ein etwas größeres Glas für Luc ein und gab einen großzügigen Schluck über die Markierung hinaus dazu. Als sie gegangen war, trank er es auf einen Zug zur Hälfte aus.

»Am ersten Abend war ich ganz sicher, dass sie Anouk bald finden würden.«

Aber in der Nacht regnete es. Es war der erste Regen seit Wochen und er kam ausgerechnet jetzt. Nur ein lokales Gewitter in den Bergen, mit Donner, Blitz und Windböen. Er lag im Bett, aber er hatte keine Minute geschlafen. Und wenn er einmal eindöste, schreckte er gleich wieder auf, zurückgeholt vom Schluchzen und Wimmern im Bett neben ihm, wo Andrea lag und schlaflos den Tag herbeisehnte und heraufziehen fürchtete, der Erlösung bringen konnte oder tödliche Gewissheit. Sie hatte den Regen zuerst gehört und wand sich im Bett in einem Grauen, das keine Worte mehr fand und keinen Trost duldete. Draußen goss es wie aus Kübeln, wie vache qui pisse, und ihr Kind war nicht da, war vielleicht im Wald, allein, nass, hungrig, unterkühlt, würde schreien vor Angst, wimmern vor Schmerzen, leiden, in einer Pfütze ertrinken.

Gegen Morgen wurde das Trommeln auf dem Dach zu einem gleichmäßigen Rauschen in der Welt, das nichts Tröstliches hatte. Auf den aufgewärmten Feldern und Steinen im Tal verdunstete das Wasser und stieg als Nebel, dicht und weiß wie Watte, herauf, hing grau und nass über den Wäldern und über dem fröstelnden Dorf. Und gleichmütig sank ein Nieselregen herab, fein und stetig, und hatte längst alles blank gewaschen.

Erst als sie am Küchentisch saßen, in ihre Kaffeetassen starrten und den Blick nur hoben, um aus dem Fenster in ein endlos graues Nichts zu schauen, fiel ihm ein, dass dieser Regen die Spuren verwischt hatte. Und etwas später sagte Andrea mit einer Stimme, die er kaum erkannte: Gott ist mit dem Bösewicht. Er will nicht, dass die Wahrheit herauskommt. Und er dachte, dass sie womöglich recht hatte. Und obwohl er überhaupt nicht gläubig war, fragte er sich, ob es nicht das Einfachste wäre, wenn die Menschen sich in Gottes Pläne fügten.

»Und jetzt? Glaubst du, dass wenigstens die Wahrheit einmal gefunden wird?«

Er schüttelte den Kopf. »Dazu ist es zu spät. ›L'affaire Anouk‹ wird wohl ungelöst bleiben.«

»Wie hast du heute im Kurs gesagt? Eine Geschichte muss ein Ende haben, das keinen Raum für Fragen offenlässt.«

»Ich habe Somerset Maugham zitiert: Ich will, dass eine Geschichte eine Form hat, und ich sehe nicht, wie man ihr Form verleihen kann, wenn man sie nicht zu einem Ende bringt, einem Ende, das keinen Raum für Fragen lässt.«

Isabelle lächelte. Er konnte es immer noch, aus dem Gedächtnis lange Passagen zitieren, die ihm wichtig waren. Schon damals hatte sie das beeindruckt.

»Somerset Maugham ist ein Dichter«, fuhr Luc fort. »Er spricht von der Dichtung, nicht vom Leben. Das Leben ist kein Roman. Im Leben gibt es ungelöste Fälle.«

»Andrea scheint das anders zu sehen. Wie hast du zu der Studentin gesagt? Die Menschen werden damit nicht zufrieden sein.«

»Die Leser werden nicht zufrieden sein, die Leser eines Romans.«

»Auch im Leben sind wir nicht zufrieden, wenn zu viele Fragen offenbleiben«, sagte Isabelle. »Warum sonst hat Andrea neue Untersuchungen beantragt? Sie glaubt immer noch, dass die Antwort auf ihre Frage eines Tages gefunden wird. Und für sie heißt das offenbar, dass sie dann auch Anouk finden wird.«

»Ach hör auf damit«, sagte er, plötzlich verstimmt. »Ich muss schlafen gehen. Ich habe morgen Unterricht.«

»Du hast recht«, sagte sie. »Es ist spät geworden.«

Sie griff nach ihrer Handtasche und stand auf.

»Vielleicht finden wir morgen eine Antwort«, sagte sie beim Hinausgehen.

Luc sagte nichts. Warum ließ sie ihn nicht in Ruhe?

Warum musste sie diese Geschichte ausgraben, die ihn beinahe ins Irrenhaus gebracht hatte? Er war hergekommen, um zu arbeiten. Aber sie ließ ihn nicht. Konnte sie sich nicht denken, wie ihn das aufwühlte? Hatte er sich nicht vorgenommen, über etwas anderes mit ihr zu sprechen? Und worüber hatten sie jetzt geredet, den ganzen Abend lang? Und morgen wollte sie eine Antwort finden, hatte sie gesagt. Was denn für eine Antwort? Aber da würde er nicht mehr mitspielen. Er würde morgen früh den ersten Bus nach Schopfheim nehmen und der verantwortlichen Dozentin ausrichten lassen, dass sein Vater schwer erkrankt sei, einen Herzinfarkt erlitten habe, er müsse sofort zu ihm.

Allerdings, dachte er, während er schon die Treppe zu seinem Zimmer hinaufstieg und darauf lauschte, wie Isabelle, Madame la Directrice, im ersten Stock durch den Gang ging und ihre Zimmertür aufschloss, allerdings war sein Vater schon lange tot. Das wäre nicht schwer herauszufinden, wenn man ein wenig nachforschte, ein wenig suchte, nur ein bisschen in seinem Leben herumstocherte wie in einem Bach. Und wer weiß, was sonst noch zu finden war. Sein Zusammenbruch, die Wochen in der Klinik. Und auch wenn niemand etwas herausfand, die Chance auf weitere Aufträge an der Hochschule wäre auf jeden Fall dahin. Wer würde einen Dozenten anstellen, der mitten in der Kurswoche das Weite suchte?

Er sollte besser kein Aufsehen erregen, den Unterricht morgen abhalten. Alles andere vergessen. Hatte er das nicht gelernt? Aber auf jeden Fall würde er nicht noch einmal mit Isabelle zu Abend essen. Er musste das nicht. Sicher gab es in der Nähe ein Restaurant, zu dem er sich im richtigen Augenblick davonschleichen konnte.

Zweiter Tag

Verdächtige

7

Über Mittag zog er sich auf sein Zimmer zurück, hängte zur Sicherheit das »Bitte nicht stören«-Schild außen an die Tür. Er mochte nichts essen, brauchte dringend ein wenig Ruhe. Er hatte schlecht geschlafen. Vom Saint-Boniface hatte er geträumt, dem Hausberg über dem Dorf im Drômetal. Hinter dem Friedhof führte ein Wanderweg aufwärts durch den Wald und vorbei am rostigen Gipfelkreuz zur Kapelle des heiligen Boniface, der die ganze Gegend mit Menschen, Häusern und Tieren beschützte. Dort, unter einem schmalen Vordach, konnte man ein wenig rasten, weil man den anstrengendsten Teil geschafft hatte, bevor man zum Wasserfall weiterging und in seinem Rauschen und Brausen hinabstieg, bis dort, wo er im Talgrund in ein Becken stürzte. Dann führte der Weg breit und eben um die Bergflanke herum zurück ins Dorf. Vier Stunden brauchte er jedes Mal, bis er wieder zu Hause ankam. Er ging diesen Weg immer am ersten Tag der Ferien. Erst danach war er wirklich angekommen in seinem Haus. Aber im Traum heute Nacht war er nicht angekommen. Er hatte den Weg verloren, war durch den Wald geirrt. Und hatte etwas gesucht.

Er musste diese Sache hier beenden. Sie tat ihm nicht gut. Außerdem hatte er gestern Abend mehr getrunken, als er sollte. Erst der Sherry, dann der Wein und am Ende der Wodka. Immerhin war er schnell eingeschlafen. Erst gegen Morgen hatten die Träume begonnen. Er war aufgewacht und wieder eingedöst, bis andere Traumfetzen ihn gleich wieder weckten. Seltsame Dinge hatte sein Gehirn da zusammengesponnen. Die Walfischmutter tauchte auf. Er hatte das Video vor ein paar Tagen im Internet gesehen. Es zeigte einen Wal vor einer Küste irgendwo im Norden. Aber in seinem Traum war es jetzt die Schwarzwaldküste. Eine Walmutter schob ihr Kalb an die Wasseroberfläche, damit es Luft holen konnte, immer wieder aber ohne Erfolg, denn das Kalb war tot. Doch die Mutter, riesig, aufgedunsen, starrsinnig, gab nicht auf. Es war Anouk, eine erwachsene Anouk, die ihrer Mutter ähnlich sah, sie monströs übertraf an Körpermaßen und an Unbeirrbarkeit bei der Rettung eines längst verlorenen Kindes. Danach konnte er nicht mehr einschlafen. Und dann war es Zeit zum Aufstehen gewesen.

Er legte sich aufs Bett. Nur einen Augenblick, beschwor er sich. Der Vormittag war gut verlaufen, auch wenn er ein wenig Kopfschmerzen hatte. Aber diese Gruppe war nicht ganz pflegeleicht. Er musste aufpassen. Schon zwei Mal war der Ton zwischen den Teilnehmern, oder jedenfalls einem Teil davon, recht gereizt geworden. Er musste wachsam sein, rechtzeitig eingreifen, die Leute auf den Weg zurückrufen, bevor sie in abschüssiges Gelände gerieten.

Er starrte an die Zimmerdecke. Holztäfelung. Zwei nah beieinanderliegende Astlöcher starrten auf ihn herab. Da war dieser Schamane. Er war ihm gleich aufgefallen. Groß, selbstbewusst. Urs Wolf nannte er sich in der Vorstellungsrunde. Das musste sein Künstlername sein. Auf der Teilnehmerliste gab es keinen Wolf. Und auch keinen Urs oder Bär. Für Luc war er gleich von Anfang an der Schamane. Langes Haar, aus der Stirn nach hinten gekämmt, im Nacken zusammengebunden. Früher mochte es schwarz gewesen sein, jedenfalls dunkel wie seine Augen, aber jetzt war es fast ganz weiß. Die Haut faltig, die Zähne vergilbt. Das relativierte die beeindruckende Zahl von Kurzgeschichten und Gedichten, die er in Anthologien und Zeitschriften veröffentlicht haben wollte. Wie hatte er gesagt, was er sei? Seelendichter? Einige hatten die Augen verdreht. Er arbeite jetzt an seinem ersten Roman.

Luc rekelte sich auf dem Hotelbett, streckte die Arme über dem Kopf und bewegte die Schultern. Das Seminarprogramm konnte streckenweise ohne ihn ablaufen. Das hatte er so eingerichtet. Aber in schwierigen Gruppen musste er aufpassen, dass die Leute nicht übereinander herfielen. Die Kursteilnehmer arbeiteten an eigenen und fremden Texten. Lesen, schreiben, redigieren, kritisieren. Sie hatten ihre eigene Geschichte mitgebracht. Geschrieben nach seinen Vorgaben. Mindestens zehn Seiten sollten es sein. Maximal zwanzigtausend Buchstaben, keiner mehr. Ausgedruckte Normseiten in dreifacher Ausführung. Und natürlich alles auch in elektronischer Form. Wer sich anmelden wollte, musste ihm seinen Text zuvor schicken. Gelesen hatte er sie nicht. Vielleicht hätte er diesen Urs Wolf abgewiesen, wenn er seine Geschichte gelesen hätte. Aber warum sollte er. In seinen Kursen konnte jeder etwas lernen. Wenn Sie nach Hause gehen, wird Ihr Text nicht mehr wiederzuerkennen sein, sagte er den Seminarteilnehmern am ersten Tag. Und ich versichere Ihnen, dass er besser sein wird. Die vielen Zuschriften, die er nach seinen Kursen erhielt, bestätigten diese Behauptung. Der fremde Blick, den er sie üben ließ, inspirierte die Leute und nahm ihnen die Angst und die Ehrfurcht vor dem eigenen Text.

Er warf einen Blick auf den Wecker. Noch fünf Minuten liegen bleiben. Er durfte nicht einschlafen. Hatte er nicht noch etwas erledigen wollen in der Mittagspause? Etwas für den Unterricht? Er schloss die Augen. Egal. Er war gerüstet. Zur Not hatte er ja immer den Briefkasten. Die Leute liebten diese Erfindung. Und auch für ihn war sie gut. Sie vermied, dass man ihn beim Referieren unterbrach oder den Ablauf aus dem Gleis brachte. Wer eine Frage hatte, schrieb sie auf einen Zettel und warf das Papier in den Karton, den er am Anfang des Kurses aufstellte. In der letzten Stunde jedes Halbtags leerte er dann den Briefkasten aus und zog eine Frage heraus, die er meist sofort aus dem Stegreif beantwortete oder auf den Stapel für ›später beantworten‹ legte; entweder weil die Antwort tatsächlich für später auf dem Programm stand oder weil er zuerst darüber nachdenken musste. Gelegentlich konnte er, im Einverständnis mit dem Fragesteller, die Frage als bereits erledigt etikettieren und den Zettel in den Papierkorb schmeißen. Damit verging immer mindestens eine Stunde. Was an Fragen übrig blieb, ging zurück in den Briefkasten und bildete dort ein beruhigendes Polster. Falls ihm je der Stoff ausgehen sollte ...

Er fuhr hoch und rieb sich die Augen. Er musste eingedöst sein. Noch zwanzig Minuten bis Unterrichtsbeginn. Er ging ins Bad, spritzte sich Wasser ins Gesicht, kam langsam zu sich. Und da fiel es ihm wieder ein. Er musste eine Gaststätte für heute Abend finden, egal was für eine. Er wollte nicht mit Isabelle essen. Es war okay gewesen gestern. Er hatte erfahren, was er wissen wollte. Isabelle ging es gut. Sie hatte sich erholt von der Geschichte. Es mochte hart gewesen sein, gewiss. Aber für ihn war es ja auch hart. Immer noch. Das Gespräch hatte ihm zugesetzt. Er brauchte nicht noch mehr davon.

Zum Glück hatte er den Laptop schon hochgefahren, bevor er sich hinlegte. Im Ort hier gab es kein anderes Restaurant außer dieses hier im Hotel, das hatte er schon herausgefunden. Und gleich nebenan war nichts. Das zeigte eine schnelle Suchanfrage nach Restaurants in der Nähe. 3,8 Kilometer bis zur nächsten Gaststätte. 4,5 Kilometer bis zur übernächsten. Er hätte wirklich mit dem Wagen herkommen sollen. Dann wäre das jetzt kein Problem. Aber zu Fuß würde er mehr als eine Stunde brauchen. Auch wenn er die Abkürzung auf dem Wanderweg durch den Wald nahm. Und dann im Dunkeln zurück? Auf schmalen Wegen, hier in dieser gebirgigen Gegend. Das konnte gefährlich werden. Wie schnell man irgendwo zu nahe an einen Abgrund geraten konnte.

Ob es nicht doch möglich war, sich das Essen aufs Zimmer kommen zu lassen? Er konnte doch sagen, er müsse noch den Unterricht für morgen vorbereiten. Er blätterte in dem laubfroschgrünen Ordner, den er auf dem Schreibtisch gefunden hatte. Alles, was Sie über uns wissen müssen. Fragen von A-Z. Unter Zimmerservice war nachzulesen, dass das Zimmer täglich gereinigt würde, sofern der Gast es wünschte. Von Essen aufs Zimmer servieren lassen stand da nichts. Unter E wie Essen, war zu erfahren, dass man am Mittag und am Abend im Restaurant essen konnte. Frühstück gab's im Frühstücksraum. Aber – bingo, dachte er – Elektrobike. Zwei E-Bikes standen den Gästen kostenlos zur Verfügung. Einfach rechtzeitig reservieren.

Noch fünfzehn Minuten bis zum Unterrichtsbeginn. Er griff zum Telefon neben dem Bett. Zuerst das

E-Bike, dann ein Tisch im Restaurant Waldmeister im übernächsten Dorf. Die Leitung war besetzt. Dafür gab sein Handy laut. Eine Art Donnergrollen vor einem Gewitter. Eine SMS. Während er auf das Freiwerden der internen Telefonleitung wartete, zog er zerstreut das Handy aus der Tasche.

Es war eine Nachricht von Andrea. Ruf mich an! Dringend! Noch heute! Bin morgen unterwegs. Es gibt Neues.

Als die Leitung frei wurde, hängte er ein. Er kannte das. Andrea fuhr nach Frankreich. Morgen früh. Unterwegs schaltete sie das Handy aus. Sie war so unbeweglich geworden, hing schwer hinter dem Lenkrad, reagierte langsam und konnte den Kopf auf den Schultern nicht so weit drehen, dass sie einen heranrasenden Wagen dicht hinter sich sehen konnte, bevor sie die Spur wechselte. Sie wusste, dass sie langsam fahren, lieber nicht überholen und sich konzentrieren musste. Wenn sie verreiste, tat sie es für gewöhnlich im Zug. Nur wenn sie nach Frankreich fuhr, um die Suche nach Anouk und ihrem Entführer am Laufen zu halten, nahm sie den Wagen.

Es gab also irgendetwas Neues dort unten. Bestimmt wusste Isabelle davon. Ihre Mutter lebte noch im Dorf und Armand, der Stiefvater, war einer der Alteingesessenen und erfuhr alle Neuigkeiten zuerst. Womöglich waren auch die Presseleute schon wieder aktiv. Der Fall Anouk war seit zwanzig Jahren ein wiederkehrendes Lieblingsthema der Zeitungen, das die Menschen in seinen Bann zog. Wie Naturkatastrophen. Oder Weltmeisterschaften. Neues im Fall Anouk auf der Titelseite von La Feuille und die Verkaufszahlen im Supermarché und an den Kiosken schwollen an wie das Wasser im Tal der hundert Furten im Frühling. Und das, obwohl die meisten Dorfbewohner die Zeitung ohnehin abonniert hatten. »L'affaire Anouk« war ein fester Begriff und weit über das Drôme-Tal hinaus bekannt. Feriengäste und Durchreisende, die ein wenig französisch konnten, stürzten sich genauso begierig auf neue Mutmaßungen wie die Dorfbewohner und die Bekannten der Beteiligten.

Gleich zwei Uhr. Er musste zum Unterricht. Der Wirt saß hinter der Theke und nickte ihm zu, als er vorbeiging. Sollte er ein E-Bike reservieren? Nein. Es würde merkwürdig aussehen, wenn er nicht mit Isabelle zum Essen ging. Und er wollte erfahren, was es Neues gab im Fall Anouk.

Er hastete durchs Dorf und kam gerade zur rechten Zeit, drei Minuten zu spät. Die Studierenden saßen auf ihren Plätzen in dem großen Saal des Tagungshauses und erwarteten das Erscheinen des Referenten. Er sah sich um und war erleichtert. Isabelle war nicht gekommen, um ein wenig zuzuhören, wie sie es gestern als vage Möglichkeit erwähnt hatte. So konnte er den Unterricht durchziehen, wie er es gewohnt war.

Zuerst kam immer sein Input. Gestern hatte er über Anfang und Ende eines Textes gesprochen. Jetzt war es Zeit, sich mit dem zu beschäftigen, was dazwischen lag. Wie man die Geschichte sich entwickeln ließ, wie man die Neugier der Leser wach hielt, mit ihren Ängsten spielte und die Wahrheit so lange wie möglich für sich behielt. Und weil der improvisierte Briefkasten so vollgestopft war, dass kein Zettel mehr hineinpasste, konnte er ein wenig früher mit der Fragestunde beginnen. Das passte immer. Waren Fragen nicht der Ursprung jeder Geschichte? Und hier ging es doch um Geschichten und darum, wie man sie erzählt. Das war sein Element. Hier kannte er sich aus. Wie früher an den Hängen des Drôme-Tals, dachte er und verdrängte den Gedanken schnell wieder. Es waren seine Erfahrungen als Lektor und als Schriftsteller, als Ghostwriter und als Dozent für kreatives Schreiben, die hier gefragt waren. Luc Dubois lief trotz Schlaflosigkeit und wirren Träumen wieder einmal zur Hochform auf. Die Fragen waren nicht neu. Die Antworten auch nicht. Aber hier war er der, der die Antworten wusste.

Muss es immer ein Thriller sein, mit Mord und Gewalt und Gräuelszenen, damit ein Buch überhaupt Leser findet, fragte eine Studentin. Und ein Kommilitone schrieb: Ist der Kriminalroman als literarische Gattung nicht längst tot und zuschanden geschrieben? Und er, Luc Dubois hielt den kleinen Vortrag, den er schon oft gehalten hatte, sprach darüber, dass es das

Rätsel sei, das die Menschen fasziniere, das Geheimnis, das noch nicht entdeckt war. Nicht der Mord sei interessant, sondern die Frage, wer ihn begangen habe und warum. Die Leser wollten die Lösung erfahren, aber man durfte sie ihnen nicht einfach vor die Füße legen, wie dem Hund den Futternapf. Sie wollten bei der Jagd dabei sein, wollten mit dem Ermittler nach Spuren schnüffeln. Sie wollten mit ihm fragen, suchen, rätseln, zweifeln, leiden, hoffen und triumphieren. Und das konnten sie nur, wenn die Erzählung den Leser packte, mitnahm und nicht losließ, bis am Ende alle wichtigen Fragen geklärt waren. Und deshalb, so schloss Luc Dubois seinen Vortrag, war es egal, ob ein Schriftsteller einen Krimi schrieb oder einen Liebesroman. Wenn die Frage gestellt war – wer ist der Mörder, wird die Heldin den Geliebten der Rivalin bekommen, wird das Waisenkind seine Eltern finden und warum ist der hübsche Junge ein Serienkiller geworden – dann konnte die Geschichte erzählt werden. Und wenn sie spannend erzählt wurde, würden die Leser bis zum Ende dabei bleiben und das Buch erst nach der letzten Zeile befriedigt weglegen.

»Und wie man das macht, meine Damen und Herren, das werden Sie morgen lernen.«

Als er an dieser Stelle ankam, hatte er schon zwanzig Minuten überzogen. Er musste zum Abendessen.

Aber auf dem Weg nach draußen wurde er aufgehalten. Unten an der Treppe wartete jemand auf ihn.

Auch sie war ihm gleich zu Anfang aufgefallen. Sie mochte Mitte zwanzig sein. Und sie war schön. Auf eine schwermütige Art ungewöhnlich schön. Augen wie schwarze Monde hinter Wolken und ein Mund, der auch dann schmollte, wenn sie von ihren literarischen Vorbildern sprach. Sie hatte etwas Geheimnisvolles. Und sie sprach langsam und irgendwie tonlos.

Sie müsse ihm etwas sagen, begann sie, während er nicht stehen blieb, dem Ausgang zustrebte, ihr zu entkommen suchte. Können wir das nicht morgen im Seminar besprechen? Er unterstellte, dass es mit dem Seminar zu tun hatte. Für alles andere wäre er nicht zuständig. Ich habe gelogen, sagte sie. Luc blieb nun doch stehen, zuckte routiniert die Schultern. Das tun Schriftsteller die ganze Zeit. Der Text, sagte sie. Der sei nicht von ihr. Sie hatte den Text, den sie ihm geschickt hatte, hatte schicken müssen und den er nicht gelesen hatte, weil er die verlangten Texte der Teilnehmer nie las und alles nach dem Seminar in einen großen Müllsack steckte, diesen Text hatte sie gestohlen, im Internet von einer Website heruntergeladen. »Meiner war einfach zu schlecht. Ich konnte ihn Ihnen nicht schicken.« Sie stand vor ihm, wie eine Meineidige, die vor Gericht eine Lüge erzählt hat.

Schreiben Sie es auf, hätte er ihr sagen können. So als wäre es einem anderen passiert. Das gibt die besten Geschichten. Auch wieder der fremde Blick. Aber er hatte keine Lust, den Dozenten zu spielen.

»Das bleibt unser Geheimnis«, sagte er, grinste verschwörerisch und ließ die junge Frau stehen.

8

Isabelle war noch nicht da, aber die Wirtin kam ihm entgegen und wies ihm den Weg zum Tisch. Der Tisch war derselbe wie gestern, aber die Wirtin hatte ihr Outfit geändert. Sie trug jetzt ein gehäkeltes Oberteil aus metallisiertem Garn über einem schwarzen Minirock und schwarz-weiß gemusterten Strumpfhosen. Und wieder Plateausandalen, aber heute mit feinen Riemchen und in schlichtem Schwarz. Im Kontrast dazu waren bunte Muster auf die vier oder fünf Zentimeter hohen Sohlen aufgemalt. Sie hatte Geschmack, die Frau Wirtin, aber Luc wunderte sich doch, wie sie so sicher und energisch vor ihm her schreiten konnte, auf diesen Stelzen.

Frau Gerber sei noch in einem Gespräch, sagte die Wirtin, nachdem Luc seinen Platz hinter dem Tisch eingenommen hatte. Ob sie ihm schon etwas zu Trinken bringen dürfe. Er bestellte ein Mineralwasser ohne Kohlensäure. Heute wollte er nicht so viel Alkohol trinken. Er würde sich nicht mehr überrumpeln lassen. Er wollte wissen, warum Andrea nach Frankreich reiste. Das schon. Aber danach würde er nicht mehr über die alte Geschichte reden. Er würde bestimmen, wo das Gespräch langging. Jetzt hatte er Zeit, sich ein anderes Gesprächsthema auszudenken.

Etwas Unverfängliches. Aber was? Jedenfalls nichts von früher, nichts aus jenem Sommer 1998, als

Anouk verschwunden war. Denk nicht daran, sagte er sich. Aber er wusste, dass das wenig hilfreich war. Zu versuchen, nicht an Anouk zu denken, hieß, dass er die ganze Zeit nur umso mehr an sie dachte. An ihr Lachen, wenn er sie aus dem Wagen hob, dieses monströse, unwiderstehliche Babygrinsen, das ihn sofort mitgrinsen ließ, wie einen Verschwörer kurz vor dem Putsch. An die erstaunten Augen, die zwei ersten Zähne, die Speckfalten am Handgelenk, die Quietschlaute, wenn man sie drückte, die spärlichen Haare, hell und luftig über der Glatze und im Sonnenlicht funkelnd wie ein Heiligenschein. Und diese absurde Aufschrift auf dem Body. Slaap lekker. Schlaf gut. Jetzt schlief sie schon so lange ...

Reiß dich zusammen, sagte er zu sich selber. Denk an etwas anderes. Wir müssen heute über näher Liegendes reden. Nicht über das Drôme-Tal und das Tal der hundert Furten. Sonst würde sie sich am Ende an das erinnern, was sie ihm dort erzählt hatte. Aber es war ja nur ein kurzer Moment gewesen, ein hingeworfener Satz ohne besondere Emotionen, bestimmt hatte sie es vielen anderen erzählt. Allerdings merkwürdig, dass ihre Mutter es aus der Zeitung erfahren hatte. Aber ein Mädchen in dem Alter erzählte natürlich solche Dinge seiner Mutter nicht. Bestimmt hätte es Anna geschmerzt, zu erfahren, dass sie niemals Großmutter werden würde. Und es war ja wirklich unnötig gewesen, ihr diesen Kummer zu bereiten. Isabelle hatte zwei Kinder, zwei kleine Mädchen. Kleine Mädchen. Aber damals, im Frühling 1998, als sie durchs Tal der hundert Furten gewandert waren, und er sie gefragt hatte, ob sie nicht fürchte, sich zu erkälten – es war ja erst Frühling und das Wasser fast eisig und er hatte sich plötzlich erinnert, dass Isabelle im Winter krank gewesen war – da hatte sie ihm die Geschichte erzählt. Man hatte ihr den Blinddarm herausoperiert und in der Folge hatte es Komplikationen gegeben. Unterleibsentzündung. Schmerzen, Fieber, Antibiotika. Und ganz beiläufig sagte sie, dass sie deshalb keine Kinder werde bekommen können. Es schien ihr nichts auszumachen und sie hatten das Thema gewechselt.

Damals konnten wir das, dachte Luc. Einfach das Thema wechseln. Damals war alles unverfänglich. Und jetzt kam er sich vor, wie auf einem Geröllfeld. Jeder Schritt konnte einen Stein ins Rollen bringen. Alle Themen waren gefährlich, weckten Erinnerungen. Jedes Wort konnte falsch sein, jeder Schritt ein Fehltritt.

Ob er von Miss Mystery erzählen sollte, von der Studentin, die ihm soeben ihren schriftstellerischen Fehltritt offenbart hatte? Aber er hatte ihr versprochen, dass es ein Geheimnis bleiben würde. Ein Geheimnis zwischen ihnen beiden. Warum hatte er das gesagt? Was versprach er sich davon? Nichts, dachte er. Sie hatte sich ihm ausgeliefert. Jetzt hatte er

Macht über sie. Das ist das Gefährliche an den Lügen. Sie werden auch durch ein Geständnis nicht ungeschehen gemacht. Und sie haben ein eigenes Leben. Er seufzte. Auch das war kein gutes Thema für ein unverfängliches Gespräch beim Abendessen.

Denk an etwas anderes, sagte er sich. Familie jedenfalls nicht. Also der Beruf. Ihre gemeinsamen Interessen. Sprache, Literatur, Schreiben. Ob sie noch schrieb? Sie war begabt. Er wäre gerne wieder ihr Coach geworden. Wie damals. Verdammt, dachte er. Und da trat sie durch die Tür, entdeckte ihn am Tisch, der jetzt ja schon ihr gemeinsamer Tisch war, und kam schnell auf ihn zu.

»Entschuldige«, sagte sie. »Meine Mutter hat angerufen. Ich konnte sie nicht einfach abklemmen. Du weißt ja, wie sie ist.«

Anna. Ja gewiss. Sie war lustig, temperamentvoll, redselig. Es war bestimmt nicht leicht, ein Telefongespräch mit ihr mittendrin zu beenden.

Wie geht es ihr, wollte er fragen. Es interessierte ihn. Er hatte Anna immer gern gemocht. Aber dann wusste er nicht, ob es eine gute Frage wäre. Seit wann teilte er die Fragen in gute und schlechte? Anna war Andreas Studienkollegin. Sie hatte ihnen das Haus dort unten vermittelt, nachdem sie Armand geheiratet hatte. Ohne Armands Fürsprache hätten sie es nie bekommen. Es waren schon genug Häuser in der Gegend an Schweizer und Deutsche verkauft worden, die nur in den Ferien herkamen und nicht einmal Französisch konnten. Und wenn er dieses Haus nicht gekauft hätte ...

Ob er einen guten Tag gehabt habe, fragte Isabelle. Und er begann eifrig, ihr vom Unterricht und den Fragestunden zu erzählen. Ob man als angehende Schriftstellerin heutzutage noch Krimis schreiben könne. Ja, sagte sie, das frage sie sich manchmal auch. Ob sie denn noch schreibe, wollte er fragen, aber er biss die Zähne aufeinander. Bloß nicht danach fragen. Das war wieder so eine Geröllhalde. Jedes Stichwort konnte etwas anstoßen, einen Stein ins Tal poltern lassen oder eine Lawine auslösen. Er musste darauf achten, was er sagte, welche Wörter er benutzte, welche Fragen er stellte. Das Rätsel und die Lösung hingen unentwirrbar zusammen, das Schreiben und die Frage, ob Isabelle noch schrieb, würden zur Frage führen, ob sie weiter geschrieben hatte, seit damals, als er ihre Aufsätze und Geschichten las. Und von damals wollte er nicht sprechen. Er musste höllisch aufpassen, die Gesprächsfallen frühzeitig erkennen und sich dann um sie herum schwingen wie ein Slalomfahrer um die Torpfosten. Auch das Schreiben war kein gutes Thema für sie beide. Eine bittere Erkenntnis.

Die Wirtin legte die Speisekarten auf die weiße Tischdecke und fragte, ob sie einen Aperitif bringen dürfe. Luc bestellte ein Bier, Isabelle ein Glas Weißwein.

Ob Anna etwas erzählt hatte, fragte er sich, während er zerstreut in die Karte starrte, von den Neuigkeiten, die es Andrea zufolge gab? Ob sie wusste, dass Andrea unterwegs war, oder vielleicht schon angekommen. Er würde nicht fragen. Wenn da wirklich etwas war, würde Isabelle schon darauf kommen.

»Wir haben heute frische Schwarzwaldforellen«, sagte die Wirtin, als sie die Getränke brachte.

»Dann nehm' ich die«, sagte Isabelle. »Sie schmeckten letztes Mal ganz köstlich.«

»Gerne«, sagte die Wirtin, »einmal Schwarzwaldforelle. Möchten Sie sie nach Müllerinnenart gebraten oder blau gekocht?«

»Gebraten«, sagte Isabelle ohne Zögern, »nach Müllerinnenart, bitte.«

»Und der Herr?«

Der Herr hatte nicht aufgepasst, hatte über gute und schlechte Fragen nachgedacht, statt die Frage nach Fisch oder Fleisch oder heute doch lieber Vegi zu entscheiden.

»Wie wird sie denn gekocht?«, fragte er, um nicht schon wieder einfach dasselbe wie Isabelle zu bestellen.

»Sie wird in einem Sud aus badischem Gutedel pochiert. Und dann wird sie mit zerlassener Butter übergossen. Dazu gibt's Salzkartöffelchen mit Petersilie.«

Er bestellte die Schwarzwaldforelle aus dem Gutedelsud, obwohl er selten Fisch aß und Angst vor Gräten hatte. Er hatte gestern genug Fleisch gegessen, sagte er sich wie zur Rechtfertigung.

»Fisch ist gesund«, sagte Isabelle, als hätte sie seine Zweifel bemerkt, »und gut für die Linie. Aber das ist ja kein Thema für dich.«

»Oh«, sagte Luc unbestimmt. Er wollte gerne noch eine Weile bei dem Thema bleiben.

»Du bist noch genauso schlank wie vor zwanzig Jahren«, sagte sie. »Das ist bemerkenswert. Heute könnte man dich nicht mehr mit Jean-Paul verwechseln. Der ist jetzt doppelt so schwer wie damals.«

»Konnte man uns damals wirklich verwechseln?«
Die Frage hatte ihn beunruhigt.

Sie zuckte die Schultern. »Sie haben mich gepiesackt. Gleich bei der ersten offiziellen Befragung. Dabei war ich so froh, dass ich endlich aussagen konnte. Ich dachte, ich könnte alles richtigstellen. In der Öffentlichkeit.« Sie schüttelte den Kopf, als könne sie es immer noch nicht verstehen. »Ich war so naiv.«

»Du warst noch jung.« Er versuchte, es leichthin zu sagen. »Und du hast dich wacker geschlagen.«

»Das habe ich nicht«, sagte sie bestimmt, »und es hatte nicht damit zu tun, dass ich so jung war. Darauf wird man nicht vorbereitet, im ganzen Leben nicht.«

Am ersten Morgen, nachdem Anouk verschwunden war, stand es schon in La Feuille. Auf der Frontseite. Da hatten sie noch nicht viel Zeit gehabt, um zu recherchieren. Das große Bild zeigte nur das Haus der Oberholzers und es war ein Archivbild, denn die Bäume hatten keine Blätter und vor dem Küchenfenster stand kein Kinderwagen. Aus dem Garten dieses Hauses an der Rue Saint-Boniface sei das Kind, la petite fille, das Bébé Anouk gestern verschwunden. Die Eltern, Madame und Monsieur Oberholzer aus der Schweiz, weilten zurzeit im Dorf in den Ferien. Offenbar sei das Kind entführt worden.

La Feuille war nur eine kleine Zeitung, ein Käseblatt, wie man hierzulande sagen würde, une feuille de choux, ein Kohlblatt, sagten die Franzosen, eine Tageszeitung, wie es sie nur auf dem Land noch gibt. Sie berichtete von den Ereignissen, die die Leser in der unmittelbaren Umgebung interessierten, von Vereinsversammlungen und Schüleraufführungen, Musikdarbietungen, Märkten, Hochzeiten und Todesfällen, von sportlichen Wettkämpfen und politischen Versammlungen, bestandenen Prüfungen und durchgefallenen Prüflingen, von Unfällen und Zufällen. Die große Politik und die großen Ereignisse fanden meist auf einer einzigen Seite Platz. Und über große Verbrechen gab es selten zu berichten. Aber Kindesentführung war ein großes Verbrechen. Und es hatte mitten im Tal stattgefunden, fast im eigenen Garten. Und mitten im Sommer, wo die Zeitung schwer vollzukriegen war. Jetzt quoll sie jeden Morgen beinahe über.

Isabelle B., das Kindermädchen. Sie wohnte hier im Dorf. An der rue Principale. Man kannte sie. Armand Morins Stieftochter, die in diesem Sommer le bac gemacht hatte. Sie war das Kindermädchen des Schweizer Ehepaars. Sie hatte auf das Bébé aufgepasst, wenn die Eltern arbeiten mussten. Sie hätte auf das Bébé aufpassen sollen, als es verschwand. Hatte sie aufgepasst? Hatte sie wirklich gesehen, wie jemand das Kind aus dem Wagen nahm? Oder war sie gar nicht in der Küche gewesen? Was hatte sie gemacht, während jemand das Kind aus dem Wagen nahm? Wo war sie gewesen? Was sagten die Menschen im Dorf über sie?

Ein Nachbar berichtete der Zeitung, was das Kindermädchen behauptete: der Vater, Monsieur Lukas Oberholzer, habe das Kind mitgenommen und sei allein zurückgekehrt von einem Spaziergang auf den Saint-Boniface. Aber offensichtlich stimmte es nicht. Warum hatte sie das getan? Hatte sie einen Grund dafür? Oder war sie einfach unzuverlässig und pflichtvergessen?

»Ich glaube, es spielte gar keine Rolle, was ich bei den Vernehmungen oder zu den Reportern sagte. Es wurde einfach alles gegen mich verwendet. Und es wurde mit jedem Tag schlimmer. Auch als ich schon lange nichts mehr sagte.«

Luc hatte mehr Glück. Er sei beim Wasserfall gewesen, sagte er dem Polizisten, der mit seiner Truppe den Garten und die Umgebung absuchte, und da nehme er das Kind nie mit. Und noch am gleichen Abend erinnerte sich Anna, Isabelles Mutter, Armand Morins Frau, dass sie Luc Dubois am späten Vormittag gesehen hatte, wie er von seiner Morgenwanderung zurückkam. Die Morins wohnten auf der anderen Seite des Dorfes, an der Rue Principale, dort, wo es zum Wasserfall geht, nicht wie die Oberholzers an der Straße, die in den Weg zum Gipfel des Saint-Boniface mündet. Dorthin, Richtung Saint-Boniface hatte Isabelle den Mann mit dem Kind davongehen sehen. Aber es war höchstens zwei Stunden später, dass Anna sah, wie Luc aus der Richtung des Wasserfalls zurückkam. Sie war vor dem Haus im Garten und pflückte Himbeeren für den Nachtisch nach dem Mittagessen. Sie sah Luc vorbeigehen und rief ihm einen Gruß zu und eine Frage. Aber er winkte nur und ging weiter.

»Zuerst wurde doch Jean-Pauls Hund verdächtigt.« Luc versuchte abzulenken.

Der Kellner stellte einen kleinen Korb mit Brotscheiben auf den Tisch.

»Andrea hat ein großes Gezeter um den Hund gemacht. Aber nur, um zu unterstreichen, wie verantwortungslos es von mir gewesen sei, das Kind allein im Garten zu lassen, wo sich doch ein großer streunender Hund dort herumtrieb.«

»Die Polizei hat das damals ernst genommen.«

Jean-Paul schwor zwar Stein und Bein, dass er den Hund im Zwinger halte, seit das Baby da war. Aber das glaubte ihm niemand.

»Der Kinderwagen wurde auch auf Spuren eines Hundes untersucht. Aber man fand nichts.«

Luc war froh gewesen, als die Polizei das mitteilte. Wenigstens diese schreckliche Vorstellung konnte er Andrea endlich ausreden. Wie der löwenhafte Hund das Kind aus dem Wagen zerrte und fortschleifte an einen Ort, wo er ungestört ...

»Als ich am nächsten Tag vorgeladen wurde, dachte ich, sie würden mich nochmals zur Brille befragen und wie gut oder schlecht ich ohne sie sehen könne. Aber diese Sache war für den Untersuchungsrichter schon erledigt.«

»Die Sache mit der Brille kam aber an die Öffentlichkeit.«

»Oh ja. Und sie wurde reichlich ausgeschlachtet.«

Isabelle B., die junge Frau, die auf das Kind aufpassen sollte, als es verschwand, habe den Verdacht auf den Vater des Kindes gelenkt, war schon am folgenden Tag in La Feuille zu lesen. Dabei könne sie, weil sie ihre Brille an dem Tag nicht trug, den Entführer gar nicht erkannt haben. Und das warf natürlich Fragen auf. Was hatte sie für ein Interesse daran, vom

Entführer abzulenken? Wollte sie Zeit gewinnen, um etwas zu verbergen? Was hatte sie gemacht, als das Kind verschwand? Hatte sie den Entführer überhaupt gesehen? Deckte sie jemanden?

Der junge Kellner kam mit den Vorspeisesalaten, die vor den Forellen serviert wurden, und wünschte mit leiser Stimme guten Appetit.

Isabelle beachtete weder den Jungen noch den Teller vor sich.

»Sie haben mir ganz schön zugesetzt.«

»Wer?«

»Der Untersuchungsrichter und die anderen, die da waren bei der Befragung.«

Dabei begann es ganz harmlos. Was sie gestern gesehen habe, wurde sie gefragt. Jemand hatte das Kind aus dem Kinderwagen genommen. Sie hatte geglaubt, es sei Monsieur Oberholzer, sagte sie. Sie haben es geglaubt? Gestern waren Sie sicher. Ja, sie war sicher gewesen. Wer sollte es sonst gewesen sein? Ein Mann hatte das Kind aus dem Wagen genommen. Sie hatte geglaubt, es sei Herr Oberholzer. Ob sie sein Gesicht gesehen habe? Sie schwieg. Ohne Brille? Sie schwenkten die Unterlagen des Augenarztes. Daraus gehe hervor, dass sie auf diese Distanz ein Gesicht nicht erkennen könne. Ob das so sei. Ja, das stimmte. Und trotzdem war sie gestern ganz sicher gewesen? Ob es nicht irgendein Mann gewesen sein könnte, der das Kind aus dem Wagen nahm? Aber nein, sagte Isabelle, ich bin ja nicht blind. Es war ein Mann, der aussah wie Herr Oberholzer. Aber sein Gesicht hatte sie nicht erkannt? Nein. Wie kam sie dann dazu, Herrn Oberholzer zu beschuldigen? Beschuldigen? Das wollte sie nicht.

»Sie haben mich in die Enge getrieben.«

War es also Herr Oberholzer oder nicht? Sie wusste es nicht. Warum hatte sie dann gestern gesagt, es sei Herr Oberholzer gewesen, wenn sie es nicht wusste. Falsche Anschuldigungen waren strafbar. Es könnte doch irgendein Mann gewesen sein. Nein, sagte sie verzweifelt, nicht irgendeiner.

»Als sie mich fragten, wer es denn außer dir gewesen sein könnte, machte ich den Fehler meines Lebens.«

»Da hast du Jean-Paul beschuldigt.«

»Ich habe ihn nicht beschuldigt. Sie fragten mich, ob ich mir vorstellen könne, dass es ein anderer Mann gewesen war, den ich gesehen hatte, einer der aus der Ferne ähnlich aussah wie dieser Monsieur Oberholzer oder Dubois, wie er sich nenne. Gleiche Statur, gleiche Frisur, ähnliche Kleidung.«

Vermutlich schon, mochte sie gesagt haben. Zum Beispiel, fragten sie listig. Zum Beispiel Jean-Paul Morin, sagte sie.

Jean-Paul war ein Rüpel und Versager, der zu viel trank und herumschrie. Er hatte nichts mit Luc Dubois gemein, aber er war damals von schlanker Statur, beinahe zierlich. Wie Luc. Und Luc trug die Haare in jenem Sommer zum ersten Mal kurz geschnitten. Wie Jean-Paul. Aus einiger Entfernung konnte man die beiden vielleicht verwechseln.

»Damit hast du dich in Teufels Küche gebracht.«

»Du meinst, ich sei selber schuld, dass es so gekommen ist?«

Sie sah ihn grimmig an. Feindselig, dachte er. Warum war sie immer noch so böse auf ihn?

»Nein, natürlich nicht!«

Er sagte es so nachdrücklich, dass eine Frau, die am übernächsten Tisch mit einem Eisbecher beschäftigt war, sich zu ihnen umdrehte.

»Du bist überhaupt nicht schuld. Niemand ist schuld an irgendetwas. Es ist einfach so gekommen.«

Schon wieder drehte die Frau sich um. Er musste sich beruhigen. Warum sprachen sie immer von Schuld? Andrea, Isabelle. Abwechselnd gaben sie sich selber oder jemand anders die Schuld. Nur Ruhe gaben sie nie.

»Zuerst habe ich gehofft, dass meine Aussage keine Folgen haben würde. Ich meine, dass die Öffentlichkeit nichts davon erfahren würde. Jean-Paul hatten sie ja schon verhört und wieder laufen lassen.«

Die Polizei hatte ihn noch am Abend von Anouks Verschwinden irgendwo aufgegriffen und über Nacht in Untersuchungshaft behalten. Aber er bestritt alles. Auch dass er Andrea gedroht habe. Er hatte kein Alibi für den Tag der Entführung, aber man konnte ihm nichts Belastendes nachweisen.

»Sie behielten ihn zwei Tage, dann mussten sie ihn entlassen.«

»Nachdem ich ihn dann angeblich beschuldigt hatte, haben sie ihn nicht sofort befragt. Armand war am Vormittag bei ihm, um irgendetwas zu besprechen. Er wusste nichts davon. Da dachte ich, dass jetzt nichts mehr über mich in der Zeitung stehen würde.«

Isabelle begann langsam ihren Salat zu essen. Luc tat mechanisch dasselbe.

»Aber das war ein Irrtum.«

Sie brauchte es nicht zu schildern. Luc hatte es ja auch gelesen. Jeden Tag nahm er sich vor, heute nicht in La Feuille zu schauen, die Zeitung nicht zu kaufen, und auch keine andere, und dann fuhr er am späten Nachmittag doch in die Stadt zum Supermarché, hoffte unterwegs, dass sie schon ausverkauft sei, und fand meist noch ein letztes Exemplar bei einer der Kassen. Wenn nicht, hielt er auf dem Rückweg beim Zeitungsladen an, wo sich immer ein paar Reststücke fanden. Natürlich wunderte sich niemand darüber, dass der Vater des vermissten Babys alles über den Stand der Ermittlungen und über die Reaktionen der Bevölkerung wissen wollte.

Die Reaktion der Bevölkerung, so wie sie sich in der Berichterstattung spiegelte, war einhellig. Isabelle B., das unzuverlässige Kindermädchen, hatte widersprüchliche Aussagen gemacht. Wertvolle Zeit ging verloren, weil sie zuerst den Vater des Kindes beschuldigte. Zeit, in welcher der Entführer sich mit dem Kind verstecken, sich in Sicherheit bringen konnte. Die Spekulationen darüber, warum sie das getan hatte, warum sie einen Unschuldigen beschuldigt hatte, rissen nicht ab.

»Da wurde sogar das Gerücht abgedruckt, ich hätte in der Wohnung der Oberholzers meinen Geliebten getroffen, während die Hauseigentümer nicht da waren und mir die kleine Anouk anvertraut hatten.«

»Das war wirklich übel«, sagte Luc.

»Für dich war es gut. Du warst der falsch verdächtigte, leidgeprüfte Vater. An deiner Unschuld hat niemand gezweifelt. Nicht einmal, als Jean-Paul behauptete, er habe dich mit Anouk gesehen. Du warst immer der Gute. Und ich die Böse.«

»Jean-Paul war nun einmal kein vertrauenswürdiger Zeuge.«

Jean-Paul behauptete plötzlich, er habe Luc an jenem verhängnisvollen Morgen am Dorfausgang gesehen, wie er Richtung Saint-Boniface gegangen sei. In der ersten Vernehmung hatte er das nicht erwähnt. Es war eine Retourkutsche, klar. Wenn Isabelle ihn beschuldigte, wieso sollte er nicht le professeur beschuldigen, mit dem sie sich in letzter Zeit so häufig traf. Er hatte ihn gesehen. Mit dem Kind auf dem Rücken. Eindeutig. Dabei blieb er. Zum Glück hatte Luc das Alibi von Anna, die ihn keine zwei Stunden später gesehen hatte, wie er vom Wasserfall her und ohne Kind ins Dorf zurückgekommen war. Wer hinter dem Friedhof über den gewundenen Fußweg zum Gipfel des Saint-Boniface hinaufstieg, konnte vom Gipfelkreuz abwärts bis zum Wasserfall gehen, dort steil ein Stück ins Tal hinabsteigen und dann in großem Bogen dem Berghang entlang von der anderen Seite her ins Dorf zurückkehren. Das war möglich. Aber man musste für den Weg gut und gern vier Stunden einrechnen. Es konnte nicht sein, dass Jean-Paul und Anna ihn im Abstand von zwei Stunden gesehen hatten. Das war jedem klar. Und von den beiden Zeugen war Anna nun einmal die Vertrauenswürdigere.

»Ihm hat sowieso niemand geglaubt. Genau wie mir.«

Sie hatte ihre Glaubwürdigkeit verloren. Das war das Schlimmste. Gerade die unbestreitbare Tatsache, dass es keinen vernünftigen Grund gab, weshalb sie Luc Dubois, den Freund ihrer Eltern, mit dem sie ebenfalls befreundet war, eines so absurden Verbrechens beschuldigen sollte, was sie ja gar nie getan hatte, gerade das beflügelte und verwirrte die Fantasie der Zeitungsleser. Es stellten sich täglich neue Fragen. Wer war sie eigentlich, diese Isabelle B.? Warum sprach sie kein korrektes Französisch? Und warum hatte sie trotzdem das Bac bekommen? Und weil Isabelle schon lange keine Interviews mehr gab und nicht mehr aus dem Haus ging, aus Angst vor den allgegenwärtigen Reportern, nicht nur von La Feuille, war die Suche nach Antworten nicht leicht. Es mussten andere Quellen erschlossen werden. Hatte Isabelle Freundinnen gehabt? Wer war der Geliebte, den sie angeblich im Haus der Oberholzers getroffen hatte? Hatte ihn jemand gesehen, zur fraglichen Zeit oder bei einer anderen Gelegenheit? Und immer wieder: Hatte sie ein Motiv, einen Kinderräuber zu decken?

»Dafür hielten sie jedes Motiv für möglich. Auch wenn es an den Haaren herbeigezogen, frei erfunden oder völlig aus dem Zusammenhang gerissen war.«

Eine junge Frau, die mit ihr zur Schule gegangen war, zuletzt neben ihr die Schulbank drückte, und von der Isabelle geglaubt hatte, sie sei ihre Freundin, erzählte einer Journalistin, Isabelle habe Andrea gehasst.

»Warum hast du dich nicht gewehrt, als so abscheuliche Dinge über dich verbreitet wurden?«

»Was hätte ich sagen können? Dass ich mich über Andrea ärgerte, weil sie so hysterisch und überängstlich war? Dass sie mir zuwider war. Dass ich in mein Tagebuch geschrieben hatte, sie sehe aus wie ein überfressenes Flusspferd? Dass ich doch aber deswegen nicht ihr Kind entführt hätte. Wer würde mir das geglaubt haben?«

Es gab damals nichts, was sie sagen oder tun

konnte. Nur eines hätte sie gerettet. Aber das war ein Traum. Der Traum eines verliebten Mädchens. Sie hoffte darauf, glaubte daran, dass Luc Dubois aufstehen und sagen würde: Ich war's. Ich habe Anouk mitgenommen. Aber das geschah natürlich nicht.

Luc schaute zum Tresen. Er war hungrig, hatte heute wieder keine Zeit für ein Mittagessen gehabt.

»Die haben eine Gesellschaft im oberen Saal«, sagte Isabelle. »Dann dauert es immer ein wenig länger. Wir haben zum Glück genug zu bereden.«

Ja, dachte Luc. Wir könnten tage- und wochenlang über das alles reden. Aber ich will nicht. Er nahm sich ein Stück Brot.

»Was denn für eine Gesellschaft?«, fragte er.

»Ich habe gehört, es sei eine Hochzeit.«

»Kennst du die Leute? Ich meine, du bist doch oft hier. Gehörst hier sicher fast zum Dorf.«

Sie lächelte und schüttelte den Kopf. »So oft bin ich nicht hier. Und zu einer Dorfgemeinschaft will ich nie mehr gehören. Ich bin ein Stadtmensch geworden. Ich habe gelernt, die Anonymität zu schätzen wie einen warmen Mantel. Geht es dir nicht auch so? Ihr wart jedenfalls auch im Fokus des öffentlichen Interesses, wie sie es nannten.«

Luc knirschte unhörbar mit den Zähnen. Mündete jedes Thema in dieses eine?

»Ich stand nicht sehr im Rampenlicht. Andrea hat das übernommen. Sie war froh über das öffentliche

Interesse. Es sollten alle wissen, dass unser Kind vermisst wurde, wie es aussah, was für Kleider es trug. Das gab ihr Hoffnung. Jeder neue Anhaltspunkt, jeder Verdacht und jede Vermutung hat sie ein wenig von der Verzweiflung abgehalten. Vielleicht wäre sie ohne all das ganz durchgedreht.«

»War sie nicht schon vorher ziemlich verrückt? Ich meine, bevor das passiert ist.«

»Sie hatte krankhafte Angst um ihr Kind. Ich weiß nicht, warum. Vielleicht, weil es so schwer gewesen war, es zu bekommen. Oder weil sie so teuer dafür bezahlen musste. Und dann sind ihre schlimmsten Befürchtungen wahr geworden.«

Isabelle legte das Besteck ab. Der Salatteller war leer.

»Entschuldige, wenn ich das frage, aber ich konnte es nie verstehen. Warum hast du sie geheiratet?«

»Als wir uns kennenlernten, war sie ganz anders. Hast du sie wirklich nie gesehen?«

»Ich glaube nicht.« Isabelle dachte nach und schüttelte dann den Kopf. »Ich erinnere mich nicht. Ich war in den Ferien ja nicht oft zu Hause.«

»Sie war schön, weißt du. Sie hatte lange Locken und eine richtig gute Figur.«

Isabelle sah ihn interessiert an und wartete.

»Und sie war einfach ein toller Mensch, fast immer gut gelaunt und für einen Spaß zu haben. Man konnte mit ihr Pferde stehlen.«

»Eine Traumfrau«, sagte Isabelle in plötzlicher Erinnerung. »So hat sie Armand einmal beschrieben. Und als ich ihr dann zum ersten Mal begegnet bin, in jenem Sommer mit Anouk, war ich enttäuscht und erschrocken. Ich glaubte, die Traumfrau habe dich verlassen und du hättest aus Verzweiflung eine andere geheiratet.«

Luc musste beinahe lachen. »Hat Armand das gesagt? Von der Traumfrau.«

Isabelle nickte. »Er hat von ihr richtig geschwärmt. Ich glaube, meine Mutter war ziemlich eifersüchtig.«

Luc seufzte. Und als Isabelle nichts mehr sagte, beantwortete er ihre Frage.

»Ich habe sie geheiratet, weil ich sie geliebt habe.«

Isabelle schwieg eine Weile. »Wie schrecklich«, sagte sie dann. »Sie hat ihre Schönheit verloren, um ein Kind zu bekommen, und dann hat sie auch das Kind verloren.«

»Und darüber ist sie fast verrückt geworden.«

»Gegen Jean-Paul hat sie sich wirklich wie eine Irre benommen. Sie war überzeugt, dass er das Kind entführt hatte.«

»Als du ihn beschuldigt hast, war das eine Bestätigung.«

»Und als sie ihn wieder laufen ließen, ist sie beinahe übergeschnappt.«

»Jean-Paul hat man aber auch im ganzen Dorf toben hören, als er zurückkam.«

»Er fand, dass ihm Unrecht geschehen sei. Davon ist er noch heute überzeugt.«

»Glaubst du, dass sein Alibi echt war?«

Isabelle gab keine Antwort.

»Diese Sophie hat doch gelogen Oder nicht?«

»Sophie ist kürzlich gestorben. Sie war fast achtzig.«

»Und Martin, der alte Gangster?«

»Martin ist weggezogen. Zu einem der Kinder glaube ich. Jean-Paul vermisst ihn. Martin war sein Freund und er hat nicht viele davon.«

»Wahrscheinlich hat Martin seine Frau genötigt, das Alibi zu bestätigen.«

Jean-Paul hatte nämlich plötzlich ein Alibi. Ihm war eingefallen, dass er zur fraglichen Zeit einen schweren Rausch ausgeschlafen hatte. Bei den Rossignols zu Hause. Sophie Rossignol konnte das bezeugen. Sophie war eine geborene Morin, eine Cousine von Armand, und hatte vor dreißig Jahren Martin Rossignol geheiratet. Sie finde den Namen schön, habe sie damals gesagt. Er erinnere an den wunderbaren Gesang der Nachtigall. Aber Rossignol bedeutet nicht nur Nachtigall, sondern auch Ladenhüter und das Wort bezeichnet außerdem ein Gerät, mit welchem man bei Bedarf ein Schloss ohne Schlüssel öffnen kann. Die letzteren Bedeutungen erwiesen sich in den folgenden Jahren als zutreffender. Während Sophie Rossignol, geborene Morin, fünf Kinder in die

Welt setzte und sie nach bestem Wissen und Gewissen großzog, arbeitete Martin als Gehilfe und Fahrer in einem Fleischerladen in der Stadt. Wenn der Chef nicht da war, hütete Martin den Laden. Und eines Tages wurde er gefasst, als er zusammen mit einem Kollegen versuchte, in Valence in ein Juweliergeschäft einzubrechen. Der Kollege war Jean-Paul Morin. Darüber wusste das ganze Dorf Bescheid. Wenn sie darauf angesprochen wurden, grinsten beide und meinten, das sei lang vorbei und verjährt. Inzwischen seien sie nur noch gute Freunde.

»Ich weiß nicht«, sagte Isabelle. »Die beiden trafen sich regelmäßig, um ein paar Flaschen Wein auszutrinken. Es könnte schon sein, dass sie das am Abend vor der Entführung auch gemacht haben. Jedenfalls wäre es nicht das erste Mal gewesen, dass er auf dem Sofa in Sophies Wohnzimmer übernachtet hätte.«

Jean-Paul habe dort bis lange in den Vormittag hinein gelegen und tief geschlafen, behauptete Martin. Und seine Ehefrau bestätigte es.

»Und warum hat er das nicht gleich gesagt, als sie ihn das erste Mal verhörten?«

»Er hatte es vergessen. Die Erinnerung war ganz plötzlich zurückgekommen. Das kam bei ihm manchmal vor. Wenn er genug getrunken hatte.«

Kein sehr starkes Alibi, fand Luc damals wie heute. Aber besser als keins.

»Er hätte sich freuen müssen, dass er so glimpflich

davon gekommen ist, aber stattdessen hat er einen Höllenaufstand veranstaltet.«

Tagelang konnten sie ihn schimpfen hören über die Schlampe, die er seine Nichte genannt hatte, und die ihn jetzt in den Knast gebracht hatte. Bis schließlich Armand vorbeikam und ihm unter lebhafter Anteilnahme des halben Dorfes versprach, dass er ihm die Fresse polieren würde – j'te casse la gueule! –, wenn er noch ein Wort über diese Geschichte von ihm höre. Und, fügte er leise aber deutlich hinzu, wenn ich je etwas lese, was du einem Journalisten gesagt hast, bist du am Tag darauf tot.

Und weil Armand nicht nur der ältere Bruder, ein erfolgreicher Geschäftsmann und ein angesehener Bürger des Distrikts war, sondern auch zwei Köpfe größer als der schmächtige Jean-Paul, und einen halben Zentner mehr auf die Waage brachte, verzog sich Jean-Paul grollend ins Innere seines Schuppens und hielt sich zu Isabelles Erstaunen getreulich an die Anweisungen seines Bruders und Geldgebers, obwohl ein Redakteur von La Feuille tagelang hinter ihm her schlich.

»Nachdem Armand es ihm verboten hatte, hat er nie mehr darüber gesprochen. Jedenfalls nicht in der Öffentlichkeit. Aber Andrea hat nicht aufgehört, auf ihm herumzuhacken.«

Andrea war erbittert und entrüstet über die neue Entwicklung. Es sei völlig klar, dass Jean-Paul der

Entführer war, lag sie Luc in den Ohren. Wenn sogar Isabelle es zugegeben hatte. Isabelle hat nichts zugegeben, versuchte er, sie zu unterbrechen, aber Andrea hörte ihm nicht zu. Sie lassen den Kindsräuber frei herumlaufen. Vor unserer Nase. Niemand tut etwas. Ich muss ihn am Ende wohl selber umbringen. Hör auf, sagte Luc, beruhige dich. Er hat sie nicht entführt. Woher willst du das wissen? Nimmst du ihn auch noch in Schutz, nachdem er versucht hat, dich in die Sache hineinzuziehen? Er hat widerrufen. Er hat sich geirrt. Gelogen hat er! Und mit gutem Grund. Er war es nicht, glaub mir. Warum bist du dir so sicher? Er hat ein Alibi.

An Jean-Pauls Alibi wollte Luc nicht rütteln. Sophies Aussage hatte indirekt auch ihn entlastet. Wenn Jean-Paul tief und bewusstlos geschlafen hatte, konnte er an dem Morgen auch Luc Dubois nicht gesehen haben, wie er mit seiner kleinen Tochter auf dem Rücken aus dem Dorf hinausging, Richtung Saint-Boniface. Das musste er an einem anderen Tag gesehen haben und folglich hatte es nichts zu bedeuten. Aber Jean-Paul war unberechenbar. Luc war es lieber, wenn er nicht noch einmal befragt wurde und womöglich auf diese Aussage zurückkam. Er glaubte an Jean-Pauls Unschuld. Er war es nicht, beschwor er Andrea. Da bin ich ganz sicher. Frag mich nicht warum. Ich weiß es einfach.

»Ich glaube, da kommt unser Essen«.

Luc war doppelt erleichtert, als er es auf sie zukommen sah. Es unterbrach die hässlichen Erinnerungen und langsam hatte er richtig Hunger. Aber er freute sich zu früh. Die Wirtin war mit zwei gut gefüllten Tellern, die für sie beide bestimmt sein konnten, durch die unsichtbare Tür getreten und wollte hinter dem Tresen hindurch gehen. Luc erkannte auf den Tellern zwei ähnliche Gerichte, das musste der Fisch sein, als die Wirtin die Arme in die Luft warf und hinter der Theke verschwand. Geschirr zerbrach mit Klirren und Scheppern, aber als die Gäste im Raum sich zur Theke umgedreht hatten, war dort nichts mehr zu sehen. Nichts und niemand. Die Wirtin war verschwunden. Erst nach ein paar Sekunden, die Menschen hatten sich schon wieder ihren Tellern und Gesprächspartnern zugewandt, eilte der kleine Kellner hinter die Theke, bückte sich und verschwand leise und diskret mit der Wirtin, die an seinem Arm wieder aufgetaucht war, durch die Tür.

Isabelle drehte sich zur Theke, wo nichts zu sehen war, und wieder zurück.

»Was ist los?«

»Ich glaube, unser Essen wird gerade weggeschmissen.«

Der Junge kam mit einem Besen und einer Kehrschaufel aus der Küche.

»Vielleicht sind die hohen Sohlen für den Service

doch nicht geeignet«, sagte Luc. »Die Wirtin ist gerade abgestürzt.«

Er sah sich um. Es schien, dass nur er es mitbekommen hatte, einfach weil die Theke direkt vor seinen Augen lag. Und weil er Ausschau nach seinem Essen gehalten hatte.

»Ich habe sie immer dafür bewundert, wie sie das schafft. Hat sie sich verletzt?«

»Keine Ahnung, aber unser Essen ist hin. Wenn der Wirt jetzt zuerst seine Frau verarzten muss, kann es dauern.«

9

Luc nahm das letzte Stück Brot aus dem kleinen Körbchen und brach es in zwei Hälften.

»Du darfst gern das Ganze nehmen«, sagte Isabelle, »ich habe schon zu Mittag zu viel gegessen. Hast du nichts gehabt?«

»Ich musste für den Nachmittag noch etwas vorbereiten. Die Teilnehmer sind wirklich interessiert. Sie löchern mich mit Fragen.« Und sie machen mir ungefragt Geständnisse, dachte er.

»Sie sind begeistert von dir. Ist das Unterrichten eigentlich dein Hauptberuf?«

»Zur Hälfte bin ich Lektor, den Rest verdiene ich mit Lehraufträgen.«

»Dann bist du ja wirklich Professor geworden.«

»Ein Teilzeit-Professor, wenn du so willst.«

»Und den Journalismus hast du ganz aufgegeben?«

»Fast«, sagte Luc. »Nachdem ...« Nachdem ich aus der Klinik kam, wollte er sagen, aber dann fing er nochmals an. »Nachdem die Geschichte vorbei war, musste ich neu anfangen. Ich hatte lange nicht geschrieben, mein Job bei der Zeitung war weg und mein Ruf bei früheren Auftraggebern ruiniert.«

Er brach ab. Warum sollte er nicht sagen, wie es wirklich gewesen war?

»Die Sache hat mir sehr zugesetzt, weißt du. Ich konnte monatelang nicht arbeiten. Meine Karriere als

Journalist war zerstört. Am Schluss war ich ein paar Wochen in einer psychiatrischen Klinik. Posttraumatische Belastungsstörung.«

Sie nickte. Sie wusste Bescheid.

»Ich musste neu anfangen, aber ich wusste nicht, wie. Ich hatte viel Zeit und da habe ich aus purer Verzweiflung beschlossen, das Buch zu schreiben. Der fremde Blick.«

Er sah sie jetzt an. »In jenem Frühling, als ich deine Sachen las und dich ein wenig coachte, da habe ich gemerkt, dass mir das Spaß macht und dass es dich weiter gebracht hat. Ich bildete mir ein, dass ich das gut könne. Anderen beibringen, wie man Bücher schreibt. Und so setzte ich mich hin und schrieb das Buch.«

»Und es wurde auf Anhieb ein Erfolg?«

»Nun ja, kein Bestseller.« Er grinste. »Aber die Leute vom Fach haben es gelesen und interessant gefunden. Und ich wurde angefragt, ob ich darüber referieren und unterrichten würde. Das wurde die Hälfte meiner neuen Existenz.«

»Und warum bist du nach Dresden gegangen?«

»Ich musste einfach weg.«

Sie sah ihn erwartungsvoll an.

»Als es beruflich anfing, aufwärtszugehen, da war ich schon von Andrea geschieden. Aber sie ließ mich nicht in Ruhe. Ich wollte die Geschichte hinter mir lassen. Nach vorn schauen. Aber sie fand immer wieder Verdachtsmomente und machte den Zuständigen in Frankreich durch ihre Anwälte die Hölle heiß. Sie wollte, dass ich mit ihr nach Frankreich reise und irgendwelche Anträge stelle. Und da kam das Angebot des Verlags in Dresden. Es war attraktiv und schien mir weit genug entfernt.«

»Entschuldigen Sie«, der junge Kellner war an den Tisch gekommen. Er räusperte sich und rieb die Hände, große magere Bauernhände. »Die Küche lässt ausrichten, dass Ihr Essen etwas später kommt.«

Sie sahen ihn fragend an.

Er räusperte sich wieder, dann grinste er. »Es gab einen – ähm – Zwischenfall.«

»Was ist passiert?«, fragte Isabelle.

»Also – die Chefin. Sie hat das ganze Zeug hingeschmissen.«

Luc grinste, aber Isabelle gab sich besorgt.

»Hat sie sich verletzt?«

Der Junge zuckte die Schultern. »Ich glaube nicht. Sie hat nur gesagt, ich soll das ausrichten. Und ich soll fragen, ob Sie schon etwas zu trinken möchten.«

Er legte auffordernd die Getränkekarte vor Luc auf den Tisch. Der sah hilflos auf Isabelle und sie bestellte aus dem Stegreif eine Flasche von einem Weißwein, den er nicht kannte.

»Der kommt aus der Gegend von Valence«, sagte sie. »Dort ist das Untersuchungsgericht oder?«

»Andrea ist gerade wieder einmal auf dem Weg dorthin, wenn mich nicht alles täuscht.«

Das war unvorsichtig, aber er wollte wissen, was sie wusste.

Sie riss die Augen auf. »Ach deshalb«, sagte sie, als hätte sie gerade etwas begriffen.

Die Wirtin kam und brachte den Wein.

»Alles in Ordnung?«, fragte Isabelle.

Sie sei ausgerutscht, behauptete sie. Nun musste ihr Mann den Fisch noch einmal zubereiten. »Entschuldigen Sie.«

Sie sahen ihr zu, wie sie die Flasche entkorkte und die Gläser füllte.

»Siehst du«, sagte Isabelle, als sie gegangen war. »Ausgerutscht, nicht abgestürzt.«

»Da hat sie Glück gehabt.«

Sie stießen an.

»Auf deinen Erfolg«, sagte Isabelle, »und möge uns nie wieder so etwas zustoßen.«

»Auf dass wir nie wieder abstürzen mögen!«

Sie sah ihn einen Moment lang irritiert an. Hatte er zu viel Inbrunst in diesen Wunsch gelegt?

»Vielleicht«, sagte sie, »ist Absturz das richtige Wort.«

»Wie würdest du es denn nennen?«

Sie zögerte. »Für mich war es die Hölle.«

»Aber wir haben uns ganz gut erholt. Du doch auch, oder?«

»Ja«, sagte sie, »aber es war nicht einfach. Und es hat lange gedauert.«

Im Herbst 1998 war ihr Leben zerstört. Sie wurde von Journalisten belästigt, befragt, aus dem Hinterhalt fotografiert. Ehemalige Schulkameradinnen, sogar Lehrerinnen und Lehrer erhielten Anrufe oder Besuch und fanden tags darauf ihre Aussage und womöglich ein Bild von sich selber oder von ihrem Zimmer, ihrem Hund, ihren Eltern oder Kindern in der Zeitung. Nicht alle gaben Auskunft. Einstige Mitschülerinnen riefen Isabelle an, um mitzuteilen, dass ein Paparazzo vorbeigekommen sei und mit ihnen über früher, die Schule und schließlich über Isabelle B., die in dem Entführungsfall der kleinen Anouk unter Verdacht geraten war, sprechen wollte. Anfangs war es tröstlich für Isabelle. Da waren Freundinnen, die sie unterstützten, die ihre Empörung anhörten, ihren Zorn verstanden. Bis sie diese Empörung, ein wenig gesteigert, ein wenig verbogen, ein wenig verfremdet in La Feuille abgedruckt fand. Sei vorsichtig, beschwor sie ihre Mutter. Hör endlich auf, alles immer noch schlimmer zu machen, donnerte Armand mit seiner weithin hörbaren Bassstimme. Von da an ging sie nicht mehr ans Telefon. Aus dem Haus ging sie schon seit Tagen nicht mehr. Sie saß in ihrem Zimmer und las Zeitungen. Dass Isabelle B. freundlich war, konnte sie da lesen, aber ein wenig verschlossen, dass sie viel Zeit zu Hause verbrachte, viel las, eine gute Schülerin gewesen sei, auch wenn ihr die französische Sprache Schwierigkeiten machte, was manchen Kommentatoren schwer verständlich schien. Wie sie hergekommen war, wurde ausgebreitet, nämlich als Stieftochter von Armand Morin, den jeder im Tal kannte, und dass sie trotzdem mit achtzehn ihr Bac geschafft hatte. War sie eine übertrieben ehrgeizige Streberin oder war das eine beachtliche Leistung? Und immer wieder wurde darauf hingewiesen, dass sie keine beste Freundin hatte, dafür intensiven Kontakt zum Ehepaar Oberholzer, insbesondere zu Luc Oberholzer, der ihr in letzter Zeit ein väterlicher Freund gewesen sei. Was mochte sie da für ein Interesse haben, gerade ihn zu beschuldigen?

Die Berichterstattung entsprach nicht immer dem, was Isabelle als die Wahrheit bezeichnet hätte, aber der Ton war nicht unfreundlich. Manche bemühten sich wirklich, fair zu sein, objektiv. Es fand eine Auseinandersetzung mit ihrer Person statt. Ihr Charakter wurde analysiert, ihre Gewohnheiten interpretiert, ihre Stärken anerkannt, ihre Schwächen beschrieben. Aber natürlich stand alles, ausdrücklich und ganz direkt, in einem Zusammenhang mit dem Fall Anouk, mit dem Verschwinden des kleinen Mädchens, la fillette, mit der Rolle, die Isabelle B. dabei gespielt hatte, respektive gespielt haben mochte. Am Ende blieben immer viele Fragen offen. Und sie, die Hauptperson, gab keine Antwort.

»Irgendwo habe ich gelesen, dass Armand dich eingesperrt und bedroht habe? Das stimmt doch nicht, oder?«

»Siehst du! Das ist das Schlimme. Die Vermutungen können noch so absurd sein, irgendetwas bleibt immer hängen. Du kennst Armand doch schon ewig. Wart ihr nicht Freunde? Und sogar dir sind Zweifel gekommen.«

Und weil Luc nichts sagte, musste sie ihren Stiefvater verteidigen.

»Armand ist ein Choleriker, der schon einmal laut werden kann, wenn ihn etwas ärgert. Im Sommer, wenn die Türen offen sind, hört man ihn dann im halben Dorf. Und weil er so groß und breit wie ein Bär ist, kann er einem dann beinahe Angst einjagen. Aber er war mir immer ein guter und liebevoller Stiefvater, obwohl wir uns ja erst kennengelernt haben, als ich schon in der Pubertät und mit meinen Problemen nach der Umsiedlung ein eher schwieriger Teenager war.«

»Aber er hat dir die Schuld dafür gegeben, dass er und seine ganze Familie immer wieder und nicht immer günstig in der Presse erwähnt wurden.«

»Anfangs hat er zu mir gehalten. Einmal stand ein Fotograf im Garten mit einer Kamera vor dem Gesicht mit einer Art Fernrohr daran. Armand stürzte hinaus, fuchtelte mit dem Schraubenzieher, den er zufällig gerade in der Hand hielt, und schrie: Tire-toi! Connard!«

Diesmal wandten sich mehrere Leute, die an den Nachbartischen aßen oder schon damit fertig waren, nach der Frauenstimme um, die zwar nicht Armands Bassstimme, aber wenigstens seine Lautstärke nachahmte.

»Entschuldigung«, sagte Isabelle jetzt leise zu Luc und kicherte. »Zum Glück verstehen die Leute hier das nicht.«

»Und später?«

Wenn sie schon so weit gekommen waren, dann wollte er es jetzt wissen. Es hatte ihm lange Zeit Gewissensbisse verursacht. Hatte Armand seine Stieftochter schlecht behandelt? Wegen dieser Geschichte, für die Luc sich verantwortlich fühlte.

»Er war wütend. Dass ich Jean-Paul belastet habe konnte er mir lange nicht verzeihen. Jean-Paul ist sein kleiner Bruder und es schmerzt ihn, dass er so verkommen ist. Aber er hat immer gesagt, dass Jean-Paul kein schlechter Mensch sei, pas un criminel, kein Krimineller, sagte er.«

»Und da hat er sich geirrt.«

»Das war ihm egal. Er warf mir vor, dass ich an dem ganzen Unglück schuld sei.«

»Wirklich?«

»Er hatte ja nicht unrecht. Ich habe mit meiner blöden Aussage die Sache ins Rollen gebracht. Jean-

Pauls Name stand jetzt auch in der Zeitung. Fast so häufig wie meiner. Seine Wohnung wurde fotografiert, der Müll auf dem Gelände, der Hund und Jean-Paul, der Clochard, der Penner.«

»Na ja ...«, versuchte Luc, sie zu besänftigen.

»Alle kannten ihn, seit er ein Junge war und der beste in seiner Schulklasse, und plötzlich begegnete man ihm mit Misstrauen. Er könnte es eben doch gewesen sein, dachten viele und einige sprachen es auch aus. Vielleicht war das Alibi falsch. Vielleicht lügt Sophie Rossignol. Auch sie bekam viel Aufmerksamkeit in La Feuille und anderen Blättern. Es gab sogar ein Foto von dem versifften Sofa, auf dem Jean-Paul angeblich tief und betrunken geschlafen hatte, während jemand die kleine Anouk aus dem Kinderwagen nahm und mit ihr davon ging.«

Isabelle brach ab, um einen Schluck aus ihrem Wasserglas zu nehmen.

»Ich hatte die ganze Familie in Verruf gebracht. Jedenfalls sah Armand das so. Er hat sich mit meiner Mutter gestritten. Einen schönen Kuckuck hätte sie ihm da ins Nest gesetzt, sagte er. Ich hatte Angst, sie würden sich scheiden lassen. Dann wäre ich auch daran noch schuld gewesen.«

Mein Gott, dachte Luc. Was sie alle durchgemacht haben. Isabelle, ihre Eltern, Jean-Paul. Sie waren alle in diese Geschichte hineingezogen worden, hineingeschlittert.

»Wie hast du das ausgehalten?«, fragte er.

Sie lachte bitter. »Je länger ich schwieg und von der Welt abgeschirmt lebte, desto mehr rückten andere ins Rampenlicht. Ich dachte, es würde irgendwann vorbei sein. Und ich wollte ja ohnehin so bald wie möglich abreisen, in die Schweiz, um zu studieren.«

»Aber du bist nicht gegangen.«

»Ich konnte nicht. Wir standen ja erst ganz am Anfang. Ich musste mich zur Verfügung halten, durfte das Land nicht verlassen.«

»Wegen René?«

»Spätestens dann. Als sie René ins Spiel brachten.«

»Den kannte ich gar nicht. Oder? Habe ich ihn je gesehen?«

»Kann schon sein. Ein großer, schlaksiger Typ. Dunkle Locken. Sah gut aus.« Sie lächelte zwiespältig.

Luc schüttelte den Kopf. »Ich glaube, ich kannte ihn nur vom Fahndungsfoto. Das war ja überall.«

Rot eingerahmt stand der Zeugenaufruf in den Zeitungen, hing an Alleebäumen, in Schaufenstern, an den Anschlagbrettern der Gemeinden. Bestimmt wurde es auch im Fernsehen gezeigt. Das Porträt eines gut aussehenden jungen Mannes, der selbstbewusst in die Kamera schaute. Ein wenig arrogant, war er Luc vorgekommen. René Ribot, 22 Jahre, stand weithin sichtbar neben dem Bild. Und darunter wurde in kleinerer Schrift ausgeführt, dass er im Entführungsfall

Anouk gesucht werde und sich auf der Flucht befinde, möglicherweise mit einem Säugling. Es folgte die Personenbeschreibung von René Ribot, 1,80 groß, schlank, dunkelhaarig, braune Augen, und eine Beschreibung von Anouk, 10 Monate, blond, blaue Augen, und das bekannte Bild von dem Bébé im weißen Schlafanzug mit der Aufschrift ›Slaap lekker‹.

»Du hast mir nie von ihm erzählt.«

Es klang vorwurfsvoll. Und eigentlich meinte er es auch so. Sie waren sehr vertraut gewesen im Frühling 1998. Aber von ihrem Freund hatte sie nicht erzählt.

»Es gab nichts zu erzählen.« Sie schien den Vorwurf nicht bemerkt zu haben. »Er hat mich eingeladen, mit ihm zum Hochzeitsfest einer seiner Cousinen zu gehen. Das ist alles. Ich wäre ohnehin zu der Hochzeit gegangen, der Bräutigam war ein Verwandter von Armand.« Sie grinste. »Die sind dort alle miteinander verwandt. Alles Familie.«

»Ja und?«

»Ich saß neben ihm am Tisch, ziemlich nahe bei den Brautleuten. Da wurde gemunkelt, wir seien ein Paar. Die Verwandten freuten sich schon auf die nächste Hochzeit. Du weißt ja, wie das ist.«

»Und wart ihr ein Paar?«

Sie schüttelte den Kopf. »Ich bin nach dieser Hochzeit noch zweimal mit ihm ausgegangen. Das war ein Fehler. Ich mochte ihn schon am ersten Abend nicht besonders. Er war ein Angeber, sprach nur von schnellem Geld und schnellen Wagen. Aber er war ein gut aussehender junger Mann. Es hat mir geschmeichelt, mit ihm gesehen zu werden.«

Als hätte sie das nötig gehabt, dachte Luc. Sie war hübsch gewesen, damals, aber sie hatte es nicht geglaubt. Sie glaubte nicht an sich.

»Aber das hat man dir natürlich nicht abgenommen.«

Wieder lachte sie bitter.

Ob sie René Ribot kenne, fragten die Beamten bei einer der folgenden Befragungen aus heiterem Himmel. Nein, wollte sie sagen, nein, mit dem habe ich nichts zu tun, aber sie nahm sich zusammen. Ja, sie kenne ihn flüchtig.

Flüchtig? Jetzt wurden sie unangenehm. Er ist doch Ihr Freund, Madame. Nein, sagte sie, jetzt in Panik. Er war nie mein Freund.

Wir haben da andere Informationen. Sie sind mit ihm ausgegangen. Die Ermittler wussten sogar, wohin sie gegangen waren und zählten die Lokale auf. Dabei sahen sie ihr ins Gesicht, als wäre die Liste dort aufgeschrieben. Und als würde dort noch viel mehr zu lesen sein.

»Wo er sei, wollten sie von mir wissen.«

Sie wisse nicht genau, wo er wohne, sagte sie ausweichend. Sie nannte ihnen nur das Dorf. Das war gelogen. Sie wusste ganz gut, wo er wohnte, aber sie war nie bei ihm zu Hause gewesen. Sie wollte nichts mit ihm zu tun haben.

Die Adresse sei ihnen bekannt. Sie wollten wissen, wo er jetzt sei. Er sei nämlich verschwunden. Seit dem 24. Juli.

»Das stimmte doch. Er war ungefähr gleichzeitig mit Anouk verschwunden. Oder?«

»Ja. Aber das hat man erst Tage später bemerkt. Als sie ihn als meinen vermeintlichen Freund befragen wollten, war er nicht da und niemand wusste, wo er sein könnte.«

»Seine Mutter hat angeblich gesagt, er sei am 24. Juli am frühen Vormittag aus dem Haus gegangen. Kurz nach Andreas Abreise.«

»Ich hielt das für einen Zufall. Aber es war natürlich schon verdächtig.«

»Du hättest die Aussage verweigert, wurde damals behauptet.«

»Ich wusste nicht, wo er war, und ich wollte mit der Sache nichts zu tun haben. All die Fragen, die sie mir stellten, konnte ich nicht beantworten. Ich wusste nicht, wer seine Freunde waren, wo er sich herumtrieb, was er in der Freizeit tat. Es interessierte mich nicht. Aber natürlich dachten alle, ich wolle meinen Liebhaber beschützen.«

Zum Glück kam jetzt endlich der Fisch. Das Gespräch näherte sich wieder einmal einem Punkt, den Luc vermeiden wollte.

»Der Chef hat zwei extra große Fische ausgesucht.« Die Wirtin lächelte Isabelle zu.

Luc konnte es kaum erwarten, bis sie endlich ihre Wünsche, guten Appetit, lassen Sie es sich schmecken, losgeworden war und davonstelzte. Auf den gleichen Riemchensandaletten mit bunten Fünfzentimetersohlen wie vor dem Sturz. Sie schien unerschütterlich. Luc machte sich über den Fisch her.

»Pass auf«, sagte Isabelle, »du musst dem Rücken entlang schneiden«, aber es war schon zu spät. In seiner Gier hatte er den Fisch vom Bauch her aufgeklappt und die Gräten durcheinandergebracht. Ich hätte keinen Fisch bestellen dürfen, dachte er grimmig und begann vorsichtig zu essen. Im zweiten Bissen spürte er eine Gräte. Er pulte sie zwischen den Zähnen hervor, prüfte das nächste Stück, als suche er etwas Kostbares.

»Das Schlimme war«, sagte Isabelle, »dass das alles wieder den Verdacht auf mich lenkte. Wenn René das bébé entführt hatte, und das war ja möglich, weil er tatsächlich kurz vor der Tat zuletzt gesehen wurde, dann konnte es etwas mit mir zu tun haben. Sie behaupteten, ich hätte René das Kind übergeben, während du zum Wasserfall spaziert bist. Nur ein Motiv konnten sie nicht finden. Sie haben mich einen Nachmittag lang da behalten. Ich musste viel warten und wurde zweimal befragt. Dann durfte ich wieder gehen.«

Luc sagte nichts. Er musste sich auf den Fisch und seine Gräten konzentrieren, aber es fiel ihm schwer. Ein anderes Thema, dachte er. Lenk sie ab! Er wollte nicht, dass die Sache auf den Tisch kam. Nicht gerade jetzt. Er legte das Besteck ab.

»Ich hab den Fisch ruiniert«, sagte er.

Er sah zu, wie Isabelle ein makellos grätenfreies Stück von ihrer Forelle abtrennte.

»Was dann kam, war für mich das Schlimmste.« Sie blickte ungerührt auf das Schlachtfeld in seinem Teller.

»Für uns waren die Zeiten auch nicht gerade einfach«, konterte er. »Anouk war seit weiß ich wie vielen Tagen verschwunden. Kannst du dir das vorstellen? Sie war so klein. So hilflos. Und wir wussten nicht, wo sie war. Am Anfang hatten wir gehofft, dass sie bald gefunden würde, dass alles sich aufklären würde. Aber die Tage und Nächte vergingen und da war einfach nichts.«

Er wird sich bald melden, sagte Andrea fünfzigmal am Tag. Oder hundertmal. Sie meinte den Entführer. Er musste sich doch melden. Sonst war ja alles sinnlos. Es konnte doch nur um ein Lösegeld gehen. Oder nicht? Um was denn sonst? Wir werden es bezahlen, nicht wahr? Wir werden alles tun, was er will! Nicht wahr? Gewiss, sagte er, aber weißt du, es könnte ja auch anders sein. Er rechnete damit, dass sie bald gefunden würde. Dass sie sie herbringen würden.

Aber Andrea wartete auf eine Botschaft vom Entführer.

»Und die ganze Zeit strich Jean-Paul um unser Haus.« Luc griff wieder zum Besteck und begann, die Kartoffeln zu essen. »Das brachte Andrea völlig aus der Fassung.«

»Auch für ihn waren die Zeiten nicht gerade einfach, wie du so schön gesagt hast.« Isabelle hatte die Stimme wieder ein wenig erhoben. »Weil er eh ein Clochard war, dachten alle, es mache ihm nichts aus. Aber ihn hat die Geschichte mächtig mitgenommen. Nachdem so allerlei über ihn in der Zeitung gestanden hatte, haben zwei deutsche Familien von ihm ihre Hausschlüssel zurückverlangt. Herr Meyer ist extra von München her angereist in seinem dicken Audi. Das Vertrauen sei gestört, sagte er zu Armand, als der seinem Bruder zu Hilfe eilte. Das kränkte Jean-Paul. Er hatte zehn Jahre lang auf die Ferienhäuser der beiden Paare aufgepasst, den Rasen gemäht und so.«

»Und dafür, dass er jetzt diesen Job verlor, gab er Andrea die Schuld. Das war völlig absurd. Meyers waren schon lange nicht mehr zufrieden. Für die paar tausend Francs, die sie ihm zahlten, kümmere er sich herzlich wenig um ihre Gärten. Das hatten sie mir schon im Jahr vorher gesagt.«

»Er hat das nicht so gesehen. Er war stinksauer auf Andrea. Er fand, dass sie an seinem Unglück schuld sei. Die Dampfwalze aus der Schweiz habe sein

Leben ruiniert, erzählte er jedem. Sie müsse sich bei ihm entschuldigen.«

Luc schnaubte vernehmlich. Er schob ein Stück Fisch an den Tellerrand. Zu viele Gräten. Er untersuchte ein anderes Stück.

Jean-Paul tauchte zu jeder Tages- oder Nachtzeit bei ihnen auf, manchmal war er betrunken. Er strich ums Haus und wenn Luc hinausging und ihn ansprach, brummte er, er wolle Andrea sprechen. Ta femme, sagte er, wenn er nüchtern war, aber manchmal brauchte er andere Wörter. Einige kannte Luc, andere fand er in keinem Wörterbuch.

»Ich hatte Angst. Der Kerl ist doch unberechenbar. Verstehst du das nicht?«

Der Fisch machte ihn streitsüchtig. Er musste sich zusammennehmen.

»Er wolle nur mit ihr reden, sagte er zu Armand. Aber der hat ihm verboten, sich eurem Haus auch nur zu nähern.«

»Der arme Armand. Er versuchte zu vermitteln. Zu uns sagte er, wir sollten abreisen, damit es endlich Ruhe gäbe. Und damit hatte er ja sicher recht.«

»Ja, das hätte ich mir auch gewünscht«, sagte Isabelle, »aber ihr seid nicht gegangen.«

»Andrea wollte nicht.«

Er hatte sich den Mund fransig geredet, um Andrea zur Abreise zu bewegen. Wir können hier nichts mehr tun. Wenn es irgendetwas Neues gibt, wird man uns informieren. Aber sie wollte nicht. Sie wollte da bleiben, selber suchen, da sein, wenn der Entführer sich meldete. Das konnte sie niemand anderem überlassen. Sie wollte als Erste ihr Kind in die Arme schließen, wenn der Entführer es herausgab. Wie konnte jemand denken, dass sie dafür von weither anreisen müsste. Es konnte ja auch nicht mehr lange dauern. Vielleicht doch, sagte Luc. Vielleicht gibt es keinen Erpresser. Da beschimpfte sie ihn. Er habe sein Kind aufgegeben. Er wolle glauben, dass es tot sei, damit er nach Hause gehen und seine geliebte Arbeit wieder aufnehmen könne. Die sei ihm ja schon immer wichtiger gewesen als die Familie.

»Weißt du«, sagte Isabelle und legte das Fischmesser neben den Teller, »wenn ich es mir heute überlege, dann glaube ich, dass ich an Andreas Stelle auch nicht abgereist wäre.«

»Und dann wurde doch das Kind in Südfrankreich gefunden. Weißt du noch?«

»Nein«, sagte Isabelle, »davon weiß ich nichts.«

»Es war auch nur eine kurze Hoffnung. Ich frage mich noch heute, wie Andrea davon erfahren hat. Man hätte ihr das nicht sagen dürfen. Sie war völlig aufgelöst und fast verrückt vor Aufregung und Hoffnung. Aber dann stellte sich heraus, dass das Kind von einem Campingplatz allein in den Wald gelaufen war. Und Anouk konnte ja noch gar nicht gehen. Das hat Andrea aber überhaupt keinen Eindruck gemacht.

Vielleicht hat sie es inzwischen gelernt, sagte sie allen Ernstes.«

Er merkte, wie wirr das war, was er da erzählte. Der Fisch machte ihn konfus. Er musste aufhören, bevor ihm doch noch eine Gräte in den Hals geriet und er hier jämmerlich erstickte. Aber wäre das so schlimm? Wenn alles zu Ende wäre. Jetzt. Hier. Die wohlbekannte Leere stieg von irgendwo her aus seinen Eingeweiden auf und füllte seinen Kopf. Milchiges Grau.

»Aber einmal haben sie einen Mann verhaftet. Sie glaubten, es sei René. Ich musste sein Foto ansehen.«

Das Grau zerfloss. Das war die andere Geschichte. Jemand hatte in Italien einen Mann mit einem Baby gesehen. Einen dunkelhaarigen, großen, schlaksigen, jungen Mann, der ein blondes Kind in einer Trage auf dem Rücken trug. Der Mann wurde verhaftet. Das Kind untersucht. Es war ein Mädchen von etwa einem Jahr. Fotos wurden auf schnellstem Weg nach Frankreich geschickt. Etwas voreilig, wie sich herausstellte. Der Mann war nachweislich und ohne jeden Zweifel der Vater des kleinen Mädchens.

»Hatte er Ähnlichkeit mit René?«

»Vielleicht. Er war's jedenfalls nicht. René blieb weiterhin verschwunden. Aber dann haben sie ja endlich mein Motiv gefunden.«

»Dein Motiv?«, fragte Luc. Er hoffte, dass er nicht

rot geworden war, aber er hatte das Gefühl, dass seine Ohren brannten.

»Der Grund, warum ich die Entführung organisiert hatte. Du weißt es doch. Es stand ja in der Zeitung.«

Sie war zäh, er würde ihr nicht entkommen. Aber noch wollte er sich nicht ergeben. Er wartete ab.

»Ich hatte gedacht, dass es nicht mehr schlimmer kommen könne. Nach allem, was passiert war.«

Sie war fertig mit ihrem Fisch. Schön am Stück lag das Rückgrat mit allen Gräten am Tellerrand. Ein Meisterwerk, dachte Luc. Sie spießte das allerletzte Stück Kartoffel auf die Gabel. Dann fügte sie an:

»Und nach allem, was nicht passiert war, und trotzdem in der Zeitung stand.«

Er sagte nichts. Er nahm es als Vorwurf. Es war ein Vorwurf. Und er war berechtigt. Es war seine Schuld und diese Schuld hatte ihn gequält, immer wieder, immer noch. Auch wenn in letzter Zeit alles ein wenig verblasst war, ein wenig abgeschliffen, ausgebleicht, weniger klar, weniger schmerzhaft. Aber jetzt ...

Er wandte sich seinem Teller zu, wo Fleisch und Knochen durcheinander lagen, wie ein von wilden Tieren zerrissener Kadaver, wie wenn Vögel darin herumgepickt hätten, Aasvögel. Er schob den Teller fort.

»Ich war schon immer ein Unglücksrabe«, sagte er, ohne den Blick von seinem Fisch zu lösen. Am oberen

Rand seines Gesichtsfeldes glaubte er, Isabelle nicken zu sehen.

»Die Sache mit René war natürlich ein gefundenes Fressen für die Medien. Etwas der Presse zum Fraß vorwerfen, sagen die Franzosen. Jeter en pâture à la presse. Und der Fraß war ich.«

»Und die Familie Ribot«, warf Luc ein.

»Stimmt. Dass René ein Filou war, ein Tunichtgut und Großtuer, wussten die meisten in der Gegend, aber dass er vorbestraft war, erfuhren wir erst aus der Zeitung.«

»Was hatte er denn verbrochen? Vorher, meine ich.«

»Einbruch, hieß es, und Autodiebstahl. Es war im Süden gewesen, zwei Jahre zuvor. Die Eltern konnten es geheim halten. Er mache Ferien dort unten, hatten sie gesagt.«

»Und dann ist alles herausgekommen.«

»Die Familie hat sich nie davon erholt. Ich glaube, der Vater ist kürzlich gestorben. Die Mutter soll dement sein.«

Das wäre sie auch so geworden, ohne diese Geschichte, dachte Luc grimmig.

»Immer die Familie, die Ehre der Familie, der gute Ruf«, sinnierte Luc. »Ist das immer noch so wichtig bei euch?«

»Damals war es wichtig. Frag Armand. Der wird es dir sagen.«

Er wollte es aber gar nicht wissen. Er war doch gerade dabei gewesen, es zu vergessen. Aber Isabelle konnte wohl nicht genug bekommen von den bitteren Erinnerungen.

»Kannst du dir vorstellen, wie ihn das getroffen hat, Armand meine ich, diese neue Entwicklung, diese Erklärung für alles? Schlimm genug, dass immer noch behauptet wurde, seine Stieftochter habe ein Verhältnis mit René Ribot gehabt. Da konnte er mir nichts vorwerfen. Er hatte mir zugeredet, mit René auf die Hochzeit zu gehen, als ich noch zögerte. Aber jetzt war dieser Ribot verschwunden, genau seit dem Zeitpunkt, wo auch Anouk verschwunden war. Und zu allem Überfluss stellte sich heraus, dass er vorbestraft war. Zwar nicht wegen Kindesraub, aber das spielte für niemanden eine Rolle. Er war es gewesen, es konnte kein Zufall sein.«

»Hattest du etwa Mitleid mit diesem Gauner?«

Sie lachte. Wieder dieses bittere Lachen, das er früher an ihr nicht gekannt hatte.

»Ich hatte genug mit mir selber zu tun. Und dann, ein paar Tage später, kam endlich das Motiv an den Tag. Erinnerst du dich?«

Wo ist Anouk? titelte La Feuille und breitete die Geschichte ganzseitig aus. Hatte René Ribot zusammen mit Isabelle Bernasconi das Kind entführt? Hatte sie nach der Tat den Vater der kleinen Anouk beschuldigt, um René mit dem Kind einen Vorsprung zu verschaffen? Dass René dazu fähig wäre, stand außer Zweifel. Und er war ja tatsächlich verschwunden. Das war schon fast ein Geständnis. Der war vernarrt in Isabelle, hatte ein Verwandter gesagt, der auf der Hochzeit dabei war und das Paar beobachtet hatte. Der hätte doch alles für sie getan.

»Es wäre schlimm genug gewesen, was da über René und mich stand. Stell dir vor, ich war noch nicht ganz achtzehn. Ich hatte noch keinen festen Freund gehabt. Ich war, was das betraf, ein unschuldiges Landei.«

Er versuchte, über diese Formulierung zu lachen. Mein Gott, dachte er, was habe ich ihr angetan.

»Aber jetzt hatten sie das Motiv. Ich hatte Andrea, die ich ja bekanntlich hasste, das Kind gestohlen, weil ich selber keine Kinder bekommen konnte.«

Man hatte sie wieder einmal zu einer Befragung vorgeladen. Er hätte da noch eine Frage, sagte der Beamte. Wo sie hingegangen sei, nachdem Madame Oberholzer ihr an der Bushaltestelle das Kind überlassen habe. Nach Hause zu den Oberholzers. Ob jemand sie gesehen habe. Vermutlich schon. Sie wisse es nicht. Aber doch, es fiel ihr doch noch ein, sie hatte ihre Mutter angetroffen. Zufällig, sie wollte irgendetwas im Dorf holen. Wo genau sie sie getroffen habe. Sie sagte es ihnen. Dann könne ihre Mutter also nicht bezeugen, dass sie mit dem Kind direkt zum Haus der Oberholzers gegangen sei. Nein, aber sie war direkt dorthin gegangen. Sie hatte das Kind in den Wagen gelegt. Sie hatte ... Ob es wahr sei, schnitt ihr der Befrager das Wort ab, dass sie keine Kinder bekommen könne.

»Als die Beamten mich fragten, ob es stimme, dass ich keine Kinder bekommen könne, war ich völlig überrumpelt. Ich konnte nur fragen, was das mit Anouk zu tun habe. Es wäre nicht das erste Mal, dass eine verzweifelte Frau, die kein Kind bekommen könne, einer anderen Frau eines stehle, haben sie gesagt.«

Sie sah Luc an. Er schaute weg.

»Da habe ich schreckliche Angst bekommen. Ich musste weinen. Und das haben sie wohl als eine Art Geständnis aufgefasst.«

»Aber sie konnten dir nichts beweisen.«

»Sie stellten mich unter Hausarrest. Das war mir egal. Ich ging ja ohnehin schon lange nicht mehr aus. Aber als ich zu Hause war, war ich völlig verzweifelt. Woher wussten die das? Ich hatte es niemandem erzählt.«

Weiss meine Mutter das schon, fragte sie den ernsten Arzt, der ihr die Mitteilung gemacht hatte. Er runzelte die Stirn und blätterte in der Akte. Sie sind fast volljährig, sagte er dann. Wenn Sie wollen, dass ihre Mutter das erfährt, müssen Sie es ihr selber sagen. Er machte eine Pause, schien nachzudenken, hob dann wieder den Blick und sagte: Ich würde Ihnen empfehlen, es nicht an die große Glocke zu hängen. Die Erfahrung zeigt, dass es einer jungen Frau schaden kann, wenn so etwas bekannt wird. Manche denken dann, dass sie für alles zu haben sei, weil ja nichts passieren kann. Sie verstehen, was ich meine? Und wie schon gesagt, man kann versuchen, es zu reparieren. Die Chancen stehen heute etwa fünfzig zu fünfzig. Und die Methode wird jedes Jahr besser.

»Nicht einmal meiner Mutter hatte ich es erzählt.«

Sie schwieg und sah ihn an, wie eine Lehrerin, die auf das Geständnis eines Schülers wartet, der bei der Prüfung betrogen hat.

»Nur mit einem einzigen Menschen habe ich darüber gesprochen. Erinnerst du dich?«

Sie wusste es also doch, hatte nicht vergessen, dass sie es ihm erzählt hatte, auf dem Weg durch das Tal der hundert Furten, als er fragte, ob sie nicht lieber umkehren wollten. Und sie hatte es keinem sonst erzählt. Nur ihm hatte sie es anvertraut, vielleicht eher zufällig, ohne sich viel dabei zu denken.

»Sie haben auch mich ein paarmal befragt.« Er musste sich verteidigen. »Und einmal haben sie mich in die Enge getrieben. Es ging um deine Beziehung zu Andrea, ob du sie gehasst habest. Eine Freundin von dir behaupte das. Ich habe abgewiegelt. Ich habe versucht, euch beide zu schützen, dich und Andrea.«

»Du hast dich selber geschützt.«

»Sollte Andrea in der Zeitung lesen, wie du sie verabscheut hast, wegen ihres ständigen Heißhungers und wie dich ihre übertriebene Sorge um Anouk geärgert hat?«

»Darüber haben wir uns beide lustig gemacht. Ich habe Andrea nicht gehasst.«

»Das sagte ich doch. Meine Frau sei etwas ängstlich mit dem Kind, habe ich gesagt und das habe dich geärgert.« Er verstummte.

»Und?«, fragte Isabelle. »Was noch?«

»Sie gaben keine Ruhe. Ob du vielleicht eifersüchtig seist, fragten sie. Und da sagte ich, das sei doch verständlich, bei einer jungen Frau, die wisse, dass sie selber kein Kind bekommen könne ...«

Zuerst hatten sie ihn nach seiner Beziehung zu Isabelle gefragt und nach seiner Beziehung zu Andrea und ihm war klar, worauf sie hinauswollten. Im Frühling war er viel mit Isabelle zusammengewesen, mit der jungen, hübschen, schlanken Isabelle, die ihn bewunderte. Das konnte diesem Dorf nicht entgangen sein. Ob da vielleicht Eifersucht im Spiel sei, fragten sie. Und sie ließen offen, wer auf wen eifersüchtig sein könnte und warum. Er hatte die Frage absichtlich missverstanden, um Isabelle zu schützen. Ja und, zugegeben, natürlich auch, um sich selber zu schützen. Aber noch bevor er den Satz beendet hatte, damals, wusste er, dass er das besser nicht gesagt hätte. Auch jetzt hätte er es vielleicht besser nicht gesagt. Aber er konnte es ja doch nicht mehr leugnen.

»Ich wusste gleich, dass sie es nur von dir erfahren haben konnten.«

Sie blickte jetzt in ihren Teller.

»Ich habe lange hin und her überlegt, weil ich es einfach nicht glauben wollte. Aber ich kam immer zum gleichen Schluss. Du hattest es der Polizei erzählt, um mich verdächtig zu machen. Um von dir abzulenken. Du hast mich ans Messer geliefert, um deinen Kopf zu retten. Das war schlimmer als alles. Ich dachte, ...«

Sie brach ab und fasste sich. Sie war nicht mehr das junge Mädchen, das sich in einen Freund ihrer Eltern verliebt hatte, weil er ein Schriftsteller war, weil er sie lobte und sie ermunterte, es ihm gleichzutun.

»Es tut mir leid«, sagte Luc. Nach zwanzig Jahren. »Ich wollte das nicht.«

»Irgendwie hat danach alles noch eine neue Note bekommen. Weißt du, so wie wenn irgendwo ein Kadaver verrottet, in einer Ecke der Épicerie und zwischen Salamiaroma und dem Bukett der Erdbeeren noch etwas anderes mitschwingt. Isabelle B., die junge Frau, die nicht fürchten muss, ungewollt schwanger zu werden.«

Er schaute wieder auf die Zerstörung in seinem Teller.

»Ich habe das alles nicht gewollt«, sagte er plötzlich und laut und presste die Fäuste mit Nachdruck links und rechts von seinem Teller mit dem verstümmelten Fisch.

Zum Glück waren nicht mehr viele Gäste im Raum. Aber die Wirtin kam vorsichtig näher und fragte, ob alles in Ordnung sei.

»Alles bestens«, sagte Isabelle schnell und brachte sogar ein Lächeln zustande. »Es war ganz köstlich.«

Und Luc nickte eifrig, wie ein getadeltes Kind, das Besserung gelobt. »Ich habe mich nur ein wenig ungeschickt angestellt.«

Die Wirtin lud die Teller mit dem Besteck und den Fischresten darauf auf ihre Arme und trug alles davon.

»Erinnerst du dich an die Lewinsky-Affäre?«, fragte Isabelle unvermittelt. »Das war auch 1998. Die Praktikantin Monica Lewinsky, die sich mit dem Präsidenten von Amerika eingelassen hatte. Damals wurden ihre Tagebücher in den Medien veröffentlicht. Ihre geheimsten Gedanken wurden vor aller Welt genüsslich ausgebreitet und kommentiert. Sie war eine Geächtete, die Zielscheibe für sexistische Beleidigungen und geile Witze.«

»Fühltest du dich ihr etwa verbunden?«

»Zuerst nicht. Ich hielt sie für ein leichtfertiges Flittchen, eine Sexbombe, die sich in ihr Idol verliebt hatte. Ein dummes Huhn. Aber später, als ich selber hier im Dorf so etwas wie eine öffentliche Person geworden war, da musste ich manchmal an sie denken. Dann wurde mir angst und bang. Es hatte ja auch schon Anspielungen gegeben, dass ich in eurem Haus ein Schäferstündchen gehalten hätte, während Anouk allein draußen im Garten schlief. Aber jetzt wurde meine Geschichte erst richtig geil. Jetzt war ich selber nahe daran, so ein öffentlich bekanntes Flittchen zu sein. Nicht vor der ganzen Welt wie diese Monika Lewinsky. Nur vor unserem kleinen Tal. Und das war viel schlimmer.«

Sie faltete die Stoffserviette zusammen. Vielleicht erwartete sie einen Einwand von ihm. Als keiner kam, redete sie weiter.

»Das war ein Shitstorm damals. Wir kannten nur das Wort noch nicht. Und wir hatten nicht die technischen Mittel, keine sozialen Medien. Aber die Vermutungen und Unterstellungen machten trotzdem im ganzen Tal die Runde. Es ging von Mund zu Mund und es stand in La Feuille. Ich bekam eine Einladung zu einer Talkshow im Fernsehen, Reporter kletterten über unseren Gartenzaun ... Und ich war dem überhaupt nicht gewachsen. Ich wollte, dass man mich in Ruhe ließ. Einfach nur das.«

Er nickte. Genau das hatte er ihr gewünscht, damals, dass man sie in Ruhe ließ. Auch um seinetwillen sollten sie sie in Ruhe lassen. Deshalb hatte er ihr nicht helfen können.

»Weißt du«, fing Isabelle wieder an. Ihre Wangen hatten sich gerötet. Hatte sie noch nicht genug, musste er sich noch mehr entschuldigen? Aber da summte ihr Handy. Sie warf einen schnellen Blick darauf.

»Das ist meine Mutter. Schon zum dritten Mal heute Abend. Ich muss es schnell annehmen.«

Sie stand auf und ging zum Ausgang. »Hallo, Mama«, hörte Luc. Dann schloss sich die Tür.

10

Luc schenkte sich Wein nach. Seine Hand zitterte. Merde, dachte er. Das war schlecht gelaufen. Er musste sich zusammennehmen. Am besten würde er schlafen gehen. Jetzt sofort. Aber das ging nicht. Er konnte doch nicht fortschleichen wie Jean-Pauls Hund, wenn er beim Stehlen ertappt wurde, mit eingezogenem Schwanz. Und außerdem stand Isabelle bestimmt da draußen und ließ die Tür nicht aus den Augen.

Aber hatte sie nicht bekommen, was sie gewollt hatte? Sie hatte ihn in die Knie gezwungen, ihm eine späte Entschuldigung abgenötigt. Okay. Okay! Jetzt konnte sie doch zufrieden sein. Sie würden zusammen den Wein austrinken und sich dann eine gute Nacht wünschen. Und er würde ihr gleich sagen, dass er morgen nicht zum Essen da sein konnte.

Schließlich war jetzt alles erzählt. Jedenfalls alles, was sie etwas anging. Man hatte sie unter Hausarrest gestellt. Nach René wurde gesucht. Nach Anouk wurde gesucht. Vielleicht auch noch nach anderen, von welchen er nichts wusste. Aber niemand wurde gefunden, weder René noch Anouk. Und Isabelle konnte man nichts beweisen. Ende der Geschichte.

Ob das überhaupt jemand von den Fahndern geglaubt hatte? Dass Isabelle das Baby ihrer Bekannten entführt hatte. Dass sie diesen René, diesen Ganoven, angeheuert hatte, es zu tun. Was stellten die sich vor? Dass Isabelle mit René irgendwo im Ausland Familie spielen wollte? Das war doch lachhaft. Isabelle wollte studieren und es war ihr völlig egal, dass sie unfruchtbar war. Oder jedenfalls hatte sie es nicht besonders schwer genommen. Sonst hätte er es doch nicht weitererzählt. Dann hätte er eben etwas anderes gesagt. Er war gut im Geschichtenerfinden, sonst wäre er nicht Schriftsteller geworden. Von wegen, sich selber schützen. Was hätte sie denn gesagt, wenn er auf die suggestiven Fragen des Untersuchungsrichters eingegangen wäre? Wenn er ein wenig verlegen gelächelt hätte, von Mann zu Mann. Nun ja, wissen Sie, ich habe ihr ein wenig geholfen, bei einem deutschen Text. Sie bewundert Schriftsteller. Und meine Frau sieht das nicht so gerne. Haha. Was dann erst abgegangen wäre ...

Überhaupt. Er hatte sich doch immer alle Mühe gegeben, Isabelle zu schonen. Auch heute. Von den schlimmsten Momenten hatte er ihr ja gar nicht erzählt. Als der Anruf kam, von der Polizei, dass sie ein Kind gefunden hätten. Ein blondes Mädchen von vielleicht einem Jahr. Etwas weiter weg, in der Schweiz irgendwo. Ob sie allenfalls bereit wären, hinzufahren und das Kind zu identifizieren. Es sei tot.

Wo blieb Isabelle? Was gab es so lange zu besprechen? Er wollte jetzt nicht hier sitzen und an jenen Moment denken. Nein, sagte er zu der Polizistin am

Telefon. Das ist nicht nötig. Das ist nicht unser Kind. Da bin ich ganz sicher. Ich verstehe Sie gut, sagte die Frau, überlegen Sie es sich, sprechen Sie mit ihrer Frau darüber. Aber genau das wollte er nicht. Andrea würde sofort aufbrechen. Wie sollte er ihr erklären, dass es sinnlos war, dass es nicht Anouk sein konnte, dass ...

Isabelle kam zurück. »Entschuldige«, sagte sie. »Wenn sie um diese Zeit anruft, ist es etwas Dringendes. Sie tut das sonst nicht.«

Er sah sie fragend an. Aber die Wirtin kam mit den Dessertkarten.

»Der Nachtisch geht auf Kosten des Hauses«, sagte sie. »Als kleine Entschädigung, weil sie so lange warten mussten. Suchen Sie sich etwas Gutes aus.«

»Das müssen wir ausnützen.« Isabelle mimte die Schnäppchenjägerin und griff nach ihrer Karte. Das machte ihn mutig. Oder leichtsinnig. »Magst du überhaupt noch mit mir Nachtisch essen? Nach allem.«

»Ich habe das alles ja auch schon gestern gewusst und trotzdem mit dir Nachtisch gegessen.«

»Stimmt«, sagte er nachdenklich, »aber damals in Frankreich sagtest du, ich solle endlich verschwinden und dir nie mehr unter die Augen kommen.«

Er war zu den Morins gegangen, quer durchs Dorf, unter den Blicken der Bewohner, um ihr das Geld zu bringen, das er ihr schuldete, den versprochenen Lohn für ihre Dienste als Babysitter. Er wollte das erledigen, weil er hoffte, Andrea endlich zur Abreise überreden zu können. Sie wusste nichts von dem toten Kind in der Schweiz. Dieser Fall war ohne sie aufgeklärt worden. Natürlich war es nicht Anouk. Es war ein anderes Kind. Mit anderen Eltern. Aber Jean-Pauls Nachstellungen hörten nicht auf. Und die anzüglichen Fragen des Untersuchungsrichters über sein Verhältnis zu Isabelle hatten ihn vollends überzeugt. Er wollte hier seine Sachen in Ordnung bringen, so weit dies überhaupt möglich war, und dann verschwinden. Wenn Andrea sich nicht überzeugen ließ, würde er allein gehen. Das redete er sich jedenfalls ein. Obwohl er fürchtete, dass sie hier unten Unheil anrichten könnte.

»Ich weiß«, sagte Isabelle. »Und ich habe es sehr ernst gemeint.«

Er hatte kaum Kontakt zu Isabelles Eltern gehabt, seit Anouk verschwunden war. Sie waren stillschweigend übereingekommen, dass es so besser war. Auch die Morins litten in jenen Tagen unter dem klebrigen Ruhm, den Isabelle und Jean-Paul zusammen mit Anouk und ihren Eltern erlangt hatten. Er legte den Umschlag mit dem Geld auf den Küchentisch und sagte, er müsse gleich wieder gehen. Er könne Andrea nicht lange allein lassen. Das war nicht gelogen. Andrea befand sich in einem andauernden Zustand der Auflösung und Auflehnung wie in einer Endlosschlaufe. Sie taumelte durchs Haus, weinte und schwitzte und brach bei jedem Anlass oder auch ohne direkte Ursache in Wehklagen aus oder in leidenschaftliches Schimpfen. Das eine wie das andere brach gewaltsam hervor und war kaum zu stillen, wie Blut, das aus einer tödlichen Wunde fließt.

Aber Armand wollte das Geld nicht nehmen. Das sei unpassend, fand er. Isabelle habe es kaum verdient. Nach allem, was sie angerichtet habe. Sie könne nichts dafür, sagte Luc. Sie habe all das Gerede nicht verdient und deshalb solle sie wenigstens das Geld nehmen. Da hatte Anna nach Isabelle gerufen.

Als Isabelle die Küche betrat und Luc dort stehen sah, gab sie einen Laut von sich, den Luc noch nie gehört hatte, ein gepresstes Wimmern, das plötzlich abriss, als hätte man einem kleinen Tier den Hals umgedreht. Ihre weiße Haut war gerötet, die Augen dunkelgrün vor Hass.

»Ich dachte, du würdest zerspringen vor Wut.«

»Es war sehr ungezogen. Meinen Eltern war es mehr als peinlich. Aber ich wollte dich wirklich nicht mehr sehen. Du solltest aus meinem Leben verschwinden. Ich konnte es nicht mehr ertragen. – Aber ihr seid einfach nicht abgereist.«

»Ich wollte schon lange abreisen. Aber Andrea wollte davon nichts hören. Einmal erzählte uns eine der Frauen aus dem Dorf, ich weiß nicht mehr, wie sie hieß, Jean-Paul drohe Andrea. Er werde die Schweizer Schlampe, cette salope suisse, schon noch kriegen, hatte er gesagt. Das machte Andrea Angst. Aber dann schob sie die Abreise doch immer wieder hinaus.«

»Und dann kam dieser Brief?«

Luc stöhnte vernehmlich auf. »Das ist eine ganz fürchterliche Geschichte. Müssen wir darüber sprechen?«

»Ja«, sagte Isabelle. Sie nickte bestimmt. »Das musst du mir erzählen. Darüber weißt du mehr als ich.«

»Sei froh!«

Aber sie schüttelte wieder einmal die schwarzen Locken.

»Ich möchte wissen, was dort wirklich geschah. Schließlich ist Jean-Paul mein Onkel. Und irgendwie habe ich ihn immer gemocht.«

Das hatte ihn immer gewundert, aber es war nicht zu übersehen. Isabelle mochte den verrückten Jean-Paul.

»Das habe ich nie verstanden.«

»Weißt du – die Leute im Dorf ...« Sie kam nicht weiter und fing noch einmal an. »Als ich mit meiner Mutter dorthin kam, war ich plötzlich in einer ganz andern Welt. Ich meine, die Menschen, mit welchen meine Eltern verkehrten. Das waren Männer, die zupacken, mit den Händen arbeiten wollten, Frauen, die tagelang in den Gärten Unkraut jäteten und in der Küche Früchte einkochten, bis sie vor lauter Rückenschmerzen nicht mehr stehen und vor Schwielen an den Händen keinen Löffel mehr halten konnten. Dabei waren die meisten weder Bauern noch Handwerker. Es waren Intellektuelle, Lehrerinnen oder Buchhalter und Journalisten, die aus ihrem Leben ausgestiegen waren oder in den Ferien herkamen, um vom Ausstieg zu träumen.«

»Armand ist ein sehr erfolgreicher Unternehmer, oder nicht?«

»Klar. Er ist kein Aussteiger. Er ist ja auch ein Einheimischer. Er ist irgendwie ihr Vorbild. Aber im Grunde sind sie alle gleich. Sie können nie still sitzen, müssen immer tätig sein, schwer arbeiten, etwas ausgraben oder umbauen oder schwere Dinge herumschleppen.«

Er nickte. So war es. Und deswegen war ihm irgendwann klar geworden, dass er nicht dort unten leben wollte. Er liebte die Landschaft und sein Haus, genoss die Abgeschiedenheit, saß im hinteren Garten, wo ihn niemand von der Straße aus sehen konnte, und schrieb oder las. Er mochte Armand und Anna, aber er fühlte sich immer fremd und wusste, dass er es bleiben würde. Er hatte einfach keine Lust, Mauern aufzuschichten und Wände anzustreichen.

»Jean-Paul war die Ausnahme«, sagte Isabelle. »Auch er versuchte, ein Lebenskünstler zu sein, wie die anderen. Aber er tat es auf seine Weise. In seiner Scheune hatte er eine Büchersammlung. Am Nachmittag saß er manchmal in einem Sessel und las. Das habe ich bei Armand nie gesehen.«

»Ich habe Jean-Paul auch nie lesen sehen.«

»Er las fast nur drinnen in seinem Schuppen. Wenn er sich einmal mit einem Buch auf die Bank vor der Hütte setzte, kam regelmäßig jemand vorbei und nannte ihn einen Faulpelz und Tagedieb. Er solle lieber die Sauerei vor seinem Haus aufräumen, als herumzuhängen.«

Luc konnte sich das vorstellen. Jeder im Dorf schien sich berufen zu fühlen, Jean-Paul anzumachen. Meist war es halb scherzhaft gemeint, aber Jean-Paul verstand in manchen Dingen keinen Spaß. Oder, so kam es Luc vor, er liebte den Ärger, den Aufruhr.

»Jean-Paul hat das genossen, oder? Dann hatte er seinen großen Auftritt, einen Grund herumzubrüllen und die großartigen Verwünschungen und Flüche loszuwerden, die er weiß der Teufel woher kannte und die ich leider meist nicht verstanden habe. Er hätte Schauspieler werden sollen.«

Sie lachte. »Er ist ein sehr kreativer Mensch. Die Verwünschungen und Flüche hat er alle selber erfunden. Schade, dass du sie nicht verstehen konntest. Das hätte deinem fremden Blick gefallen.« Sie wurde wieder ernst. »Früher glaubten viele, dass er ein wenig blöd sei. Das komme vom Saufen, sagten sie, denn es war allgemein bekannt, dass er als Schüler in seiner Klasse der Beste gewesen war. Seine

Eltern seien mächtig stolz auf ihn gewesen, behauptet Armand.«

»Armand behauptete auch, dass sein Bruder ein heimlicher Schriftsteller sei. Er schreibe wilde, verrückte Geschichten, sagte er. Er wollte sogar eine gelesen haben. Glaubst du das?«

»Er schreibe lange Listen, mit allem, was ihm Böses widerfahren sei, sagte Mama jedes Mal, wenn Armand die Geschichten erwähnte.«

»Und was glaubst du? Hast du je etwas zu sehen bekommen?«

Sie schüttelte den Kopf. »Aber es könnte schon sein, dass er Geschichten schreibt. Oder einen endlosen Roman.«

Luc runzelte zweifelnd die Stirn.

»Wenn er in Fahrt kommt, ist er ein sehr unterhaltender Erzähler.«

Das stimmte. Er hatte es selber erlebt. Im Gerichtssaal.

»Ich glaube«, sagte Isabelle, »Jean-Paul ist im Grunde ein schüchterner Mensch. Er hält sich gerne abseits und sagt nicht viel. Jedenfalls, wenn man ihn in Ruhe lässt, und wenn er nicht getrunken hat. Aber am frühen Abend, nach der ersten Flasche Wein, beginnt er ein wenig aufzutauen. Wenn man ihn einfach reden lässt, dann genießt er das Publikum und erzählt, was ihm so durch den Kopf geht. Und das sind manchmal ganz fantastische Dinge, wirr, aber irgendwie gut. Von einem Drachen hat er einmal erzählt. Schon nur, wie der aussah! Er konnte das ganz genau beschreiben. Er war bunt und schillernd, mit Warzen aus echten Perlen auf der Schnauze. Und auf den Flügeln hatte er Sonnenzellen. Er war überhaupt eine Mischung aus Tier und Maschine. Er wusste alles, aber er log häufig. Nur wenn man ihn an einer bestimmten Stelle kitzelte, musste er die Wahrheit sagen.«

Isabelle nippte an ihrem Glas. Sie schien sich in Erinnerungen an diesen merkwürdigen Bruder ihres Stiefvaters zu verlieren. Luc hoffte schon, dass sie die Geschichte vom Erpresserbrief und allem, was darauf folgte, vergessen habe.

»Wunderbar«, sagte er. »Klingt richtig gut. Hat er noch mehr solche Ideen gehabt?«

»Ich glaube schon. Aber ich erinnere mich nicht. Du wolltest mir doch von dem Brief erzählen.«

Wollte er das?

»Okay. Aber dann muss ich schlafen gehen.«

Warum sollte er es nicht erzählen? Vielleicht war es ja gut, das alles wieder einmal durchzugehen. Sagte man nicht, dass reden helfe, ein Trauma zu verarbeiten?

»Kam der eigentlich mit der Post? Oder lag er einfach im Briefkasten.«

»Er lag im Briefkasten, mehr als zwei Wochen, nachdem Anouk verschwunden war, und er war mit der Post gekommen. Ich habe ihn kurz nach Mittag aus dem Kasten genommen. Er war mir gleich unheimlich. Ich wollte ihn in mein Arbeitszimmer schmuggeln und dort in Ruhe öffnen.«

»Wieso denn?«

»Er sah merkwürdig aus. Es klebte zwar eine Marke darauf und er war abgestempelt. Aber alles war verschmiert und unleserlich. Ich dachte eigentlich, dass ich ihn verschwinden lassen sollte. Aber dann sah ich, dass er eindeutig an Andrea adressiert war. Da habe ich ein wenig zu lange gezögert. Sie entdeckte ihn und stürzte sich darauf, als wüsste sie schon, was darin stand.«

»Hättest du ihn einfach verschwinden lassen, wenn sie es nicht bemerkt hätte?« Isabelle schien das kaum glauben zu können.

»Warum nicht? Ich hätte ihr viel erspart, wenn ich das getan hätte.«

»Und was stand denn drin?«

»Der Brief war schwer zu lesen, genauso schmuddelig wie der Umschlag. Sah aus, als hätte ihn ein Schulanfänger geschrieben, in Großbuchstaben, mit einem stumpfen Bleistift und einem schmutzigen Radiergummi, die Zeilen schief und krumm, mit ungleichen Zwischenräumen und mit Fehlern, die ziemlich künstlich aussahen. Wie gesagt, der Text war schwer zu entziffern und das Französisch war fehlerhaft, wie das eines Ausländers, durchsetzt mit falsch geschriebenen Brocken auf Deutsch. Ich weiß den Wortlaut nicht mehr. Heute könnten wir uns darüber amüsieren.«

»Damals fandest du es kaum lustig.«

»Lustig fand ich es nicht. Aber ich konnte es von Anfang an nicht recht ernst nehmen.«

»Aber Andrea hat es sehr ernst genommen.«

»Oh ja. Der Brief war ja auch ausschließlich an sie gerichtet. Ich wurde nicht angesprochen und kam nicht vor. Das nahm sie als besonderes Zeichen für seine Echtheit. Ich wollte den Wisch gleich wegwerfen, als sie ihn mir schließlich zu lesen gab. Aber Andrea riss ihn an sich und schrie, dass ich die Finger davon lassen solle. Der Brief sei für sie und gehe mich überhaupt nichts an.«

»Ich kann das schon verstehen. Heute. Damals war mir nicht klar, was sie durchgemacht hat.«

»Ich fand es pervers. Sie glaubte, dass jemand unser Kind entführt hatte. Und als sich der Entführer meldete, strahlte sie vor Glück. Wenn der Verfasser den Brief selber gebracht hätte, wäre sie ihm vor Dankbarkeit um den Hals gefallen.«

»Ging es dir nicht ebenso?«

Die Frage kam unerwartet, aus dem Hinterhalt sozusagen, und brachte ihn einen Moment aus der Fassung.

»Doch – natürlich. Aber ich konnte die Sache einfach nicht ernst nehmen. Ich dachte, es sei ein übler

Scherz und stellte mir Andreas Zusammenbruch vor, wenn sich herausstellte, dass es keinen Entführer gab.«

Isabelle zog die Augenbrauen hoch.

»Nein, ich meine, du verstehst schon, ich meine, sie hat die ganze Zeit voller Ungeduld darauf gewartet, dass sich ein Erpresser melden würde. Und ich versuchte, ihr klarzumachen, dass es auch anders sein könnte, dass es vielleicht gar keine Erpressung geben würde.« Er zögerte, suchte nach den richtigen Worten. »Ein Erpresser hätte sich doch viel schneller gemeldet. Es waren fast drei Wochen vergangen.«

»Aber es war ein Erpresserbrief?«

»Eindeutig.«

»Und was stand drin?«

»Was halt drin steht, in einem Erpresserbrief. Sinngemäß schrieb der Unbekannte: Ich habe dein Kind. Wenn du es wiederhaben willst, musst du Folgendes machen. Er nannte einen Ort im Wald, den ich nicht kannte. Es gebe dort eine Bank und einen Tisch. Er hatte eine Zeichnung gemacht. Dahinter liege ein großer Stein. Dort müsse sie zwanzigtausend Franc ablegen. Sie solle bloß nicht tricksen, schrieb er. Erst wenn er das Geld habe und in Sicherheit sei, werde sie ihr Kind wiederbekommen.«

Isabelle schnaubte ungläubig.

»Absurd, oder? Lass uns den Fetzen einfach wegschmeißen, sagte ich zu Andrea. Es wäre für uns alle das Beste gewesen. Aber dann entdeckte Andrea in der unteren Ecke des Briefes einen Pfeil und darüber stand: La preuve.«

»Wofür haben Sie sich denn entschieden?«

Die Wirtin stand da. Erstaunlich wie leise sie auf den dicken Sohlen gehen konnte. Oder hatten sie sie einfach nicht gehört?

»Oh«, sagte Isabelle. »Das haben wir ganz vergessen. Entschuldigen Sie.«

»Kein Problem«, sagte die Wirtin ausdruckslos und ging.

»Ein Beweis?«, fragte Isabelle. »Der Pfeil?«

»An der Spitze des Pfeils war ein bräunlicher Fleck, vermutlich eingetrockneter Klebstoff. Das Beweisstück war abgefallen. Wir mussten eine Weile suchen, bis wir im Umschlag einen kleinen Fetzen Stoff fanden.«

Andrea hatte den Briefumschlag, ein großes graues Couvert, umgedreht und da fiel der Stoff heraus. Er bückte sich und hob ihn auf. Es war ein winziges Fetzlein, halb so groß wie eine Streichholzschachtel. Sie erkannten es beide sofort und Andrea begann laut zu schreien und zu schluchzen.

»Es war ein Stück vom Bezugsstoff der Babytrage. Weißt du noch, ein etwas schrilles Grün mit winzigen gelben Sternchen.«

Sie hatten die Trage extra für die Frankreichferien gekauft. Verschweißt im Plastiksack hatten sie sie mitgebracht und erst vor Ort eingeweiht. Ein leichtes Alugestell wie für einen Tramperrucksack, das bequem und stabil auf dem Rücken des Trägers saß, und daran ein Babysitz aus zähem Stoff. Andrea misstraute dem Ding vom ersten Moment an. Aber Luc fand es praktisch, wenn ihm auch die Farbe nicht besonders gefiel.

Isabelle nickte. »War es wirklich Stoff von der Trage?«

»Sicher. Da gab es keinen Zweifel.«

»Und das hat dich dann überzeugt?«

»Ich habe es keinen Moment lang ernst genommen. Aber Andrea natürlich schon. Sie wollte sofort das Geld organisieren und an die Stelle mit dem Stein gehen. Ich versuchte, ihr das auszureden. Wir haben fürchterlich gestritten.«

»Warum bist du nicht zur Polizei gegangen?«

»Das habe ich natürlich vorgeschlagen. Aber Andrea war so außer sich ...«

Sie war richtig entsetzt über seinen Vorschlag. Starrte ihn an, als hätte er empfohlen, Anouk etwas anzutun. Der Entführer würde es herausfinden, er würde sie bestimmt beobachten und dann .... Sie schlug die Hände vors Gesicht und wimmerte. Hör doch zu, sagte er, er hat Anouk nicht. Und der Stoff, fragte sie triumphierend. Sie hatte ihm das Stoffstück aus der Hand gerissen, küsste es und presste es an ihre Brust. Das Stücklein Stoff schien ihr irgendwie neue

Kraft zu geben. Sie sah plötzlich sehr entschlossen aus.

»Ich hole das Geld, sagte sie, wenn du nicht willst, gehe ich allein.«

Sie schob den Fetzen in den Ausschnitt ihres geblümten Sommerkleids.

»Hatte sie keine Angst?«

»Ich glaube, daran dachte sie gar nicht. Für sie war das kleine Stücklein Stoff der Beweis, dass Anouk lebte.«

Glaubst du, der Entführer trägt Anouk im Rucksack durch die Gegend, fragte er sie wütend. Er hat ihn weggeworfen. Irgendwo im Wald, in ein Bachbett oder auf eine Müllkippe. Bei dem Wort lief ein Schauer durch Andreas fülligen Körper, als hätte er gesagt, das Kind liege auf der Müllkippe. Aber er sprach weiter. Jetzt hat jemand den Tragsack gefunden und versucht, uns zu erpressen. Jemand, der Geld braucht. Die Trage war doch überall beschrieben. Aber Andrea hatte gar nicht recht zugehört. Sie schien nur Fetzen von dem zu erfassen, was er sagte und baute sich daraus etwas zusammen, eine Wirklichkeit, die es nicht gab. Ein lebendiges Kind aus einem grünen Fetzen Stoff.

»Und da wollte sie natürlich so schnell wie möglich zu dem Stein im Wald und das Geld hinlegen.«

Er soll sein Geld bekommen, sagte sie. Alles, was

wir haben. Oder reut es dich etwa? Ist dir unser Kind nicht so wichtig?

»Zuerst warf sie mir vor, es gehe mir um das Geld. Anouk sei mir die paar Tausend Mark nicht wert. Das war lächerlich. Zwanzigtausend Franc, das wären heute etwa dreitausend Euro. Mir ging es doch einfach darum, dass sie sich nicht so große Hoffnungen machen sollte.«

»Aber was sollte sie denn sonst tun?«

»Ich wollte, dass sie sich mit der Möglichkeit auseinandersetzte, dass es keine Erpressung gab, dass wir Anouk vielleicht nicht zurückbekommen würden.«

Es ist fast drei Wochen her, rief er ihr in Erinnerung. Ein Erpresser hätte sich schneller gemeldet. Wie soll er sich drei Wochen lang mit einem Baby verstecken? Das macht doch keinen Sinn. Vielleicht will er sie nicht so schnell hergeben, sagte sie und es schnitt ihm ins Herz, vielleicht hat er sie lieb gewonnen. Hör auf, schrie er sie an, er hat das Kind nicht. Anouk ist tot. Glaub mir, ich weiß es.

»Was hast du denn zu ihr gesagt?«

»Ich weiß nicht mehr. Ich glaube, ich habe gesagt, dass Anouk vielleicht schon lange tot sei oder so etwas.«

»Das hast du gesagt?«

Er nickte.

Sie musterte ihn neugierig und schüttelte kaum

merklich die schwarzen Locken. »Was bist du nur für ein Mensch, Luc Dubois?«

»Ja«, sagte er, »es war offenbar falsch. Sie ist völlig ausgerastet. Sie warf mir vor, ich hätte unser Kind aufgegeben, ich wolle nicht daran glauben, dass Anouk zurückkommen würde.«

»Das stimmte doch auch. Oder?«

Sie sagte das ganz sachlich.

»Herrgott noch mal.« Er wurde wieder lauter. »Ich wollte einfach nicht ... Ist das so schwer zu verstehen? Sie sollte sich keine Hoffnungen machen. Sie würde nachher nur umso enttäuschter sein.«

»Ist es nicht normal, dass Eltern sich an jeden Strohhalm klammern, wenn es um das Leben ihres Kindes geht?«

Er sagte nichts. Genau das hatte seine Frau ihm auch vorgeworfen, dass sein Verhalten nicht normal sei, dass er womöglich nicht normal sei.

»Woher wolltest du denn so genau wissen, dass nicht doch etwas hinter dem Erpresserbrief steckte? Irgendeine Spur wenigstens, ein Hinweis.«

Er seufzte resigniert. »Für mich war es einfach klar.«

»Und Andrea. Was hat sie gemacht?«

»Sie geriet völlig außer sich, hat ...«, er brach ab, die Wirtin näherte sich festen Schritts auf hohen Sohlen.

»Wir sollten einen Nachtisch bestellen«, sagte er schnell.

»Haben Sie etwas gefunden?«

Sie war schon da. Und sie schien nicht gewillt, den Rückzug anzutreten, bevor diese Frage geklärt war. »Einen Eisbecher? Nein? Eine Schokomousse mit heißen Beeren? Ein Sorbet vielleicht? Wir haben Birne mit Williams, Apfel mit Calvados und natürlich Zitrone mit Wodka.«

»Für mich bitte einen Calvados – ohne Sorbet.« Luc fand, dass er das jetzt brauchte.

»Ich hätte gern die große Eisüberraschung«, sagte Isabelle, »mit Sahne bitte.«

»Gerne«, sagte die Wirtin und stapfte endlich davon.

»Bei Andrea waren wir. Was hat sie gemacht? Du hast dich doch ziemlich seltsam benommen.«

»Vielleicht«, sagte Luc. »Ich weiß nicht mehr. Sie hat mich angeschrien, beschimpft. Sie wollte mir den Brief nicht geben, den Erpresserbrief und den Stofffetzen schon gar nicht. Ich sagte, das sei doch ein Beweisstück. Fingerabdrücke und so. Wir müssten es der Polizei übergeben. Da hat sie mich einen Mörder genannt.«

Mörder, schrie sie. Du willst mein Kind umbringen! Es ist auch mein Kind, sagte er. Nein, schrie sie, das kann nicht dein Kind sein. Wie kannst du sagen, dass sie tot ist, wo wir doch den Beweis haben, dass sie lebt.

»Sie rannte hinaus und schlug die Tür zu. Ich hörte unser Auto wegfahren.«

»Hast du nicht versucht, sie aufzuhalten?«

»Wie denn?«, fragte er schwach.

Sie hätte ihn niedergewalzt.

»Hast du die Polizei angerufen?«

Er seufzte. »Das hätte ich wohl tun sollen. Aber ich hatte ja nichts in der Hand. Keine Beweise. Sie hat alles mitgenommen, den Brief und das Stoffstück, und ich hatte keine Ahnung, wohin sie fuhr.«

»Aber wenn der Brief vom Entführer gewesen wäre, dann hätten sie ihn doch vielleicht fassen können. War dir das nicht klar?«

»Ich glaubte nicht, dass der Brief vom Entführer kam.«

»Seltsam«, sagte Isabelle. »Woher wolltest du das so genau wissen?«

»Kann es nicht sein, dass ein Vater so etwas spürt? Ich meine, Andrea hat behauptet, sie wisse, dass ihr Kind noch lebt, sie spürt das. Und ich ...«

Er brach ab. Es war zu absurd, was er da sagte.

»Ja?« Isabelle sah ihn erwartungsvoll an. Oder war sie ein wenig belustigt?

»Ach nichts. Lass uns über etwas anderes reden. Das macht mich ganz konfus.«

Aber es fiel ihm nichts anderes ein, über das sie

hätten reden können. Oder, es fiel ihm nichts ein, über das er hätte reden wollen. Da war wieder dieser matte Nebel im Kopf, dieses Gefühl von Zuckerwatte in der Brust und von Galle in der Kehle. Sie schwiegen einfach. Isabelle wühlte in ihrer Handtasche, zog das Handy heraus und schaute auf das Display, tippte etwas und schob das Telefon wieder an seinen Platz. Dann kam zum Glück die Wirtin. Sie stellte einen ausladenden Teller vor Isabelle hin. Luc starrte ihn an, während die Wirtin erklärte, was es war. Sie wies der Reihe nach mit dem Finger auf die bunten Kugeln auf dem strahlend weißen Teller.

»Mokkakrokant mit Schokostücken und einem Karamellbonbon, Zitronensorbet mit Kiwischeiben und Ananas, Vanilleeis mit Himbeersauce und Pfefferminzblättchen, Zimtparfait mit Zwetschgen und ein heisses Schokoküchlein direkt aus dem Ofen. Mit Sahne verziert und mit Waffelröllchen und Keksen besteckt.«

Es sah aus wie ein sehr buntes Kinderspielzeug.

Isabelle lachte verschämt. »Manchmal brauche ich das«, sagte sie.

Luc fühlte sich unangenehm erinnert an die peinlichen Momente, wenn Andrea im Restaurant nach einem drei- oder fünfgängigen Menü, wenn alle schon seufzten und sich verstohlen die Bäuche rieben, wenn einige Kaffee bestellten und andere einen Schnaps, wenn dann Andrea ein turmhohes Bauwerk aus Eis und Sahne bestellte oder einen Berg, von dessen Gipfel Schokoladensoße herabfloss wie Lava an den Flanken eines Vulkans. Solange sie schön und schlank war, hatte er darüber gelacht. Ich brauche das jetzt, pflegte sie zu sagen. Ob Isabelle das wusste? Wollte sie ihn provozieren? Er sah weg.

»Entschuldige«, sagte Isabelle. »Diese Geschichte setzt mir zu.«

Der Nebel in seinem Kopf hatte sich gelichtet, der bittere Geschmack in der Kehle verging.

»Und da hilft dir Süsses?«

Sie nickte. »Magst du probieren?«

Er schüttelte den Kopf. »Wenn mir etwas zusetzt, vergeht mir der Appetit.«

»Da kannst du dich glücklich schätzen.«

Sie dachten beide an Andrea.

»Du hast doch keine Probleme mit deiner Figur«, sagte Luc. Es sollte ein Kompliment sein.

Die Wirtin brachte den Calvados. Der Kellner war schon gegangen. Sie waren die letzten Gäste im Raum.

»Keine Angst, ich werd schon nicht wie Andrea. Aber in manchen Dingen verstehe ich sie heute besser.«

Das hatte sie jetzt schon mehrmals gesagt. Wurde am Ende auch sie von Schuldgefühlen gequält?

»Es ging ihr elend schlecht, damals. Sie war irgendwie immerzu wie ein aufgewühltes Meer und dieser

Brief wirkte wie ein Tsunami. Es hat sie einfach fortgerissen.«

Er wurde poetisch, wie immer, wenn er getrunken hatte. Dann öffneten sich die Schleusen seiner Kreativität und er erzählte alte Geschichten in neuen Worten. War es nicht bei Jean-Paul ähnlich?

»Was hast du gemacht, als sie fort war mit dem Brief? Bist du schlafen gegangen oder was?«

Er nahm einen Zug aus seinem Glas. Er würde noch eines bestellen. Jetzt brauchte er das.

»Ich habe eine Flasche Wein geöffnet und auf Andrea gewartet. Und als sie nicht kam, habe ich eine zweite Flasche aufgemacht.«

»Und leer getrunken.«

»Als ich erwachte, waren jedenfalls beide Flaschen leer.«

Und stand nicht irgendwo noch eine Dritte herum? Jedenfalls erwachte er so, wie man nach solchen Exzessen immer erwacht, verwirrt und mit Kopfschmerzen. Und weil es an der Haustür schellte.

Erst allmählich wurde ihm klar, dass er im Wohnzimmer auf dem Sofa lag. Im Ferienhaus in Frankreich. Es war dunkle Nacht. Und an der Tür schellte schon wieder jemand rücksichtslos und schmerzhaft laut. Er setzte sich auf, aber sofort begann sich alles zu drehen.

»Und wer hat dich geweckt?«

»Andrea. Sie hatte in der Geschwindigkeit des Aufbruchs keinen Hausschlüssel mitgenommen und sie war völlig erledigt.«

»Und du bist wohl ziemlich lange nicht aufgewacht.«

»Vermutlich schon. Aber irgendwie war das auch gar nicht nötig, aufwachen meine ich, außer um sie hereinzulassen natürlich. Die Geschichte, die sie mir erzählte, war absurder als der verrückteste Traum eines Betrunkenen.«

»Erzähl!«

»Das ist eine lange Geschichte, vielleicht sollten wir schlafen gehen. Die möchten hier doch sicher Feierabend machen.«

Isabelle winkte der Wirtin, die an den Tischen Frühstücksgedecke auflegte.

»Natürlich können Sie noch etwas trinken«, sagte die Frau auf Isabelles Frage. Sie und ihr Mann hätten noch eine Weile zu tun. Und sie brachte gerne noch eine halbe Flasche Rotwein.

»Okay?«, fragte Isabelle.

»Okay«, sagte Luc.

Jetzt hatte er Lust, diese Geschichte zu erzählen.

11

Er wartete, bis die Wirtin den Wein gebracht und eingeschenkt hatte. Sie stießen noch einmal an.

»Ich bin ganz Ohr«, sagte Isabelle.

»Andrea war in die Stadt gefahren, zur Bank, und hatte die zwanzigtausend Franc beschafft.«

»Konnte sie das? Ohne deine Einwilligung.«

»Es sei nicht ganz einfach gewesen, erzählte sie auf Nachfrage. Wir hatten ein gemeinsames Bankkonto. Für größere Beträge brauchte es beide Unterschriften. Ich hatte ihr nicht zugetraut, dass sie das Geld beschaffen könnte, sonst hätte ich vielleicht bei der Bank angerufen. Andrea war in solchen Dingen nicht besonders selbstständig. Aber irgendwie ist sie an jenem Tag über sich selber hinausgewachsen.«

»Erstaunt dich das? Es ging um ihr Kind.«

»Der Bankangestellte habe ein wenig gezögert. Eine Autoreparatur, schwindelte sie ihm vor. Es sei dringend. Sie müsse in drei Tagen in die Schweiz zurückfahren. Ob ihr Mann wisse, dass sie das Geld abheben wolle. Ja, natürlich, er könne gern nachfragen. Die Telefonnummer stehe in den Unterlagen. Ihr Mann sei allerdings beruflich viel unterwegs. Er sei Journalist, müsse viel reisen. Auch das stand in den Unterlagen. Der Mann am Schalter lächelte verbindlich, ließ sie ein paar Formulare unterschreiben und zahlte den Betrag in Tausendfrancnoten aus.«

»Gut gemacht.«

Es war, als ob Isabelle sich bemühte, Andreas Partei einzunehmen. Auch wenn sie nur einen Teil der Geschichte kannte, wusste sie doch, wie sie ausgegangen war.

»Inzwischen war es spät geworden. Sie habe in einer Konditorei etwas gegessen.« Luc verzog das Gesicht zu dieser Information. »Dann machte sie sich auf den Weg. Sie ging nicht nach Hause, weil sie natürlich fürchtete, dass ich sie aufhalten würde. Sie stellte den Wagen beim Friedhof ab. Dann ging sie auf dem schmalen Weg Richtung Saint-Boniface hinauf. Sie wusste nämlich, welchen Platz der Briefschreiber gemeint hatte.«

Er machte eine Pause, als wollte er diese Überraschung auf Isabelle wirken lassen und trank einen Schluck Wein.

»Table de piquenique am Saint-Boniface stand in dem Brief. Das sagte mir nichts. Aber Andrea hatte den Platz am Anfang unserer Ferien entdeckt und war sogar ein paar Mal mit Anouk dort gewesen.«

»Hat sie dir nie davon erzählt?«

»Ich glaube nicht. Aber vielleicht habe ich nicht zugehört.«

Er hatte ihr häufig nicht zugehört in jener Zeit. Jedenfalls hatte er den Picknickplatz nie bemerkt, obwohl er viele Male daran vorbei gekommen war, wenn er auf den Saint-Boniface hinaufstieg.

»Sie ist mit Anouk dorthin gegangen? Hat sie dir nicht verboten, mit Anouk Richtung Saint-Boniface zu gehen?«

»Nein, natürlich nicht. Sie wollte nicht, dass ich mit ihr auf die schmalen Wege im Wald und in den Bergen gehe. Bis zu diesem Picknickplatz ist der Weg noch breit und eben. Sonst hätte Andrea ihn ja nicht entdeckt.«

»Aber vom Weg aus war er nicht zu sehen.«

»Ich habe ihn jedenfalls nie bemerkt. Wer braucht schon einen Rastplatz so nahe beim eigenen Haus? Aber Andrea hat ihn gefunden. Vielleicht war es Zeit, Anouk zu stillen. Oder sie wollte sich einfach ausruhen. Sie geriet damals leicht ins Schwitzen, auch wenn die Hitze noch nicht groß war. Warst du seither einmal dort?«

Sie schüttelte nur den Kopf, darauf bedacht, seinen Redefluss nicht zu unterbrechen.

»Ich bin ein paar Tage später hingegangen. Damals lag der Platz hinter Gebüsch und zwei knorrigen Krüppeleichen verborgen. Er bestand nur aus ein paar Quadratmetern ebener Wiese, darauf ein Tisch mit zwei Holzbänken und dahinter dieser Felsbrocken. Als wir den Brief entzifferten, wusste Andrea sofort, was gemeint war. Mir hat sie das geistesgegenwärtig verschwiegen, als sie merkte, dass ich den Platz nicht kannte. So konnte ich sie nicht hindern, dorthin zu gehen.«

»Das war jedenfalls mutig von ihr.«

Er nahm einen Schluck aus seinem Glas und versuchte, sich die Szene vorzustellen.

»Da hast du recht, es musste irgendwie der Todesmut des Muttertiers sein, das ihr Junges in Gefahr sieht, was sie da in den Wald getrieben hat. Davor, mit Anouk an der Brust, war sie im hellen Sonnenlicht hinspaziert. Da hatte sie keine Angst. Wenn sie Anouk an sich drückte, oder sie sonst nahe bei sich wusste, hatte sie nie Angst. Aber jetzt war Anouk nicht bei ihr und es war fast schon ganz dunkel. Kennst du das, wenn man nachts allein im Wald ist? Jeder Busch ist ein schwarzes Tier, jeder Baum ein Riese, der auf dich herabschaut.«

Luc hatte sich warm erzählt. Jetzt gab er sich ganz der Geschichte hin und den Bildern, die sie heraufbeschwor.

»Jetzt klapperten ihre Zähne vor Angst, das hat sie mir erzählt, und sie keuchte nicht nur vor Anstrengung. Sie blieb stehen und lauschte, vielleicht war der Entführer ganz in der Nähe, vielleicht weinte Anouk irgendwo, aber sie hörte nur ihren eigenen Atem. Oder war da ein Wimmern? Ein leiser hoher Ton und ein Flüstern, wie man ein Kind beruhigt, das weiter schlafen soll. Andrea griff nach dem Umschlag mit den vielen Banknoten und ging weiter. Da war der schmale Durchgang zwischen schattenhaften Büschen.«

Er nahm noch einen Schluck Wein. Andrea hatte ihm die Geschichte viele Male erzählt. Jetzt durfte er sie auch einmal auskosten.

»Als sie zwischen den Büschen hindurch auf die winzige Lichtung trat, hörte sie ein Geräusch. Sie blieb sofort stehen. Es war das Geräusch, das sie am meisten fürchtete, ein Bellen, ein ersticktes Blaffen, dann sah sie einen riesigen Schatten, der unter dem Picknicktisch gelauert haben musste, hervorstürmen. Sie schrie auf und rannte in panischer Angst auf den Weg zurück und Richtung Dorf. Aber sie kam natürlich nicht weit. Der Hund hätte sie ja auch so eingeholt, aber in ihrer Angst stolperte sie und fiel der Länge nach hin. Sie barg den Kopf in den Armen. Das Tier war über ihr, sie fühlte heißen Atem im Nacken und etwas Feuchtes, Warmes. Und dann hörte sie eine grobe Stimme, die auf französisch schimpfte. Ici, espèce d'idiot! Das Tier ließ von ihr ab. Sie wagte nicht, sich zu rühren, hörte Äste brechen und Laub rascheln, noch ein paar gebrummte Schimpfwörter, wie es ihr vorkam, verstehen konnte sie nichts. Dann Stille.«

Er nippte an seinem Glas. Isabelle tat es ihm gleich.

»Sie lag auf dem Weg, auf dem Bauch, der Kopf zeigte Richtung Dorf, wo sie hinmusste, aber sie wusste, dass sie nicht einfach aufstehen konnte. Seit sie so zugenommen hatte, war das immer eine geheime Angst gewesen. Dass sie hinfallen und dann nicht mehr aufstehen könnte. Jetzt lauschte sie in ihren Körper. Das Herz raste und klopfte gegen die Rippen, gegen das Zwerchfell, in den Ohren, im Kopf. Ein Knie schmerzte. Kaum etwas Schlimmes, dachte sie. Sie war weich gefallen, sie war ja rundum gut gepolstert. Sie hatte sich nichts gebrochen. Aber sie konnte nicht aufstehen.«

Luc unterbrach die Geschichte und sah Isabelle an.

»Es war wirklich so«, sagte er. »Vom Boden konnte sie sich nur schwer wieder aufrappeln. Ich habe es einmal mit ihr geübt. Wenn es ihr gelang, auf Knie und Hände zu kommen, was bei ihrem Gewicht nicht einfach war, dann musste sie zu einem Stuhl krabbeln und sich daran hinaufziehen.«

»Im Wald gibt es keine Stühle.«

»Aber Bäume und Felsbrocken. Irgendwie schaffte sie es auf alle viere und kroch zu einem Gebüsch am Wegrand. Sie kam nur langsam voran, das eine Knie tat nun doch ziemlich weh und der Weg war voll kantiger und spitziger Steine und stachliger Äste. Sie schaute zum Boden und versuchte, den schmerzhaften Dingern auszuweichen.«

Er machte noch einmal eine Pause, bevor er zur Pointe ansetzte.

»Und da stieß sie in der Finsternis mit dem Kopf gegen etwas Hartes und hörte einen fiependen Laut. Und als sie aufblickt, steht sie Nase an Nase mit einem Tier, einem Vierfüßler wie sie selber.«

Er schwieg. Er hatte erwartet, dass sie beide an dieser Stelle in Gelächter ausbrechen würden. Die Szene war zu komisch. Aber Isabelle starrte ihn nur mit aufgerissenen Augen an. Als ginge sie selber auf allen vieren durch den Wald und er sei der böse Wolf, der mit seiner feuchten Nase an ihre stieß.

Es war nicht richtig, dass er ihr diese Geschichte erzählte. Sie war demütigend für Andrea. Aber jetzt war es schon zu spät. Er hatte sich darauf eingelassen, jetzt musste er weiter machen.

»Sie schrie natürlich wie am Spieß und der Hund fuhr erschrocken zurück, zog den Schwanz ein und lief weg. Hinter sich, vom Weg her, hörte sie eine menschliche Stimme. Es war Jean-Paul, der da spät abends durch den Wald spazierte. Ausgerechnet. Er gehe im Sommer häufig am Abend zum Picknickplatz, behauptete er später, das sei seine Terrasse, zu Hause habe er nämlich keine. Und da habe er die Dame angetroffen. Mitten im Wald sei sie herumgekrochen, auf Händen und Knien, Nase an Nase mit dem armen Napoleon, den sie in die Flucht geschlagen habe mit ihrem Geschrei. Mon dieu, Madame, soll er gesagt haben, haben Sie mich aber erschreckt. Was machen Sie denn hier?«

Jetzt grinste Isabelle doch. Diesen Teil kannte sie. Jean-Paul hatte ihn ihr selber erzählt.

»Er half ihr auf die Beine«, fuhr Luc fort.

»Das sei verdammt schwere Arbeit gewesen, sagte Jean-Paul.«

Er nickte. »Andrea musste zugeben, dass sie ohne seine Hilfe nur schwer wieder auf die Füße gekommen wäre. Aber gefreut hat sie sich über sein Erscheinen nicht. Sie dachte die ganze Zeit nur an den Stein, bei welchem sie das Geld ablegen wollte. Das konnte sie jetzt natürlich nicht mehr. Jean-Paul, ganz Gentleman und für die Tages- beziehungsweise Nachtzeit ungewöhnlich nüchtern, begleitete sie zum Friedhof und versuchte sogar, ihr in ihren Wagen zu helfen, der zum Glück dort stand, denn viel weiter wäre sie nicht mehr gekommen. Und unterwegs redete er pausenlos auf sie ein, erzählte ihr von seinem Elend, vom Misstrauen der Dorfbewohner, vom verlorenen Job bei den Meyers aus München und dass er nun nie wieder eine Arbeit finden werde. Andrea verstand nur die Hälfte und war nach allem, was sie erlitten hatte, mit dem Fußmarsch ohnehin aufs Äußerste gefordert. Sie sagte kein Wort und er schien auch keine Antworten zu erwarten. Aber als sie im Auto saß, fragte er, ob sie nicht etwas für ihn tun könne. Sie sei doch schuld an seinem Unglück. Und er sei unschuldig.«

»Und da brach sie in Tränen aus und bat ihn um Verzeihung«, sagte Isabelle.

Luc starrte sie verblüfft an. Meinte sie das ernst? Er war wirklich ein wenig betrunken.

»So hat er es mir erzählt.«

»Wer?«

»Jean-Paul. Er saß früh am Morgen bei uns in der Küche und erzählte, wie er die Madame dondon gerettet hatte und wie sie weinte und sich bei ihm entschuldigte für das Unrecht, das sie ihm angetan hatte.«

Luc prustete los. »Hat das jemand geglaubt?«

Sie zuckte die Schultern. »Es passte allerdings nicht so recht zu Andrea.«

»Das kannst du laut sagen. Vielleicht hat sie wirklich geweint, als sie endlich im Auto saß, aber sicher nicht aus Reue und Mitleid, sondern aus Wut und Scham. Und aus Erschöpfung. Vor allem aber aus Enttäuschung, weil sie ihr Geld nicht losgeworden ist. Aber wenn sie geweint hat, dann ganz bestimmt erst, nachdem sie die Wagentür geschlossen und den Verriegelungsknopf gedrückt hatte.«

»Hatte sie immer noch Angst vor dem Hund?«

Luc lachte. »Der Hund lief auf dem ganzen Weg um sie herum, aber er kam nicht in die Nähe. Solange wir noch in Frankreich blieben, verzog sich Nap respektvoll, wenn er Andrea bemerkte.«

»Das hat Jean-Paul auch erzählt. Nap habe jetzt großen Respekt vor der Dame. Er habe eben empfindliche Ohren, sehr empfindliche Ohren, sagte er scheinheilig. Er war überhaupt sehr aufgeräumt und gesprächig an jenem Morgen. Fast schon zufrieden. Und bei Jean-Paul will das etwas heißen.«

»Und ihr fandet das nicht seltsam?«

»Es war schon eine absurde Geschichte, die er da erzählte. Wie er nachts im Wald spazieren geht und Andrea antrifft, die auf allen vieren am Boden herumkriecht und Nap fast zu Tode erschreckt. Wir haben alle gelacht. Aber wir wussten nicht so recht, ob wir ihm die Sache glauben sollten.«

»Kannst du dir vorstellen, in was für einer Verfassung wir waren, während sich Jean-Paul in eurer Küche amüsierte? Andrea hatte trotz allem keinen Moment lang vergessen, warum sie in den Wald gegangen war. Sie hatte immer noch die zwanzigtausend Franc in der Tasche. Und einmal mehr war sie verzweifelt. Dass ich einen schrecklichen Kater hatte, mich vor Kopfschmerzen kaum bewegen konnte, und während sie erzählte ständig ins Bad laufen musste, machte die Sache nicht besser.«

»Aber wenigstens war Andrea jetzt bereit, zur Polizei zu gehen.«

»Überhaupt nicht. Sie wollte es am folgenden Abend noch einmal versuchen. Der Erpresser musste doch bemerkt haben, dass Jean-Paul sie gestört hatte.«

»Hätte sie sich wirklich noch einmal im Dunkeln dorthin getraut?«

»Sie wollte mich überzeugen, dass ich gehen müsse.«

»Gute Nacht«, sagte die Wirtin vom Tresen her.

»Sie dürfen gerne noch sitzen bleiben. Sie kennen ja den Weg zu Ihren Zimmern.«

Sie hatten gar nicht bemerkt, dass das Licht in der Küche gelöscht worden war.

»Wir gehen auch«, sagte Luc entschlossen. »Den Rest der Geschichte kennst du besser als ich. Jean-Paul ist ja dein Onkel. Oder hat er sich von dir losgesagt?«

»Ach wo. Er ist nachtragend und muss manchmal schmollen. Aber er weiß, dass ich ihn mag«, sagte sie im Aufstehen, »und er tut mir immer noch leid. Er ist ein Pechvogel, ein Unglücksrabe. Er ist kein böser Mensch, aber ihn hat es am schlimmsten erwischt.«

Er ließ ihr den Vortritt durch die Eingangstür hinaus in die Lobby. Auch hier waren die Lichter gelöscht, nur über der Treppe zu den Hotelzimmern hinauf brannte eine schummrige Lampe. Luc schloss die Tür hinter sich. Irgendetwas hatte er vergessen. Es hing mit dieser Tür zusammen. Durch diese Tür war Isabelle verschwunden. Als sie telefonierte. Hier draußen hatte sie vor dem Essen mit ihrer Mutter telefoniert. Und er hatte gar nicht gefragt, warum sie angerufen hatte. Sie musste doch Neues wissen.

»Warum wollte deine Mutter dich eigentlich so dringend sprechen?« Das war ziemlich indiskret, aber es war ihm jetzt egal.

Isabelle blieb stehen und drehte sich zu ihm um.

»Sie muss morgen in Valence vor dem Untersuchungsrichter erscheinen.«

»Was! Anna? Aber warum denn? Glaubst du, dass Andrea ...?«

Sie hob die Schultern. »Ich weiß es nicht. Der Termin ist morgen Nachmittag. Sie ruft mich an, wenn sie wieder zu Hause ist. Morgen Abend weiß ich mehr.«

Sie wünschte ihm eine gute Nacht und lief die Treppe hinauf.

12

Morgen Abend weiß ich mehr. Da hatte sie ihn also wieder festgenagelt. Genau in dem Moment, als er ihr zum Abschied sagen wollte, dass er morgen nicht zum Abendessen kommen würde, dass ihn diese alten Geschichten zu sehr belasteten, dass er morgen Ruhe brauche. Ob es stimmte? Wusste sie wirklich nichts? Oder wollte sie ihn einfach nicht vom Haken lassen?

Aber sie sollte sich bloß nichts einbilden. Vermutlich war es gar nicht wichtig. Wie oft war Andrea schon Hals über Kopf nach Valence aufgebrochen, um dann enttäuscht zurückzukommen? Enttäuscht und wütend. Wütend auf die Ermittlungsbehörden, die ihrer Meinung nach nichts taten, auf die Presseleute, die nicht das in die Zeitungen schrieben, was sie ihnen sagte, und am Ende immer auch wütend auf ihn, den Vater, der sein Kind schon lange aufgegeben hatte. Wie recht du hast, Andrea.

Aber was ging ihn Anna an? Nichts natürlich. Wie kamen die jetzt auf sie? Sie war eine Studienkollegin von Andrea, eine Zeit lang sogar eine Freundin. Sie war damals befragt worden, weil sie Isabelles Mutter war. Und weil Isabelle sie angetroffen hatte, als sie mit Anouk von der Bushaltestelle zu seinem Haus zurückging. Und sie hatte der Polizei gesagt, dass sie Luc Dubois gesehen habe, wie er vom Wasserfall her ins Dorf zurückkehrte. Es konnte ihm nicht egal sein, wenn sie jetzt vielleicht noch einmal dazu befragt wurde. Anna hatte ihn an jenem Morgen gesehen. Sie hatte ihn mit ihrer Aussage von dem Verdacht befreit, den Isabelle gegen ihn in die Welt setzte, und den Jean-Paul verstärkte. Der Mann, der Anouk aus dem Babywagen nahm und mit ihr wegging, hatte sich, Isabelle zufolge, in der Richtung zum Saint-Boniface hin vom Dorf entfernt. Wenn er hinter dem Friedhof abgebogen und durchs Dorf gegangen wäre, hätte ihn jemand gesehen. Aber es hatte ihn niemand gesehen. Also musste er dem Weg weiter gefolgt sein. Vielleicht bis hinauf zum Gipfelkreuz und auf der anderen Seite hinunter und zurück ins Dorf. Aber das dauerte mindestens vier Stunden. Das wusste dort jeder. Und zwischen dem Verschwinden des Kindes und dem Moment, wo Anna ihn hatte vorbeigehen sehen, waren höchstens zwei Stunden vergangen. Er konnte nicht zwei Stunden davor das Dorf in Richtung Berg verlassen haben. Es war unmöglich. Deshalb hatte man ihn nicht verdächtigt.

Aber Jean-Paul behauptete, dass er ihn gesehen habe, wie er mit dem Baby auf dem Rücken Richtung Berg gegangen sei. Er hatte diese Aussage zwar zurücknehmen müssen, zugunsten des Alibis, das ihm seine Cousine gegeben hatte. Und man hatte Anna ohnehin mehr geglaubt als dem versoffenen Jean-Paul. Aber konnte es denn sein, dass jetzt Annas Aussage in Zweifel gezogen wurde? Weshalb? Nach all der Zeit?

Und was würde geschehen, wenn es wirklich so war, wenn sie zum Schluss kamen, dass Jean-Paul die Wahrheit gesagt hatte?

Luc legte sich ins Bett und versuchte einzuschlafen. Er dachte an den Unterricht, den er morgen irgendwie durchstehen musste und er merkte, wie er sich ein wenig entspannte. Sie hatten brav gearbeitet, seine Schülerinnen und Schüler. Sie waren zufrieden mit ihren Texten. Sie seien viel besser geworden, sagten sie bei der Tagesauswertung, die Texte und sie selber als Autorinnen. Aber morgen würde er sie aus der Komfortzone noch einmal richtig herausholen. Gleich zu Beginn wollte er sie auffordern, den eigenen Text gegen den eines Partners auszutauschen. Lesen Sie den fremden Text. Lassen Sie ihn auf sich wirken. Und dann spielen Sie Schicksal. Ändern Sie eine Bedingung oder ein Ereignis im Leben der Heldin. Der Verlobte im fernen Land ist mit dem ganzen Geld, das sie ihm geschickt hat, abgehauen, statt es für die Hochzeitsvorbereitungen zu verwenden. Der sympathische Spitzenkandidat, der schon so viel investiert hat, um das Amt zu bekommen, baut kurz vor den Wahlen einen Unfall und begeht Fahrerflucht, weil er zu viel Alkohol intus hatte. Jetzt wird er von der Gegenpartei erpresst. Lassen Sie sich etwas einfallen. Schonen Sie die Protagonisten nicht. Seien Sie so grausam wie das Leben selbst!

Stöhnend warf sich Luc im Bett auf die andere Seite.

Es war immer ein Höhepunkt in seinem Kurs, wenn die Autorinnen und Autoren danach ihren eigenen Text zurückerhielten, mit einem angehefteten Zettel, auf welchem der Schicksalsschlag geschrieben stand. Schwarz auf weiß und nicht rückgängig zu machen. Wenn sie mit plötzlich wieder ganz fremden Blicken auf ihre Geschichte blickten, die ihnen doch so vertraut gewesen war. Was tut jetzt Ihr Held, fragte Luc Dubois in die entsetzten oder empörten Gesichter. Wie geht Ihre Geschichte jetzt weiter? Bis zum Mittag waren sie danach beschäftigt, den Schicksalsschlag auf ihre Geschichte wirken zu lassen und sie einem vielleicht ganz anderen Ende entgegenzuschreiben. Es war schon vorgekommen, dass jemand geweint hatte.

Er stand auf, um sich ein Glas Wasser auf den Nachttisch zu holen, trank einen Schluck, legte sich auf die Seite, löschte das Licht.

Er würde morgen dafür sorgen, dass die Schicksalsgötter, die in die Geschichten eingriffen, anonym blieben. Was, wenn der Schamane sich als besonders grausam erweisen sollte? Endlich ein Grund, über ihn herzufallen. Ein gefundenes Fressen für jene, die ihren Ärger bisher für sich behalten hatten. Da würde es wenig nützen, wenn der Dozent dazwischen rief: Wollen Sie sich beim lieben Gott beschweren? Und das wäre ohnehin eine blöde Frage. Natürlich wollten sie das. Auch er hatte sich beschwert. Und Andrea sowieso. Gott ist mit dem Bösewicht.

Er dachte an sein nächstes Buch, das er schon zu schreiben angefangen hatte. War es nicht das, was er in den vergangenen Jahren gelernt hatte? An etwas anderes denken, an die Arbeit denken, nicht an die alten Geschichten. Alles vergessen und tief und traumlos schlafen oder lange und konzentriert arbeiten. Das war seine Methode und er beherrschte sie inzwischen gut. Je schlechter es ihm ging, dachte er, desto besser war er im Unterricht, desto produktiver schrieb er an seinem Manuskript.

Wäre er ohne das ganze Unglück je so erfolgreich geworden?

Er verjagte die Frage. Darüber wollte er nicht nachdenken. Es machte ihm Angst. Und jetzt griff der Trick ohnehin nicht. Er fand nicht in den Schlaf. Anna stand ihm davor mit dem zottigen Pferdeschwanz, das Untersuchungsgericht, Jean-Paul. Selber schuld, dachte er. Warum habe ich mich darauf eingelassen? Warum saß er hier in diesem Hotel im Schwarzwald und erzählte Geschichten aus vergangenen Zeiten, wie ein Märchenerzähler, der von Jahrmarkt zu Jahrmarkt tingelt und sich selber an seiner Kunst ergötzt? Warum hörte er zu, wenn diese Elisabeth Gerber, die vorgab Isabelle zu sein, seine Schülerin, die ihn bewundert hatte, warum hörte er ihr zu, wenn sie die alten Geschichten auf ihre Weise erzählte?

Warum soll ich diese Geschichte überhaupt erzählen? Wer will denn das lesen? Jetzt fiel ihm ein, dass es Miss Mystery war, die das in die Runde einer Arbeitsgruppe rief. Und er, Luc Dubois, der die Antwort wusste, mischte sich ein und sagte, wenn eine Geschichte uns berührt, wenn sie uns etwas angeht, wenn sie mit unserem Leben zu tun hat, dann wollen wir sie immer wieder erzählen, und wenn wir sie gut erzählen, sodass sie auch die Zuhörer berührt, dann hören sie uns zu, weil sie wissen wollen, wie das Abenteuer ausgeht. Deshalb, dachte er grimmig, deshalb sitzen wir die halbe Nacht beim Wein und erzählen einander von damals, von Jean-Paul und Andrea, und von einem geistig zurückgebliebenen Hund. Weil wir wissen wollen, wie der Fall Anouk ausgehen wird.

Er drehte sich auf die andere Seite und wieder zurück, stöhnte noch einmal wie ein Schwerkranker. Ob diese Geschichte je ein Ende finden würde? Und ob sie sich das wünschen sollten? Er glaubte es nicht.

Aber womöglich würde sich morgen Nachmittag im Untersuchungsgericht von Valence das Blatt wenden. Wurde Annas Aussage durch neue Erkenntnisse infrage gestellt? Aber was könnte das sein? Anna war eine schlichte und aufrechte Person. Sie hatte ihn vorbeigehen sehen und sie hatte das mehrfach bekräftigt. Sie hatte damit der Aussage Jean-Pauls widersprochen, der ihn zwei Stunden zuvor am anderen Ende des Dorfes gesehen haben wollte. Jean-Paul war

Armands Bruder, Annas Schwager. Er gehörte zur Familie Morin. Das wog schwer dort unten. Es hatte Annas Aussage noch mehr Gewicht gegeben. Warum sollte sie lügen, wenn sie damit ihren Schwager belastete? Und Anna hatte nicht gelogen. Sie hatte ihm etwas zugerufen, als er vorbeiging und er hatte ihr gewinkt.

Er hatte es wieder verpasst, Andrea zu fragen, was los sei. Er zündete die Nachttischlampe an. Es war schon weit nach Mitternacht. Er durfte Andrea nicht anrufen. Sie würde sich aufregen, wenn jetzt das Telefon klingelte. Sie hatte es sich angewöhnt, jedes unerwartete Ereignis, ein Anruf in der Nacht, ein Brief mit unbekanntem Absender, eine zufällige Ähnlichkeit eines Namens, zum Anlass für absurde Hoffnungen und krankhafte Überzeugungen zu nehmen. Anouk lebte irgendwo und war erwachsen. Deshalb konnte sie jederzeit anrufen. Nicht auszudenken, wenn die Mutter diesen Anruf verpasste.

Er musste es morgen früh versuchen. Sicher wusste Andrea mehr. Sie hatte irgendwelche Anträge gestellt. Vermutlich hatte sie ihm irgendwann auch gesagt, worum es dabei ging, aber er hörte meist nicht richtig zu. Es war bestimmt wieder einmal blinder Alarm. Sie hatten es zu oft erlebt. Er wollte nichts mehr davon wissen. Aber jetzt bereute er es, dass er nicht angerufen hatte. Jetzt war alles wieder so nah und lebendig. Die verzweifelte und todesmutige Andrea im Wald, der verrückte Jean-Paul mit dem tollpatschigen Napoleon im Schlepptau, die junge Isabelle, die etwas erlebte, was man heute als Shitstorm bezeichnen würde. Und die kleine, weiche, liebe, lustige Anouk. Ihre Händchen, die sich um seinen Finger schlossen, die Speckfalten, das Babygrinsen. Auferstanden, dachte er und er wusste, dass er in dieser Nacht nicht schlafen würde.

Er wälzte sich aus dem Bett. Im Kleiderschrank gab es einen kleinen Kühlschrank. Zimmerbar nannten sie das. Dort stand auch eine Flasche Bier. Das würde ihm guttun. Er wusste, dass das nicht stimmte, er hatte heute wieder mehr getrunken, als gut für ihn war. Aber das war ihm gleichgültig. Es würde ihm trotzdem guttun. Er brauchte es. Ich bin nicht besser als Jean-Paul, dachte er und kroch in die äußerste Ecke des Ledersofas. Wir sind uns ähnlich wie Brüder. Deshalb hat Isabelle geglaubt, dass man uns verwechseln könnte. Der arme Jean-Paul. Isabelle hatte recht. Ihn hatte es am schlimmsten erwischt. Dabei hatte er es in seinem verrückten Kopf gar nicht bös gemeint. Er wollte einfach mit Andrea reden. So erzählte er es jedenfalls dem Richter, der in der Sache ermittelte, nachdem Luc sie endlich zur Anzeige gebracht hatte.

Damals hatte er auch zu viel getrunken. Noch mehr als heute. Und so dauerte es ein paar Stunden, bis ihm an jenem Morgen im Ferienhaus allmählich dämmerte, dass an Andreas Geschichte etwas nicht stimmte. Das Tier, das sie so erschreckt hatte. Es war unter dem Picknicktisch auf der kleinen Lichtung hervorgeschossen und auf sie losgerannt. Andrea drehte sich um und rannte in Panik davon, denn es war ein sehr großer Hund, was sie da verfolgte. Und sie war sicher, dass es Jean-Pauls Hund war. Und als sie dann auf dem Weg lag, mit der Nase im Staub und das Tier in ihrem Nacken, da hatte eine Stimme den Hund zurückgerufen und beschimpft. Und Andrea schwor, dass es Jean-Pauls Stimme gewesen war. Er war mit seinem Hund beim Picknickplatz gewesen, saß da auf der Bank an dem rohen Holztisch. Das tue er oft, behauptete er vor dem Richter, das sei dort sein bistrot habituel, seine Stammkneipe. Da trinke er im Sommer jeden Abend seine Flasche Wein. Ob das etwa verboten sei. Nein, es war nicht verboten und es war sogar die Wahrheit. Das bestätigten mehrere Zeugen, die man dazu befragt hatte, Armand und auch Martin, der Mann der Cousine, der schon manchen Abend mit Jean-Paul dort gezecht haben wollte. Es gab ja bedauerlicherweise kein richtiges Bistrot im Ort.

Und da saß also der arme Jean-Paul in seiner Freiluftkneipe an seinem Stammtisch, als Madame Oberholzer mit zwanzigtausend Balles in der Hosentasche wie ein Walross herangeschnauft kam. Davon wusste er ja damals nichts, von den Zwanzigtausend, aber ein paar Wochen später, nachdem Madame Oberholzers Anwalt Anklage gegen ihn erhoben hatte wegen

Erpressung, Drohung, Nötigung und weil er sie in Angst und Schrecken versetzt hatte, da wusste Jean-Paul es natürlich und gab seiner Bewunderung in den höchsten Tönen Ausdruck. Sie hatte Mut, die Madame dondon, das musste er zugeben. Kam allein im Dunkeln dort hinauf mit Zwanzigtausend im Gepäck. Aber als sie den Hund sah, hatte sie doch Angst bekommen und war weggelaufen. Das war ein Fehler. Das weiß jedes Kind, dass man vor einem Hund nicht weglaufen darf, weil sonst sein Jagdtrieb geweckt wird und er hinterherrennt, um die Beute zu packen. Die Beute war aber ein paar Nummern zu groß für seinen kleinen Napo. Haha. Zum Glück sei Napoleon ja ein wirklich liebes Tier. Er sei wohl am meisten erschrocken, als die Dame umgefallen sei.

Aha. Die Dame sei also hingefallen, unterbrach ihn der Richter. Warum er ihr denn nicht wieder auf die Beine geholfen habe? Hier geriet Jean-Paul ins Stottern. Er habe doch, begann er und sah wohl sogleich den Fehler, der auch Luc aufgefallen war. Warum hatte er sich davon gemacht und war zehn Minuten später von der anderen Seite her wieder aufgetaucht, wie ein zufälliger Hundespaziergänger? Wo das ganze Dorf wusste, dass sein Hund immer allein Gassi ging. Ich konnte die Madame dondon doch nicht dort liegen lassen. Die ganze Nacht.

Das sprach für ihn, wäre ein strafmildernder Umstand gewesen. Er wollte Andrea nichts Böses.

Davon war zuerst auch Andrea überzeugt und es kostete Luc viele Worte, bis sie ihm glaubte, dass Jean-Paul nicht zufällig am Picknickplatz gewesen war. Er hat dort auf dich gewartet. Aber das Geld, sagte sie. Ich habe es ja noch. Er hätte es mir doch wegnehmen können. Er hätte ... Sie mochte sich gar nicht ausmalen, was er alles mit ihr hätte tun können, wenn er der Erpresser gewesen wäre. Aber er hatte ihr auf die Beine geholfen und sie durch den dunklen Wald zu ihrem Wagen begleitet. Er war aber der Erpresser, beharrte Luc. Er hat dich dorthin bestellt. Aber er hat Anouk nicht, das musst du mir glauben. Und weil Andrea daraufhin nur noch weinte, holte er im Bad zwei von den starken Schlaftabletten, die der Arzt ihr verschrieben hatte, brühte einen Baldriantee und löste sie darin auf. Und als sie endlich eingeschlafen war, nahm er den Brief an sich und das Stoffstück und rief die Polizei an.

Die Sache war stümperhaft gemacht. Noch ehe Luc die Folgen der zwei Flaschen Rotwein ganz auskuriert hatte, ehe Andrea aus dem Tiefschlaf, den Lucs Einschlaftee ihr beschert hatte, aufgewacht war und der Streit um den Einbezug der Polizei eine neue Dimension annehmen konnte, hatten sie den Erpresser schon gefasst. Auf dem Brief fanden sich Fingerabdrücke. Und als der Richter Jean-Paul sagte, von wem sie stammten, gab dieser auf und schien froh zu sein, dass er die Geschichte endlich erzählen durfte. Dazu noch vor Zuhörern. Es waren zwar nicht viele zugelassen. Andrea, die Klägerin, war auf Anraten ihres Anwalts nicht gekommen. Aber Luc saß im Zuhörerraum und konnte nicht anders, als das Erzähltalent des Angeklagten zu bewundern. Da musste er Isabelle recht geben. Jean-Paul war ein Erzähler. Und er genoss es. Er ist wie ich, dachte Luc schon zum zweiten Mal an diesem Abend. Er erzählt gern seine Geschichten.

Ich wollte doch nur mit ihr reden, begann er, und wiederholte es in der Mitte und am Schluss seiner Erzählung. Und am Ende glaubten sie es ihm. Er hatte Andrea nichts getan, nur mit ihr geredet.

Jean-Paul wollte die grüne Babytrage beim Pilzesammeln gefunden haben. Der Richter runzelte ein wenig die Stirn. Für Pilze war es noch reichlich früh im Jahr. Aber er ging nicht darauf ein. Sei's drum, mochte er denken, es wird noch Ungereimtes genug geben. Jedenfalls hatte Jean-Paul den Tragerucksack also gefunden. Und da sind Sie nicht zur Polizei gegangen, fragte der Richter. Sie wussten doch, was das war, was Sie da aus dem Bach gefischt hatten. Das wusste er schon, deshalb ging er ja nicht zur Polizei. Er brauchte das Ding selber. Wozu denn, fragte der Richter. Ja eben, weil er mit der Dame reden wollte. Was er denn mit ihr reden wollte, fragte der Richter geduldig. Er wollte ihr alles erklären, sagte Jean-Paul. Er wollte, dass sie es begriff. Dann würde sie sich bei ihm entschuldigen. Öffentlich. Da war er ganz sicher. Und dann wäre alles in Ordnung. Dann könnte er wieder durchs Dorf gehen, ohne zu fluchen und sich schämen zu müssen. Sie hatte ihn ins Unglück gestürzt. Mit ihren Beschimpfungen wegen seinem Hund. Und sie hatte sogar seine Nichte, die Stieftochter seines Bruders, gegen ihn aufgehetzt. Deshalb hatte die Nichte ihn angeklagt, er habe das Bébé der Oberholzers entführt. Aber er hatte la gosse nicht entführt. Entschuldigung, aber was sollte ein Mann wie er mit einem zeternden Bébé? Er wusste ja gar nicht, wie das ging, wickeln und so. Das konnte er nicht. Er war unschuldig und das hatte der Herr Untersuchungsrichter ja auch bestätigt. Sie hatten ihn wieder herauslassen müssen aus dem Gefängnis. Zwei Tage hatten sie ihn behalten. Gleich nach der Entführung. Weil diese Dame ihn beschuldigt hatte. Aber sie konnten ihm nichts beweisen. Weil er nichts getan hatte. An höchster Stelle hatten sie zugeben müssen, dass er unschuldig sei. Aber das nützte ihm nichts. Zwei Tage war er im Gefängnis gewesen! Seither glotzten ihn alle nur an. Seine Cousine lasse ihn nicht mehr ins Haus, weil er einen schlechten Einfluss auf ihren Mann habe. So ein Quatsch, der saufe doch auch ohne ihn. Und die Bayern hatten ihm die Hausschlüssel abgenommen. Das sei ein ganz schöner Batzen Geld, der ihm jetzt fehle. Und eine andere Arbeit würde er natürlich nie mehr bekommen. Wo doch alle wussten, dass er im Gefängnis gewesen war.

Und deshalb haben Sie beschlossen, Madame Oberholzer zu erpressen, fragte ihn der Richter. Nein, nicht erpressen, nur mit ihr reden. Sie sollte begreifen, in welches Unglück sie einen armen Mann gestürzt hatte. Diese reiche Dame, denn das war sie, die Freunde seines Bruders waren alle reich, hatte ihn beschimpft und ins Gefängnis gebracht. Dabei war er unschuldig! Dafür sollte sie sich entschuldigen. Das war alles, mehr wollte er doch gar nicht.

Und die zwanzigtausend Franc? Ach die. Jean-Paul machte eine wegwerfende Bewegung mit beiden Händen. Die waren doch nur Verzierung, comme garniture, als Beilage sozusagen. Die wollte er nicht. Er wollte, dass sie allein in den Wald kam, dass sie ihm gegenübersaß und ihm zuhörte. Und wieso hätte sie kommen sollen, wenn nicht, um ihm Lösegeld zu bringen? Es hätte ja auch fast geklappt. Wenn sie ihm nur einmal zehn Minuten lang zuhörte, würde sie begreifen, was sie getan hatte und sich bei ihm öffentlich entschuldigen. Ob er denn überhaupt zuvor einmal versucht habe, mit ihr zu sprechen. Aber ja, viele Male. Aber der Professor jagte ihn jedes Mal fort, wenn er nur in die Nähe kam. Was für ein Professor, fragte der Richter. Na der Professor aus der Schweiz, der Mann dieser dicken Dame. Der sei kein Professor, das wisse er schon, aber alle nannten ihn doch so, und dem sei das doch ganz recht. Er drehte sich zum Publikum und warf Luc einen hämischen Blick zu. Er wurde noch heute rot, wenn er daran dachte.

Herr Oberholzer hat Sie also weggejagt, fing der Richter wieder an. Wie er denn das gemacht habe. Luc wurde den Verdacht nicht los, dass der Richter Vergnügen an der peinlichen Befragung hatte. Er selber hatte es in diesem Moment nicht. Jean-Paul dafür schon. Dieser Professor sei ein ganz falscher Hund, tue immer so harmlos und freundlich, aber wenn einmal ein armer Bittsteller in seinen Garten komme und nichts anderes wolle als mit seiner Alten ein Wörtchen reden ... An dieser Stelle bat ihn der Richter, sich zu mäßigen. Entschuldigen Sie, Monsieur le juge, sagte Jean-Paul, entschuldigen Sie bitte vielmals Herr Richter, ich wollte also mit dieser Dame sprechen, aber man ließ mich nicht. Am Schluss hat mein Bruder, mein eigener Bruder, der Sohn meiner Mutter, mir verboten, in die Nähe des Hauses zu gehen. Der Richter seufzte, diesen Tatbestand hatten mehrere Zeugen bestätigt. Gut sagte er. Sie haben sie also in den Wald gelockt. Und was ist dann passiert?

Aber Jean-Paul hatte noch nicht alles gesagt, was seiner Meinung nach zu seinen Gunsten sprach. Es sei doch sein gutes Recht gewesen, so zu tun, als ob er das Kind entführt hätte. Sie hatten ihm das ja zugetraut. Wieder drehte er sich zum spärlichen Publikum um, sie alle hatten es ihm zugetraut. Sie hatten ihn ja erst auf die Idee gebracht, dass er der Entführer sein könnte. Wieso also sollte er dann nicht so tun. Sagen Sie mir das Herr Richter. Wieso?

Der Richter antwortete nicht auf diese Frage, sondern bat den Angeklagten, weiter zu erzählen.

Wenn er ihr das Kind versprach, war Jean-Paul überzeugt, würde sie alles tun, was er von ihr verlangte. Sie war eine gute Mutter. Er hatte ihren Schmerz um das Kind gesehen. Er wollte kein Geld von ihr, das würde ihn kaum trösten. Er würde es versaufen und man würde sich fragen, wo er so viel Geld her hatte. Er wollte mit ihr reden. Aber er durfte ja nicht. Aber wenn er das Kind hatte, dann würde sie kommen. Und wenn sie erst da war, musste sie ihm zuhören.

Also haben Sie den Brief geschrieben?

Ja, genau. Er hatte lange darüber nachgedacht, wie er das anstellen sollte. Zuerst wollte er die Buchstaben aus der Zeitung ausschneiden, wie es richtig wäre für einen Erpresserbrief. Aber das wurde ihm schnell zu mühsam. Das Gericht könne sich davon überzeugen. Der angefangene Brief liege noch in seinem Papierkorb. Stattdessen ging er dazu über, in Großbuchstaben zu schreiben.

Haben Sie keine Angst gehabt, dass Madame Oberholzer die Polizei schicken könnte? Aber nein. Er hatte ja hineingeschrieben, dass sie nicht tricksen solle. Und wenn schon, wer konnte ihm etwas nachweisen, weil er am Picknickplatz saß an einem lauen Sommerabend? Das war doch ein öffentlicher Ort. Oder nicht? Da durfte jeder sitzen, solange er wollte. Tatsächlich saß er oft dort, wenn er das Bedürfnis hatte, allein zu trinken. Allerdings waren ihm im letzten Moment doch Zweifel gekommen, ob er den Platz richtig gewählt hatte. Würde die Dickmadam den Weg dorthin überhaupt schaffen? Aber bis zum Platz war es nicht weit und auch nicht steil, erst danach stieg der Weg zur Kanzel hinauf an. Und zu der Zeit, die er im Brief angegeben hatte, war es nicht mehr so heiß. Aber auch noch nicht ganz dunkel. Es war alles wohlüberlegt, Herr Richter.

Aber es war dann doch nicht ganz so rund gelaufen. Oder?

Der Fehler war einfach, dass er Nap nicht eingesperrt hatte. Der Hund war ihm nachgelaufen, wie immer, wenn er da hinaufging. Er hatte ihm befohlen, unter dem Tisch zu liegen. Er hatte ihn sogar festgebunden, hatte aus den Schnürsenkeln seiner hohen Arbeitsschuhe und seinem Taschentuch einen kurzen Strick geknotet und den Hund an einem der Tischbeine festgebunden. Schließlich trug Nap ja immer ein Halsband, mit Steuermarke, das betonte Jean-Paul an dieser Stelle und machte eine Kunstpause, als erwarte er ein Lob. Als es nicht kam, fuhr er fort. Die Dame hatte sich ein wenig verspätet. Er öffnete gerade die zweite Flasche, als er sie heranschnauben hörte, und da hatte er den Hund nicht ganz im Griff. Eigentlich wollte er sie herankommen lassen. Sie musste an ihm vorbei, wenn sie zu dem Stein ging, wo sie das Geld ablegen sollte. Sie würde ihn in der Dunkelheit nicht sehen und auf dem Rückweg würde er sie abfangen. Guten Abend Madame, würde er sagen, ganz sanft, um sie nicht zu erschrecken. Setzen Sie sich bitte. Haben Sie keine Angst. Ich will nichts von Ihnen. Ja, so hatte er es sich vorgenommen. Er würde das Geld nicht erwähnen. Er war ja kein Idiot. Für den Fall, dass sie doch die Polizei mitgebracht hätte, würde er weder vom Brief noch vom Geld reden. Er saß hier, unschuldig und unbeteiligt, und da kam die Dame vorbei. Er freute sich, denn er wollte schon lange mit ihr reden. Sein Bruder konnte das bezeugen. Setzen Sie sich und ich werde Ihnen alles erzählen, würde er zu ihr sagen. Sie würden sich Aug' in Aug' gegenüber sitzen und sie würde sein Elend anhören. Mit einem Mal würde sie verstehen, was sie ihm angetan hatte. Jean-Paul, würde sie sagen, es tut mir leid, es ist schrecklich, was ich getan habe, ich werde es wieder gut machen. Vielleicht würde sie ihm sogar den Schlüssel zum Haus geben, ihn für den Garten sorgen lassen, wenn sie nicht da war ...

Wenn es nicht um Andrea gegangen wäre und um den Schrecken, den dieser Kerl ihr eingejagt hatte, um die sinnlosen Hoffnungen, die er in ihr geweckt und danach vernichtet hatte, dann hätte Luc den Auftritt vor Gericht amüsant gefunden. Der Mann war ein Komödiant. Wie er den Gentleman spielte, der nachts im Wald zufällig eine Dame in Not antrifft, war eine schauspielerische Leistung.

Aber der Richter zerstörte den Zauber. Monsieur Morin solle weiter erzählen.

Er hörte sie kommen, schon von Weitem, denn es dauerte eine ganze Weile, bis sie heran war und sie keuchte mächtig. Der Hund wurde aufmerksam, begann zu winseln. Aber die Dame schnaufte so laut, dass sie es nicht mitbekommen konnte. Still, raunte er dem Hund zu, couche! Sie lauschten beide auf das Schnaufen. Die Dickmadam war stehen geblieben, schien auch zu lauschen, zu wittern wie der Hund, der sich auf die Füße schieben wollte, zurückgehalten vom viel zu kurzen Strick. Reste! flüsterte er ihm zu, bleib hier. Ob die Dame etwas gehört hatte? Er konnte nichts sehen, es war schon fast dunkel und die kleinen Eichen verdeckten die Sicht auf den Weg, verdeckten auch die Sicht jener, die auf dem Weg vorbeigingen, auf den Picknicktisch. Deshalb konnte sie ihn natürlich auch nicht sehen. Er hatte sich so platziert, dass er auch vom Eingang zwischen den Eichen nicht zu sehen war. Aber den Stein würde sie sehen, wenn sie durch die Lücke trat. Und dort musste sie ja hin. Es war alles genau geplant.

Kommen Sie zur Sache, sagte der Richter barsch. Vielleicht war es auch an einer anderen Stelle, dass ihm die Geduld ausging. So genau erinnerte Luc sich nicht mehr. Aber es spielte auch keine Rolle. Den Rest kannte er aus Andreas Erzählung. Der Hund riss sich los und rannte auf sie zu.

Luc rappelte sich vom Sofa auf und verscheuchte die wirren Bilder. Er musste im Sitzen doch ein wenig gedöst haben. Seine Schultern schmerzten. Draußen färbte sich der Himmel hinter dem Wald schon hell. Fünf Uhr zweiundzwanzig. Er legte sich aufs Bett. Stand sofort wieder auf. Er musste den Wecker stellen. Jetzt würde er schlafen können, jetzt wo der Wecker bald schellte. Das war immer so am Ende von durchwachten Nächten.

Der arme Jean-Paul, dachte er vor dem Einschlafen. Man stellte das Verfahren gegen ihn ein, nachdem sein Pflichtverteidiger das psychiatrische Gutachten vorgelegt hatte. Allerdings redete ihm der Richter ins Gewissen und brummte ihm sogar eine Geldbuße wegen der Unterschlagung eines Beweisstücks auf. Ob ihm denn nicht klar gewesen sei, wie wichtig dieser Rucksack, diese Babytrage für die Ermittlung war. Aber Jean-Paul verzog nur verächtlich den Mund. Er zeigte in diesem wie in allen andern Punkten weder Einsicht noch Reue. Er hatte doch alles wieder gut gemacht, oder nicht? Er hatte die Ermittler an den Ort geführt, wo er die Rückentrage versteckt hatte. Er hatte sie natürlich nicht nach Hause mitgenommen. Er war ja kein Idiot. Und dass der komische Rucksack helfen konnte, das Kind zu finden, glaubte er mitnichten. Luc war geneigt, ihm in diesem Punkt zuzustimmen. Man hatte die Babytrage natürlich genaustens untersucht. Neben den DNA-Spuren von Andrea, Isabelle, Luc und Jean-Paul fand man die DNA einer unbekannten Frau. Das war erstaunlich, wenn man bedachte, dass das Ding ein paar Wochen im Bachbett gelegen haben konnte. Die Ermittler hielten die Spur für wichtig. Schließlich war die Trage neu gewesen. Bis wenige Tage vor der Entführung des Kindes hatte sie in einem zugeschweißten Plastiksack gelegen. Natürlich konnte da diese fremde DNA schon drauf gewesen sein. Aber sie könnte auch vom Täter stammen. Eine Täterin, konnte das sein? Neue Erkenntnisse brachte es vorerst jedenfalls nicht.

Dafür wusste man jetzt mehr über Jean-Paul und seine Krankheit. Das Gutachten des Psychiaters erklärte Jean-Paul für nicht zurechnungsfähig. Es wurde im Gerichtssaal verlesen und es war niederschmetternd. Da stand allerlei über Sündenbocksyndrom und Opferrolle, bizarre Gedanken, die Unfähigkeit Fantasie und Realität zu unterscheiden, die Unfähigkeit von einem einmal gefassten Plan abzulassen, auch wenn klar sei, dass er scheitern müsse und von einer schon vor Jahren gestellten Diagnose: Schizophrenie. Unheilbar. Keine Gefährdung für andere und sich selber. Jean-Paul wurde ermahnt und entlassen. Aber er wäre lieber ins Gefängnis gegangen. Jetzt hatten sie es ihm amtlich gegeben, dass er verrückt war. Unzurechnungsfähig. Es stand in der Zeitung und alle wussten Bescheid. Er war nicht mehr Jean-Paul, der Penner. Jetzt war er der verrückte Jean-Paul. Jean-Paul, le fou. Es hatte ihn schwer getroffen. Das würde er den Oberholzers nicht verzeihen und Armands Stieftochter auch nicht. Luc verstand ihn. Auch das war seine Schuld. Sie hätten die Anklage zurückziehen müssen. Armand hatte ihnen gesagt, dass sein Bruder nicht schuldfähig sei. Er hatte sie gebeten, die Sache anders zu regeln. Es sei ja nichts passiert und Jean-Paul war auch nicht gefährlich. Aber sie würden ihn unglücklich machen, noch unglücklicher, als er schon war. Er hatte sie beinahe angefleht, der große Armand. Um unserer alten Freundschaft willen, sagte er mehr als einmal. Aber sie wollten nicht. Andrea wollte nicht. Soll er unglücklich werden. Er hat es verdient. Und so war er es geworden. Er war nicht der Einzige, den diese Geschichte ins Unglück gestürzt hatte. Und lange nicht der Letzte. Würde jetzt Anna das nächste Opfer werden?

Er driftete noch einmal in wirre Bilder ab. Nap lief durch den Wald, schwang zu große Pfoten, unförmig wie Kartoffeln. Jean-Paul kroch über den Waldboden und machte merkwürdige Geräusche. Ein Klopfen und Knarzen. Der Drache, der die Wahrheit sagen muss. Und immer dieses Knarzen und Brummen. Es war der

Wecker auf seinem Handy. Mein Gott, dachte er, ich muss diesen Ton ändern. Eine Weile saß er auf dem Bettrand und versuchte, sich darüber klar zu werden, was der heutige Tag ihm abfordern würde. Das Brummen schien jetzt in seinem Kopf zu sein. Vielleich war es gar nicht aus dem Handy gekommen. Was stand heute an? Unterricht, gewiss. Drüben in diesem Tagungshaus. Gesichter tauchten auf. Der Schamane und Miss Mystery, die ihn erwartungsvoll musterten, feindselig, verbittert. Sie haben uns belogen, Herr Dubois. Wir bekommen nicht, was Sie uns versprochen haben, Herr Professor. Er schob das Bild weg wie einen leer gegessenen Teller. Damit musste er sich nicht beschäftigen. Es war immer gut gegangen. Im großen Ganzen waren die Kursteilnehmer zufrieden, oft begeistert. Nur einmal hatte er eine richtig oppositionelle Gruppe gehabt. Er wischte auch die aus seinem Gesichtsfeld.

Er zog die Schultern nach hinten, schob das Brustbein nach vorne, legte den Kopf in den Nacken. Die Lunge dehnte sich aus, Luft wurde hineingezogen. Ein selbstaufblasendes Kissen. Langsam ausatmen. Auch das hatte er gelernt. In einer der vielen Therapiestunden in der Klinik oder danach, als es darum ging, die Panik zu verscheuchen, ihn wieder lebensfähig zu machen, ihn ins Leben zurückzubringen, ihm das Leben zurückzubringen. Einatmen, ausatmen, sich öffnen, sich dehnen, sich bewegen. Er zog das Fenster weit auf. Ließ die kühle Herbstluft hereinwehen. Das Brummen war jetzt stärker. Es kam von einem Traktor, der ein wenig entfernt in der Wiese stand, mit laufendem Motor. Er ließ das Fenster weit geöffnet und ging ins Bad. Vermied den Blick in den Spiegel, konzentrierte sich auf den Toilettenbeutel, die Notfallapotheke. Zuerst eine Tablette, bevor die Kopfschmerzen sich festsetzten. Er füllte den Zahnputzbecher mit Wasser, setzte sich auf den Plastikhocker, der neben der Dusche stand, und spülte die Tablette in den Magen hinunter. Der Magen fühlte sich ruhig an. Kein Kater, dachte er. Nur zu wenig geschlafen. Wie schon in der Nacht zuvor. Das war nicht so schlimm. Das würde er schaffen. Er hatte schon so viele schlaflose Nächte überstanden. Da war er Profi.

Kaffee, dachte er. Er brauchte dringend Kaffee. Aber den gab's nur unten im Frühstücksraum. Er schaute jetzt doch in den Spiegel. Es war wie erwartet. Er sah schlimmer aus, als er sich fühlte. Die Lidränder rot, die Tränensäcke aufgedunsen, die Schatten darunter bläulich schwarz. Ein alter Mann, der trinkt und nachts nicht schlafen kann.

Ich sollte abreisen, dachte er. Man würde ihm glauben, wenn er sagte, dass er krank sei. So wie er aussah. Ob Isabelle denken würde, dass er nur einfach schlecht aussah, weil er an zwei Abenden hintereinander zu viel getrunken und in zwei Nächten hintereinander kaum geschlafen hatte? Na und? Sie könnte ihm doch nichts anhaben. Er konnte zu Hause zum Arzt gehen und sich bescheinigen lassen, dass er nicht arbeitsfähig war. Wenn er erzählte, dass er, völlig unvorbereitet, die Frau wieder getroffen hatte, die damals der Babysitter seiner Tochter gewesen war. Die junge Frau, die man sogar verdächtigt hatte, an der Entführung beteiligt zu sein. Dass sie miteinander zu Abend aßen, zweimal sogar, und über die alte Geschichte sprachen. Worüber hätten sie sonst sprechen können! Und dass ihm da alles wieder hochgekommen sei. Fast als wäre es gestern gewesen. Der Hausarzt würde ihm ein Zeugnis ausstellen. Und er würde ihm dringend empfehlen, zu seinem Psychiater zu gehen. Oder er würde ihn gleich zum Psychiater schicken, damit der ihm das Zeugnis ausstellte. Und wie würde er dann dastehen, mit dem Zeugnis eines Psychiaters, das bescheinigte, dass er an dem bewussten Datum, als er in den Schwarzwald gereist war, um einen Lehrauftrag zu erfüllen, nicht arbeitsfähig gewesen war? Dann würden es alle wissen. Jean-Paul fiel ihm ein und er verscheuchte diese Gedanken. Das war dummes Zeug.

Aber einen zweiten Auftrag würde er von dieser Hochschule nicht bekommen, wenn er jetzt einfach davonlief. Und eine ähnliche Gelegenheit würde sich nicht mehr bieten. Die Altersvorsorge wäre dahin.

Egal, dachte er. Ich will doch diesen Auftrag gar nicht. Ich will verschwinden und nie mehr hierherkommen. Er spritzte sich Wasser ins Gesicht und begann, sich zu rasieren. Die Haut rötete sich, als er sie trocken rubbelte. Die Augenringe blieben und die Tränensäcke wölbten sich schlaff wie ausgehungerte Engerlinge. Aber er sah nicht mehr ganz so kläglich aus. Kaffee, dachte er. Ein paar Tassen Kaffee und ich kann mich wieder zeigen. Er versuchte ein Lächeln. Auch das half. Auch das hatte er gelernt. Sie hatten ihn ganz schön lebenstüchtig gemacht. Wer schaffte das schon, nach zwei schlaflosen Nächten mit einem Lächeln auf den Lippen im Kursraum zu stehen und darüber zu sprechen, wie man eine gute Geschichte gut zu Ende erzählt? Jetzt gelang ihm das Lächeln fast echt. Gut, dachte er. Bis zum Abendessen würde sich das geben. Wenn er erst im Kursraum war, vor der Gruppe stand, würde er alles Übrige vergessen. Und das war auch nötig. Der Schamane würde sich wieder melden, wenn es Zeit war, einen eigenen Text vorzulesen. Er war überzeugt von seinen Texten, daran würde keine Kritik etwas ändern. Die andern waren nicht so überzeugt. Auch von ihren eigenen Werken nicht. Auf die Frage, ob jemand etwas vorlesen möchte, folgte immer eine spannungsgeladene Pause. Dann seufzte der Schamane und reckte sich lässig. Okay, sagte er, ich machs. Und es war klar, dass er sich opferte, weil die andern sich nicht trauten. Dann las er mit seiner wohlklingenden, vortragsgeübten Stimme. Von schäumend bäumenden Hengsten las er, vom Knospensternenmantel der Mutter Erde, vom wölfischen Urgrund und vom Morgenlandhimmel, der nebelte und sich wölkte.

Ob Isabelle besser geschlafen hatte als er? Schließlich sollte heute in Valence ihre Mutter verhört werden. Anna Morin, geborene Bernasconi, Ehefrau von Armand Morin, dreiundsechzig Jahre alt, Studienfreundin von Andrea Oberholzer, deren Baby vor zwanzig Jahren unter mysteriösen Umständen verschwunden war, vermutlich entführt wurde, Mutter von Isabelle B., die dieses Baby genau in jenen Stunden gehütet hatte. Was wussten die sonst noch über Anna? Warum wollten sie sie befragen?

Er trocknete sein Gesicht ab. Bis am Abend würde Isabelle wissen, was los war. Und das wollte er erfahren. Er konnte jetzt nicht gehen. Das wäre, dachte er und versuchte, sich im Spiegel noch einmal zuzulächeln, das wäre, als würde ich den Roman weglegen, bevor ich weiß, wie er ausgegangen ist. Morgen Mittag ist es zu Ende. Dann werde ich abreisen.

Dritter Tag

Enthüllungen

13

Isabelle saß schon an ihrem Platz, als er den Raum betrat. Sie war mit ihrem Handy beschäftigt. Während er näher ging, konnte er sie in Ruhe betrachten. Eine Frau Ende dreißig. Eine Frau in leitender Position, dachte er. Aufrecht und selbstsicher. Als sie ihn entdeckte, stand sie auf, um ihn zu begrüßen. Sie lächelte ihn an.

»Wie geht es dir? Du siehst müde aus.«

»Ich bin froh, wenn das hier vorüber ist«, sagte er.

Der Hintersinn dieser Worte ging ihm erst auf, nachdem er sie ausgesprochen hatte. Und wenn er bedachte, dass diese Frau darüber entscheiden würde, ob er den attraktiven Auftrag noch ein weiteres Mal oder vielleicht viele weitere Male erhalten würde, dann war die Bemerkung äußerst ungeschickt. Aber er ließ sie zwischen ihnen hängen. Ein Nebelfetzchen, das sich verziehen würde.

Er habe schlecht geschlafen, sagte er vage. Das fremde Bett, das viele Essen, der Wein. Er wollte heute nur Wasser trinken und etwas Leichtes essen.

Aber Isabelle hatte schon Wein bestellt. Denselben wie gestern.

»Der ist gut«, sagte sie. »Man bekommt keine Kopfschmerzen.«

Der junge Kellner brachte ihn gerade. Mit Gläsern

und mit einer großen Karaffe Wasser. Er schenkte ihnen beiden ein.

»Das ist unser letzter Abend«, sagte Isabelle, »morgen früh fahre ich zurück.«

Sie hob ihr Glas. »Auf unser Wiedersehen. Und auf dass wir ein gutes Ende finden.«

Ende wofür?

Er sah ihr ins Gesicht. Sah sie müde aus? Die schwarzen Haare hatten sie verändert. Er hatte sich noch nicht ganz daran gewöhnt. Alles andere war wie früher. Ein paar Fältchen vielleicht unter den Augen, um den Mund. Die Sommersprossen, braune Punkte auf der weißen Haut. Die grünen Augen und die unschuldige Stupsnase. Aber der Ausdruck war ein anderer. Zufrieden sah sie aus. Vielleicht glücklich. Das war nicht mehr die Isabelle von damals, die junge Frau, die er ins Unglück gebracht hatte. Er schuldete ihr nichts. Er konnte auf das Abendessen verzichten, aufstehen und schlafen gehen. Sie hatte ja selber bemerkt, wie müde er war.

»Ich hoffe, meine Mutter wird irgendwann anrufen.«

»Hat sie sich noch nicht gemeldet?«

»Sie hat wohl den Nachmittagsbus verpasst oder ist in der Stadt noch etwas besorgen gegangen. Sie ruft nie von unterwegs an.«

»Wie sympathisch.«

Er hasste es, wenn die Menschen im Zug und in der

Straßenbahn telefonierten. Ihre privaten Dinge ausbreiteten, ihre Gefühle in den Raum hängten wie anstößige Bilder. Und alle mussten sie sich ansehen.

»Und über diese Sache würde sie nie außerhalb ihrer vier Wände sprechen.«

Das war wohl auch besser so. Dort unten, wo ohnehin alle einander kannten und voneinander wussten. Er sah Anna vor sich, wie er sie zuletzt gesehen hatte. Sie versuchte immer, ihre ungeheure schwarze Haarmähne in einem Pferdeschwanz zusammenzufassen, der von ihrem Hinterkopf abstand wie ein zottiger, zerfranster Rasierpinsel. Das gab ihr etwas Freches, Jugendliches. Man dachte an Pippi Langstrumpf. Dabei war sie damals schon über vierzig. Jetzt war sie zwanzig Jahre älter. Auch sie. Es war schwierig, sich das vorzustellen. Sicher waren auch ihre Haare grau. Oder färbte sie sie? Aber die Fältchen um die Augen, um den Mund. Die ließen sich nicht so leicht glätten.

»Wie geht es ihr? Weiß sie, dass ich hier bin?«

Isabelle schüttelte den Kopf. »Ich habe ihr nichts davon gesagt. Ich glaube, es würde sie aufregen. Gerade jetzt. Dass sie nach Valence musste, hat sie ziemlich aus der Fassung gebracht.«

»Hat sich Andrea bei ihr gemeldet?«

»Ich glaube nicht. Die beiden stehen nicht mehr so gut miteinander. Meine Mutter sagt ihr jedes Mal, sie solle doch endlich aufhören mit dieser Geschichte. Endlich Ruhe geben. Wenn sie nach Frankreich kommt, kommt sie nur, um alles aufzumischen. Jedes Mal, wenn sie im Dorf gesehen wird, fängt das Tuscheln wieder an. Die alten Mutmaßungen und Verdächtigungen tauchen wieder auf, wie die Ameisen im Frühling. Die Leute schauen einander dann misstrauisch an, behauptet meine Mutter. Und Jean-Paul verzieht sich in die Scheune und trinkt.«

Konnte das sein? Nach zwanzig Jahren.

»Dort unten ändert sich wirklich nie etwas«, sagte er missmutig.

»Die Jungen wissen nichts mehr von der affaire Anouk. Aber die Alten können sie nicht vergessen. Und wenn sie es doch beinahe schaffen, dann kommt wieder jemand, Andrea oder einer ihrer Anwälte, und rührt alles auf.«

Ich habe nie etwas aufgerührt, dachte Luc. Ich wollte es genauso vergessen wie die andern.

»Wie hast du gesagt? Eine Geschichte muss ein Ende haben, das keine Fragen offenlässt.«

Er seufzte.

»Die Épicerie beim Dorfbrunnen«, sagte er unvermittelt, »gibt's die immer noch?«

»Wie kommst du denn darauf? Ja es gibt sie noch. Francine muss bald achtzig sein, aber sie steht immer noch hinter dem Ladentisch. Und weißt du was? Sie schreibt an den Regalen immer zwei Preise an. Den Europreis und darunter den Preis in Franc.«

Sie lachte. Er fühlte sich bestätigt.

»Siehst du, da unten ändert sich nichts, egal ob eine Geschichte ein Ende hat oder nicht.«

»Stimmt doch nicht«, sagte Isabelle. »Zu deinen Zeiten gab's zum Beispiel noch gar keinen Euro.«

Er lachte jetzt auch. Es tat gut.

»Stimmt. Der Euro kam erst ein paar Jahre später.«

»Und seither bist du nie mehr in Frankreich gewesen?«

»Kaum«, sagte er. »Von Dresden nach Valence ist es ziemlich weit.«

»Fehlt es dir nicht? Du warst doch immer gerne dort.«

Er seufzte. Wie sehr das stimmte. Wie er das alles geliebt hatte. Sein Haus dort unten, den Saint-Boniface und das Tal der hundert Furten, das Dorf, den Laden. Da hatten sie jeden Morgen das Brot geholt. Wenn er dran war, nahm er Anouk mit. Dann kam Francine hinter ihrem Ladentisch hervor. Um die sechzig musste sie da also gewesen sein. Er hätte sie jünger geschätzt. Sie bückte sich immer ein wenig, um Anouk in die Augen zu schauen. Schöne blaue Augen hast du. Bleu comme le ciel. Blau wie der Himmel. Nächstes Jahr bekommst du ein Stück Wurst. Jetzt bist du noch zu klein. Kein Kind ging dort aus dem Laden, ohne eine Scheibe Wurst in der Hand.

Isabelle wartete immer noch auf seine Antwort. Ob es ihm nicht fehle. Er wollte nicht darüber sprechen.

»Ich will heute kein Fleisch essen. Glaubst du, dass

man hier etwas Vegetarisches bekommen kann? Oder finden die das abartig?«

»Fragen wir doch einmal.«

Eine jüngere Frau mit dünnen blonden Haaren und einem Mausgesicht trat an den Tisch und brachte die Karten. Die Wirtin schien nicht da zu sein. Ob sie sich doch den Fuß verstaucht hatte gestern?

»Der Herr möchte vegetarisch essen«, sagte Isabelle. Sie schien auch diese Serviererin schon lange zu kennen.

»Dann bringe ich Ihnen das Vegi-Kärtchen.«

Das hatte Luc nicht erwartet. Isabelle sah belustigt aus.

»Siehst du«, sagte sie, »wo ist das Problem?«

»Tja.«

Wo war das Problem? Wo war kein Problem? Vielleicht kam es von der Schlaflosigkeit, aber heute Abend sah er überall Probleme. Jeder Satz schien ihm bedeutungsvoll, hinter jedem Ereignis lauerte ein anderes. Anna zum Beispiel. Wo steckte sie? Warum zum Teufel war sie nicht zu Hause und rief endlich ihre Tochter an?

»Glaubst du, dass Andrea irgendetwas eingefallen ist, was Anna belasten könnte.«

Isabelle schien sich doch Sorgen um ihre Mutter zu machen.

»Wann kommt denn der letzte Bus an?«

»Müsste schon seit einer Viertelstunde dort sein. Aber vielleicht will sie sich zuerst ein wenig erholen.«

Wie zur Bestätigung begann das Telefon auf dem Tisch zu summen. Isabelle sprang auf und ging schnell hinaus.

Ob Andrea jetzt Anna verdächtigte? Etwas anderes fiel ihm nicht ein. Die DNA-Spur einer unbekannten Frau auf der Babytrage ließ Andrea bis heute keine Ruhe. Noch Monate nach Anouks Verschwinden konnte es vorkommen, dass sie einen Namen nannte, den Namen einer Frau, für welche sie plötzlich ein Motiv entdeckt hatte. Ein Motiv, irgendein Kind zu stehlen oder ein Motiv, genau ihr Kind zu entführen.

Wie bei Denise. Er wurde immer noch wütend, wenn er daran dachte. Diese elende Geschichte hatte seinen Entschluss besiegelt, weit fortzugehen, nach Dresden auszuwandern. Er war gerade aus der Klinik gekommen. Hatte gedacht, dass er neu anfangen wolle. Da kam Andrea auf die Idee mit Denise. Er konnte es ihr nicht ausreden. Obwohl er alle Register zog und sich fürchterlich mit ihr stritt. Du machst dich lächerlich, sagte er verzweifelt. Das war ein schwaches Argument, er wusste es, aber ihm fiel nichts mehr ein. Und Andrea hatte weit stärkere Gründe. Jedenfalls überzeugten ihre Argumente, ihre Verdachtsmomente, wie sie es nannte, die Ermittler. Denise könnte durchaus ein Motiv gehabt haben, die kleine Anouk in ihre Gewalt zu bringen. Sie war Lucs

Lebensgefährtin gewesen, viele Jahre lang. Sie teilten Tisch und Bett und die Liebe zur Literatur, zu Frankreich und zum Wandern. Mit Denise hatte er die Berge und Schluchten im Drôme-Tal durchstreift, die Dörfer bewundert und davon geträumt, dort unten ein Haus zu kaufen. Aber das war schwieriger als gedacht. Zwar standen viele Häuser leer. Die alten Leute waren gestorben, die jungen abgewandert und die Erbengemeinschaft konnte sich nicht einig werden, wer das Elternhaus übernehmen sollte. Aber lieber ließ man ein Haus leer stehen und allmählich verfallen, als es an Fremde zu verkaufen. Und dann war es ausgerechnet Andrea, die ihm half, diesen Traum zu verwirklichen, weil sie mit Anna befreundet war, die dort lebte und ihnen ein Haus vermitteln konnte. Das musste Denise getroffen haben wie eine unverdiente Ohrfeige. Aber Anouks Geburt war im Vergleich damit so etwas wie ein Baseballschläger in einer dunklen Gasse. Das war ihm immer klar gewesen. Und Denise wäre eben nicht Denise, wenn sie nicht zurückgeschlagen hätte. Hart und ohne nachzudenken. Sie trainierte jede Woche irgendeine Kampfsportart. Luc hatte den Namen vergessen, nicht aber die Blutergüsse an Armen und Beinen und die Würgemale an ihrem Hals, die sie aus den Übungsstunden mitbrachte.

Der Umschlag lag bei der Post, unscheinbar und an sie beide adressiert. Herr und Frau Andrea und Lukas

Oberholzer. Im Umschlag steckte eine von diesen Glückwunschkarten, wie sie nach der Geburt eines Kindes von Freunden und Verwandten geschickt werden, um den frisch gebackenen, glücklichen Eltern zu gratulieren und den neuen Erdenbürger, euren Sonnenschein, das kleine Wunder, eure Tochter Anouk willkommen zu heißen und ihr alles Gute zu wünschen. Er erinnerte sich nicht an das Bild auf der Vorderseite der Karte. Bestimmt nichts Spektakuläres, ein Storch mit einem Bündel im Schnabel vielleicht oder ein altmodischer Kinderwagen mit Rüschen und Volants. Es war eine Klappkarte und Luc klappte sie auf. VERRÄTER! stand da in großen Buchstaben und mit einem Ausrufezeichen. Keine Unterschrift. Aber in der linken unteren Ecke der Adressstempel der Absenderin, den sie auf dem Briefumschlag vergeblich gesucht hatten. Luc hätte ihn nicht gebraucht, denn ihm war alles klar, noch bevor Andrea ihn fassungslos ansah. Und da musste er es natürlich erklären. Andrea die Wahrheit erzählen, die er ihr vorenthalten hatte. Die Wahrheit war, dass Denise in den Jahren, wo sie zusammen waren und es zusammen gut hatten, viel erlebten und viel lachten und miteinander eigentlich zufrieden hätten sein können, dass sie da schon lange ein Kind gewollt hatte. Es sei das, was sie sich am meisten wünsche, das, was ihnen noch fehle, ihnen beiden. Aber er wollte nicht. Er stand am Anfang seiner Karriere als Journalist. Er wollte noch ins Ausland reisen, vielleicht als Korrespondent sich irgendwo für eine Weile niederlassen. Wie würde das gehen mit einem Kind? Sollte es irgendwo heranwachsen, vielleicht zur Schule gehen und Freunde finden, und dann wieder herausgerissen werden, weil sein Vater woanders einen interessanteren Job gefunden hatte? Das sind doch Hirngespinste, sagte Denise ungerührt. Im Moment sind wir hier und was in ein paar Jahren sein wird, können wir nicht wissen. Aber würden sie mit einem Kind noch wandern können, fragte Luc. Auf Berge klettern, in Schluchten hinabsteigen, einem Wasserlauf folgen? Und Denise wollte ihren Beruf natürlich nicht aufgeben, sondern erwartete, dass er zurücksteckte und die Kinderbetreuung mit ihr teilte. Alles okay, sagte er, aber nicht jetzt. Später vielleicht, nicht jetzt. Aber Denise war vierunddreißig, als sie anfingen, ernsthaft und immer hitziger darüber zu diskutieren. Sie sprach von der biologischen Uhr, die für sie mit jedem Monat lauter tickte. Und an ihrem fünfunddreißigsten Geburtstag setzte sie die Pille ab. Das war Erpressung. Sie wollte ihn vor vollendete Tatsachen stellen. Vielleicht glaubte sie, dass er dann klein beigeben würde. Aber da hatte sie die Rechnung ohne ihn gemacht. Auch er konnte kämpfen. Er zog aus dem gemeinsamen Schlafzimmer aus, ging allein zu einer Party und lernte Andrea kennen. Die wunderschöne, sanfte Andrea, die nichts wusste von Frauenkampfsport und jeden Morgen joggen gehen. Sie heirateten kaum ein Jahr später. Er hatte nie heiraten wollen. Er fand das unnötig. Aber Andrea hatte ihn weichgeklopft. Sie konnte das, er wusste nicht, wie. Und als sie ein weiteres Jahr verheiratet waren, eröffnete sie ihm, dass jetzt zu ihrem Glück nur noch ein Kind fehle. Aber wir sind bald vierzig, sagte er hoffnungsvoll. Ich schaff das, sagte sie. Was konnte er da tun? Er wollte nicht noch einmal den gleichen Fehler machen, eine Frau verlieren, weil sie ein Kind wollte. Und es sah ja lange so aus, als ob es gar nicht mehr klappen würde. Als Andrea dann doch noch schwanger wurde, mit all diesen Nebenerscheinungen, die er bei Gott nicht hatte voraussehen können, da musste er an Denise denken und er fühlte sich irgendwie schuldig. Schuldig und über den Tisch gezogen. Aber als dann Anouk endlich auf die Welt kam, schrie und zappelte, trank und schlief, die Augen aufschlug und ihn ansah, da dachte er, dass der Kerl, der das alles nicht gewollt hatte, ein anderer gewesen sein musste, nicht Luc Dubois, Vater von Anouk. Es tut mir leid, schrieb er Denise als Antwort auf ihre merkwürdige Glückwunschkarte. Ich war ein Idiot.

Von dieser Antwort wusste Andrea nichts. Aber es spielte keine Rolle. Denise hatte ihrer Meinung nach gute Gründe, eifersüchtig zu sein. Hatte sie, Andrea, nicht alles erreicht, was Denise sich gewünscht hatte? Sie hatte dieser Frau Luc ausgespannt. Er hatte sie geheiratet. Und sie hatte ein Kind bekommen, hatte es geschafft, schwanger zu werden. Schwanger von Luc. Mit Andrea hatte er gewollt, was er Denise verweigert hatte. Musste das nicht den Neid der Abgewiesenen wecken? Oder ihren Hass. Die Karte sagte doch alles. Und wenn sie sich rächen wollte, an Andrea und an Luc, dem Verräter, was lag näher, als ihnen das Kind zu nehmen. Du bist verrückt, sagte Luc. Damals sagte er es zum ersten Mal und danach hatte er es nur noch gedacht oder leise in sich hinein geknurrt. Trotzdem zerstörte es den Rest, der von ihrer Beziehung übrig geblieben war. Und es stimmte. Sie war verrückt und sie wusste es. Verrückt vor Kummer, vor Schmerz, vor Verzweiflung. Auch er sei nicht normal, warf sie ihm vor. Er habe das alles einfach weggesteckt, wolle sein Kind vergessen, alles vergessen, zum Alltag übergehen. Das war doch krank. Und nachdem er viele Wochen auf der psychiatrischen Abteilung eines Krankenhauses verbracht hatte, konnte er ihr schlecht widersprechen. Seine Reaktion auf den Verlust seines Kindes war nicht normal. Das hatten sogar die Ärzte angedeutet, auch wenn sie es nicht mit diesen Worten sagten und es ein wenig anders meinten als Andrea. Die Ärzte gaben zu bedenken, dass schon viele Väter ein Kind verloren hatten, ein kleines, noch kein Jahr altes Kind wie Anouk, das noch nicht gehen und sprechen konnte, und doch schon ein kleiner Mensch war, ein kleiner lieber Mensch und ein immerwährendes

Wunder, aber die meisten dieser unglücklichen Väter hatten das irgendwie verwunden, die meisten kamen deswegen nicht in eine psychiatrische Klinik. Die meisten, sagten die Ärzte, aber die Menschen sind alle verschieden. Dem konnte Luc nur zustimmen. Er und Andrea waren über dieser Geschichte beide verrückt geworden. Jedes auf seine Weise. Andrea suchte nach Tätern. Nach Täterinnen vor allem, seit die DNA-Spur auf der Babytrage entdeckt worden war. Luc wollte sie von dieser besessenen Suche abhalten. Aber es gelang ihm nie.

Wie mochte sie es aufgenommen haben, Denise? Diesen abstrusen Verdacht. Er hatte nichts darüber erfahren. Nur das Ergebnis. Natürlich negativ. Es konnte ja gar nicht anders sein. Aber es war untersucht worden und er wusste, was solche Untersuchungen bewirken konnten bei jenen, die einfach nur den Mund öffnen und sich eine Speichelprobe entnehmen lassen mussten. Was mochte Denises Partner gedacht haben, als die Polizei auftauchte und eine DNA-Probe verlangte? Was hatte sie ihm erzählt? Über ihn und über das, was sie seinen Verrat nannte? Wusste der Partner von der Glückwunschkarte? Diese Karte war es doch, die das alles verursacht hatte. Eine Dummheit, würde Denise sagen, eine spontane Dummheit.

Luc seufzte und griff nach dem Vegi-Kärtchen. Er hoffte, dass er Denise nie wieder begegnen würde. Womöglich hatte er auch sie ins Unglück gestürzt.

Er vertiefte sich in den Menüplan, aber er konnte sich nicht konzentrieren. Wo blieb Isabelle? Es würde doch keine Schwierigkeiten geben da unten. Gemüsequiche, las er, mit Zucchini und Paprika. War das nicht eine von Annas Spezialitäten? Im Frühling 1998, als er allein in sein Haus gekommen war, hatten ihn die Morins fast jeden Abend zum Essen eingeladen. Komm doch vorbei, Anna hat wieder viel zu viel gekocht, sagte Armand am Telefon. Und wenn er dann ankam, froh, dass er nicht selber kochen musste, sagte Anna: Entschuldige, bei uns gibt es schon wieder Quiche. Es ist die beste Art, mit dem Gemüse fertig zu werden. Sie meinte das Gemüse vom letzten Sommer, das tiefgefrorene, das jetzt wegmusste, bevor die neue Ernte reif war. Vermutlich würde diese Schwarzwaldquiche hier nicht annähernd so gut schmecken wie eine von Annas Frühlingskreationen in der Küche der Morins vor zwanzig Jahren. Spaghetti wollte er auch nicht, die würde er sich zu Hause selber kochen. Da nahm er lieber Ravioli mit Gemüsefüllung und Rahm-Käse-Soße. Morgen durfte er heimreisen. Nur noch den Vormittag durchhalten. Das würde er schaffen. Eine kurze Einheit über den Schluss einer Erzählung. Dass er befriedigend sein müsse, der Schluss. Für die Leser, nicht für die Helden. Auch wenn die Geschichte schlecht ausging, musste der Schluss gut sein. Auch wenn der Fall ungeklärt blieb, musste die Geschichte ein Ende haben. Ein glaubwürdiges Ende.

Glaubwürdig wie die ganze Geschichte, wie jeder Charakter und jedes Detail zwischen Anfang und Schluss. Das würde er noch einmal betonen, denn darüber hatten sie heute gestritten. Ausgerechnet Miss Mystery hatte damit angefangen. Als müsste sie Buße tun für ihre freche Täuschung, schien sie es jetzt sehr genau zu nehmen mit der Wahrheit. Das sei doch Kitsch, was er schreibe, sagte sie unerwartet und richtete ihre schwarzumwölkten Augen tapfer auf den Schamanen, der überlegen die Brauen hochzog. Verlogen. Sie sagte es mit ihrer monotonen Stimme, die beim Vorlesen immer ein wenig zitterte, und jetzt zitterte sie kein Bisschen. Was denn Kitsch sei, fragte jemand in die Stille. Lüge, sagte Miss Mystery, Täuschung, Selbsttäuschung. Es sei doch alles nicht wahr, was Urs Wolf schreibe, die ganze Welt, die er erfinde, nicht einmal sein Name sei wahr. Aha, sagte der Schamane ruhig und Luc hatte den Verdacht, dass Urs Wolf diese Diskussion schon einmal geführt hatte, vielleicht auch mehrmals, dann sei richtige Kunst also immer die Wahrheit. Das sei nun eine typische Frage für den Briefkasten, hätte der Dozent Luc Dubois an dieser Stelle sagen müssen. Aber Miss Mystery sah aus, als würde sie gleich weinen, und da ging er dazwischen. Nein, sagte er und er grinste dabei, Kunst ist die Kunst, eine Lüge glaubhaft als Wahrheit zu verpacken.

Eigentlich kein schlechtes Schlusswort für die

letzte Diskussion dieses Seminars, dachte er jetzt. Morgen würde es keine Diskussionen mehr geben. Die Autorinnen und Autoren sollten noch einmal mit fremden Blicken auf ihre seit Seminarbeginn völlig veränderte Geschichte schauen und selber prüfen, ob das Ende für den Leser befriedigend war. Dann würden ein paar Mutige Gelegenheit erhalten, den Schluss ihrer Geschichte vorzulesen. Unkommentiert. Wenn noch Zeit blieb, konnte er ein paar Fragen aus dem Briefkasten heraussuchen oder das spontane Schlusswort halten, das er an dieser Stelle manchmal hielt. Und dann die Auswertungsrunde. Er würde viel Lob bekommen. Das war immer so. Je schlechter es ihm im wirklichen Leben ging, desto besser war sein Unterricht. Und es ging ihm schlecht, weiß Gott. Wo blieb bloß Isabelle?

Er legte die Speisekarte auf den Tisch zurück. Vielleicht war sie schon Hals über Kopf abgereist, um ihre Mutter zu retten, die sie in Valence im Gefängnis festhielten. Hatte ihn in der Aufregung ganz vergessen. Blödsinn, dachte er. Sie plauderte draußen am Telefon mit Anna, erzählte von ihrem anregenden Arbeitstag. Frau Berger war heute früh am Morgen losgefahren, das hatte er vom Hotelfenster aus gesehen, vermutlich hinunter ins Tal zu ihrer Arbeit, an eine wichtige Sitzung, ein Meeting, hatte sie gesagt. Sie machte hier keineswegs Ferien. Sie hatte Arbeit mitgenommen. Klar. Das hatten sie alle immer so gemacht. Er hatte immer Arbeit mitgenommen, wenn er nach Frankreich fuhr. Und er hatte ...

Die Tür schwang auf. Isabelle kam herein, blieb auf halbem Weg stehen, um ein Wort mit der blonden Mausfrau zu wechseln, dann kam sie herbei und ließ sich mit einem Seufzer auf ihren Stuhl sinken.

»Schlimm?«

Sie schüttelte den Kopf. Nicht verneinend, sondern eher wie jemand, der es einfach nicht fassen kann.

»Weißt du, weshalb sie meine Mutter nach Valence beordert haben?«

Nein er wusste es nicht, natürlich nicht, sonst säße er ja nicht da.

»Warum denn?« Er gab sich Mühe, ganz ruhig zu klingen. Hatte er nicht hundertmal gesagt, die Sache sei für ihn erledigt. Der Fall Anouk würde ungeklärt bleiben, damit müsse man sich abfinden. Und war es nicht besser so? Wenn er geklärt würde, wem oder was würde es nützen? Anouk war tot. Der Rest war egal. Oder nicht?

»Als sie die Babytrage untersucht haben, erinnerst du dich? Da fanden sie meine und deine DNA und natürlich die von Andrea.«

»Und von Jean-Paul.«

»Stimmt. Aber keine von Nap.«

»Gott sei Dank.«

»Aber da war doch noch eine fünfte Spur. DNA einer unbekannten Frau, hieß es damals.«

Er wartete.

»Die ist angeblich von meiner Mutter.«

»Von Anna?«

Ausgerechnet jetzt kam die Bedienung. Ein solches Gespräch sollte man nicht beim Essen führen, dachte Luc aufgebracht. Viel zu viele Störungen. Da konnte kein Mensch klar denken.

»Ich nehm' die Quiche und eine große Flasche Wasser«. Er hatte sich zuvor doch für etwas anderes entschieden, aber er wusste nicht mehr wofür.

»Welche Quiche möchten sie denn, die mit Gemüse oder die Quiche Lorraine mit Schinken und Speckwürfelchen?«

»Die Vegetarische.«

»Und als Vorspeise?«

»Einen kleinen grünen Salat.« Er musste durchatmen. »Bitte«, sagte er dann.

Isabelle warf ihm einen besorgten Blick zu.

»Für mich bitte die Quiche Lorraine«, sagte sie und halb an Luc gerichtet. »Die hat meine Mutter immer gebacken.«

»Was ist mit deiner Mutter?«

Aber Isabelle musste sich noch für einen Salat entscheiden. Sie schien es nicht besonders eilig zu haben. Dann, endlich, zog die Blonde davon.

»Weißt du noch«, fing Isabelle wieder an, »damals wollte Andrea alle Frauen der Gegend aufrufen, freiwillig eine DNA-Probe abzugeben.«

»Die Ermittler hielten das aber nicht für sinnvoll.«

»Niemand hielt das für sinnvoll, aber Mama wäre jetzt viel Aufregung erspart geblieben.«

»Ist das denn sicher, ich meine, dass die DNA von ihr ist?«

»Offenbar schon.«

»Wie sind die darauf gekommen?«

»Das ist ja das Schlimme daran. Sie hat vor ein paar Monaten eine DNA-Probe abgegeben, freiwillig. Im Zusammenhang mit einem Einbruch bei der Firma, wo sie arbeitet. In der Folge kam es dort zu Nötigung und Erpressung. Einer der Direktoren soll sogar entführt und misshandelt worden sein. Sie hat mir nichts davon erzählt. Sie fand das irgendwie peinlich. Der Fall ist immer noch nicht aufgeklärt.«

»Und was hat das jetzt mit uns zu tun?«

Isabelle zuckte die Schultern. »Da muss irgendjemand eine Verbindung zum Fall Anouk hergestellt haben. Das DNA-Profil wurde wohl verglichen mit anderen Profilen, offenbar auch mit solchen in ungelösten Fällen.«

»Geht das? Das ist doch nicht legal oder?«

»Offenbar schon. Wenn ich es richtig verstanden habe, bleiben die DNA-Profile von Verdächtigen in einer zentralen Datenbank, bis ein Fall gelöst ist. Und solange ein Profil in der Datenbank ist, kann es mit anderen verglichen werden. Das sei doch kein Problem, sagten sie meiner Mutter. Wer nichts verbrochen hat, muss nichts befürchten.«

»Und jetzt?«

»Sie haben sie befragt. Wie sie sich erklären könne, dass auf der Babytrage des verschwundenen Kindes ihre DNA gefunden worden sei.«

»Und was hat sie gesagt.«

»Mama hat zum Glück ein gutes Gedächtnis. Sie sagte, es sei überhaupt nicht erstaunlich, dass da ihre DNA drauf sei.«

Isabelle hielt inne. Der Salat wurde gebracht.

»Ich erinnere mich auch sehr gut daran. Als ich damals von der Bushaltestelle zurück ins Dorf kam, habe ich meine Mutter angetroffen. Sie wollte zur Épicerie. Wir haben ein wenig geschwatzt und da machte Anouk hinter meinem Rücken ein Bäuerchen und spuckte auf den Stoff der Trage. Weißt du noch, das hat sie nach dem Frühstück oft gemacht. Mama nahm ihr Taschentuch heraus und wischte den Fleck weg.«

»Daran hat sie sich nach zwanzig Jahren noch erinnert?«

»Wir erinnern uns beide daran. Weil wir uns darüber so amüsiert haben. Meine Mama hat nämlich zuerst ihr Taschentuch ein wenig befeuchtet, bevor sie den Stoff der Trage damit abwischte. Das macht sie immer, wenn sie etwas wegputzen will. Sie befeuchtet das Taschentuch an ihrer Zunge.«

Isabelle grinste ungeniert. »Früher machte sie das

auch, wenn sie mir einen Fleck aus dem Gesicht reiben wollte.«

Luc verzog den Mund. Er erinnerte sich unangenehm berührt, dass seine Mutter das auch so gemacht hatte, als er klein war.

»Da musste ich natürlich die Empörte spielen. Bist du wahnsinnig! Wenn Andrea das erfährt! Du könntest eine Seuche übertragen. Wir haben uns amüsiert wie ungezogene Gören.«

»Steht das in einem alten Verhörprotokoll?« Er wollte sich nicht schon wieder auf Andreas Kosten lustig machen.

»Das von der Spucke vielleicht nicht. Aber dass ich meine Mutter angetroffen habe, bestimmt. Da bin ich mir sicher. Die haben damals noch die kleinste Kleinigkeit aus mir herausgequetscht. Gegen Mama liegt jedenfalls nichts vor. Sie konnte gleich wieder nach Hause gehen.«

»Dann ist ja alles in Ordnung.« Luc fühlte sich erleichtert.

»Hast du eine Ahnung!« Sie funkelte ihn an. Warum schienen ihre Augen grüner, wenn sie wütend war? »Im Dorf wird man sich fragen, wie die DNA von Anna Morin in eine Datenbank der Polizei gerät. Du weißt ja, dass dort unten nichts privat bleibt.«

Sie spießte ein Salatblatt auf die Gabel, als wäre es schuld am Unglück ihrer Mutter. Luc glaubte, die Stiche selber zu spüren. Er war schuld.

»Das tut mir leid«, sagte er.

»Glaubst du, dass Andrea jemals aufhören wird, auf weitere Nachforschungen zu drängen?«

Er seufzte. »Ich weiß nicht. Sie hat ihr Leben diesen Nachforschungen gewidmet.«

»Aber einmal muss ihr doch der Stoff ausgehen. Oder nicht?«

Er seufzte noch einmal. »Das habe ich auch gedacht. Schon als René gefasst wurde, dachte ich, dass alle Fragen beantwortet seien. Und das ist ja doch ein paar Jahre her.«

»Sechzehn«, sagte Isabelle, ohne nachzudenken. »Seither heiße ich Gerber.«

»Deshalb?«, fragte er verwirrt.

Sie nickte. »Das hat doch damals hohe Wellen geschlagen. Sogar in der Schweiz machte es Schlagzeilen. Verdächtiger im Fall Anouk gefasst. Wird das rätselhafte Verschwinden der kleinen Anouk endlich geklärt? Und schon war ich wieder interessant, als wäre alles gestern passiert. Eines Morgens, als ich zur Uni ging, sah mir die Großmutter vom Fenster aus nach und bemerkte einen Fotografen, der mich von der anderen Straßenseite aus fotografierte. Sie rief sofort die Polizei. Und da kam das ins Rollen mit der veränderten Identität.«

»Was hatte er eigentlich ausgefressen? Wir haben nur erfahren, dass er nichts mit der Sache zu tun hatte.«

»Es war wohl ein Zufall, dass er genau an dem Tag abgehauen ist, als Anouk verschwand. Vermutlich hatte er etwas angestellt. Das weiß ich nicht. Er plünderte sein Bankkonto, klaute irgendwo ein altes Motorrad und fuhr mit einem Freund auf dem Sozius nach Italien. Dort scheint er sich irgendwie durchgeschlagen zu haben. Als er gefasst wurde, ging es um einen Scheckbetrug. Der Kollege von damals hat bestätigt, dass sie zum Zeitpunkt, an dem Anouk verschwand, schon unterwegs nach Italien waren. Irgendwie konnten sie das beweisen.«

»Weißt du, was aus ihm geworden ist?«

»René? Ich glaube, er hat sich einigermaßen gefangen. Er lebt in Valence. Hat Familie. Ich habe ihn einmal dort in einem Supermarkt angetroffen. Er hatte zwei kleine Kinder dabei. Er behauptete, er habe von der affaire Anouk damals nichts mitbekommen. Sonst hätte er sich natürlich sofort gemeldet. Das sei ja eine schreckliche Geschichte.«

»Glaubst du ihm das?«

Sie lachte ein wenig bitter. »In dieser Geschichte glaubt man am besten niemandem. Oder?«

Er überlegte sich die Antwort. »Vielleicht hast du recht. Aber es wäre für uns ein Segen gewesen, wenn er sich damals gemeldet hätte. Als Jahre später die Nachricht kam, dass er festgenommen wurde, war Andrea überzeugt, dass ein Durchbruch bevorstehe.

Sie hat Kleider und Spielsachen für ein fünfjähriges Kind eingekauft.«

»Das ist nicht wahr«, sagte Isabelle.

»Für sie lebt Anouk irgendwo in einer Parallelwelt. Sie weiß jederzeit, wie alt sie ist und wie sie aussehen könnte. Sie wird die Hoffnung nie aufgeben. Sie ist ganz sicher, dass sie Anouk eines Tages finden wird.«

»Das könnte doch sein. Oder nicht?«

»Nein.« Er schüttelte entschieden den Kopf. »Das kann nicht sein. Wo sollte man jetzt noch eine Spur finden? Der Fall Anouk wird nicht gelöst werden. Es sind doch alle Fragen beantwortet.«

»Die letzte Frage ist noch nicht beantwortet. So lange kann die Geschichte nicht aufhören.«

»Was ist denn die letzte Frage?«

»Frag Andrea!«

Die Maus räumte die Salatteller ab.

»Du hast recht«, fing Luc wieder an, als die Frau gegangen war. »Andrea wird weitersuchen, solange sie lebt. Sie schreibt sogar an einem Buch über diese Geschichte. Zusammen mit irgendeinem Reporter aus der Regenbogenpresse. Ist das nicht schrecklich?«

»Ist es schlimm, ein Buch zu schreiben?« Sie lachte. »Du hast doch auch wieder eines geschrieben.«

»Und du, schreibst du noch?«

Es war ihm herausgerutscht. Er wollte einfach nicht über sich selber reden. Nicht heute Abend.

»Ich träume davon. Aber ich habe nicht genug Zeit.«

Er sah sie zweifelnd an. Ganz der Lehrer für kreatives Schreiben.

»Für ein Gedicht reicht es doch immer. Oder für eine kurze Geschichte.«

Sie lächelte, als hätte er sie ertappt.

»In den Ferien probiere ich das manchmal. Aber irgendwann möchte ich einen richtigen Roman schreiben, nach allen Regeln der Kunst, wie Luc Dubois sie lehrt. Wenigstens habe ich alle Bücher darüber gelesen.«

»Das brauchst du doch nicht. Du wusstest schon mit siebzehn, wie man einen verdammt guten Roman schreibt. Es ist schade, wenn du nicht trainierst. Du bist ein großes Talent.«

»Ja«, sagte sie unerwartet ernst. »Ich weiß, das hast du mir viele Male gesagt. Sogar schriftlich hast du mir das gegeben.«

Was meinte sie?

»Weißt du nicht mehr? Du hast deine Kritik immer mit der Füllfeder unter meine Texte geschrieben. Mit einer persönlichen Anrede, wie in einem Brief, und mit Datum und Uhrzeit.«

»Stimmt. Das war vielleicht ungewöhnlich. Ich wollte nicht so unpersönlich sein, wie ein Literaturkritiker. Ich dachte damals, es gefällt dir.«

»Es hat mir sehr gefallen. Ich habe alle deine

Kommentare aufbewahrt. Sie waren immer sehr einfühlsam, scharfsichtig, konstruktiv. Und genau.«

War das ein Lob? Oder machte sie sich über ihn lustig?

Die blonde Maus brachte zwei Teller und huschte wieder fort. Ein Duft von Gemüse und Gewürzen. Isabelle beachtete es nicht.

»Das Gedicht«, sagte sie. »Erinnerst du dich?«

Er schluckte. In seinem Hals saß ein harter Kloß, ein kleiner Felsbrocken. Als hätte er all die Jahre dort gesessen. Jetzt musste er sich räuspern.

Welches Gedicht, wollte er fragen, aber seine Stimme versagte. Er brachte keinen Ton heraus.

»Du weißt schon, welches ich meine.« Sie konnte seine Gedanken lesen. »Es war ein Liebesgedicht«.

»Ja«, die Stimme war da. Sie streikt, wenn ich lügen will, dachte er. »Es war ausgezeichnet, ein perfektes Gedicht, ein Kleinod.«

»Ich weiß. Das hast du darunter geschrieben. Mit Datum und Uhrzeit. An jenem Morgen hast du in deinem Arbeitszimmer ein Gedicht von mir gelesen, bevor du Anouk aus dem Kinderwagen nahmst und mit ihr weggegangen bist.«

Er war verwirrt, was sollte das jetzt?

»Aber das war nicht ich. Das hast du nur gemeint.«

Sie schüttelte den Kopf. »Du hast Anouk aus dem Wagen genommen und in den Rucksack gesetzt. Ich habe dir vom Küchenfenster aus zugeschaut. Du hast mich gesehen und mir zugewinkt. Ich winkte zurück und du bist mit dem Kind auf dem Rücken weggegangen.«

Wollte sie wieder von vorne anfangen, alles noch einmal durchkauen? Das konnte sie haben, vielleicht brauchte sie das. Jetzt machte es ihm nichts mehr aus. Im Gegenteil. Jetzt war es ungefährlich.

»Das sagtest du bei den ersten Befragungen. Aber du hast mich verwechselt. Weil du deine Brille ...«

Sie unterbrach ihn, plötzlich aufgebracht. »Glaubst du das, hast du das je geglaubt? Wir waren so vertraut in jenen Tagen.« Sie brach ab und fuhr dann leise fort: »Ich war damals schrecklich verliebt in dich. Hast du das etwa nicht gemerkt?«

Nein, wollte er sagen, das habe ich nicht gemerkt. Aber warum sollte er jetzt noch lügen? Das Gedicht, er hatte all die Jahre nicht daran gedacht. Wie konnte das sein, wo war diese Erinnerung hingeraten, und wo kam sie jetzt her? Das kleine Gedicht, das sie ihm am Tag zuvor gegeben hatte. Er hatte den Wortlaut nicht mehr im Kopf, aber der Inhalt war ihm seltsam präsent. Es war ein Liebesgedicht. Leseprobe, hatte sie es betitelt. Und es handelte von einem Paar, das Texte tauscht, wie andere Paare Liebesbriefe tauschen. Und im Gedicht sagte die Frau, dass das nicht genug sei, dass einmal mehr kommen müsse. Sag mir, was du darüber denkst, hatte sie von Hand darunter geschrieben. Eine doppeldeutige Frage. Eine gute Tarnung, aber im Grunde leicht zu durchschauen. Und eine Falle, wenn er sorglos hineintappte. Aber er tappte nicht hinein. Er war nicht so dumm gewesen, ihr schriftlich mitzuteilen, was er darüber dachte. Das wusste er noch. Er fand, dass er so schon genug Probleme hatte. Seit er aus den Frühjahrsferien zurückgekommen war, schickte Isabelle ihm regelmäßig ihre Texte zum Korrigieren. Eigentlich war es ganz normal, dass Andrea sich dafür interessierte und wissen wollte, was sie schrieb. Aber er ließ sie nie etwas lesen. Auch nicht die harmlosen Begleitbriefe, in welchen Isabelle von ihren Prüfungsvorbereitungen erzählte und von den Leuten im Dorf. Er tat damit extra geheimnisvoll, um Andrea zu ärgern. Er habe Isabelle versprochen, dass er ihre Texte niemandem weitergeben würde. Daran wolle er sich halten. Andrea hatte das zunehmend beunruhigt. Und das war nicht verwunderlich. Es war ja beabsichtigt. Vermutlich wusste, ahnte oder fürchtete Andrea schon damals, was er sich nicht eingestand, dass es nur Anouk war, die ihre Ehe noch zusammenhielt. Mit jedem Brief von Isabelle wurden Andreas Bemerkungen spitzer. Irgendwann wurde aus ihren giftigen Bemerkungen und seinen eingeübt beruhigenden Antworten – es sind ja bloß literarische Fingerübungen – eine Szene. Und mit jedem neuen Brief nahm die Heftigkeit dieser Szenen ein wenig zu, so wie die Kraft eines Muskels größer wird, wenn man ihn regelmäßig trainiert. Mit der Zeit verging ihm der Spaß an dem Spiel. Er fand den Zustand schwer zu ertragen und wollte ihn beenden. Aber da war es schon zu spät. Sie konnten beide nicht mehr zurück. Er fühlte sich unglücklich. Dabei hatten die echten Probleme, die wirklichen Nöte damals noch gar nicht begonnen. Das war nur ein Regen gewesen vor der großen Sintflut, ein Beben vor der Apokalypse.

»Es gefällt mir sehr, hast du unter mein Gedicht geschrieben. Es drückt etwas aus, das ich auch empfinde. Lass uns heute Nachmittag darüber sprechen.«

Wirklich? Hatte er das geschrieben? Eine gekonnt doppeldeutige Antwort auf eine zweideutige Frage.

»Hast du es auswendig gelernt?«

Sie nickte. »Es geht noch weiter. Ich habe es immer wieder gelesen.«

»Wirklich? Was stand denn noch da?«

Sie machte eine Pause, als müsste sie sich sammeln, als käme es darauf an, in dieser Geschichte die Pointe präzis zu formulieren.

»Da steht: Jetzt muss ich los und mit Anouk meinen Spaziergang machen. Und darunter: 24. Juli 1998, 10.22 Uhr.«

Sie sah ihm genau in die Augen und hielt sie fest. »Und dann, als du das geschrieben hattest, gingst du in den Garten hinaus. Ich war in der Küche. Du hast mir zugewinkt, mit dem Umschlag, demonstrativ, und hast ihn in den Kinderwagen gelegt. Erinnerst du dich?«

»Ja«, sagte er automatisch. Dann wurde ihm klar, was das bedeutete. »Nein«, sagte er, »das war nicht ich.«

Aber sie tat, als hätte sie es nicht gehört, und fuhr mit leiser Stimme, langsam und deutlich fort, in dem Ton, in welchem man einem begriffsstutzigen Menschen einen logischen Zusammenhang erklärt.

»Ein Mann, dessen Gesicht ich nicht erkennen konnte, weil ich keine Brille trug, der aber aussah wie Luc Dubois und sich bewegte wie Luc Dubois und Kleider trug, die zu Luc Dubois passten, dieser Mann winkte mir zu, legte einen Briefumschlag in den Kinderwagen, nahm das Kind heraus, setzte es geübt in die Babytrage, was bekanntlich nicht ganz einfach ist, wenn das Kind vor Freude zappelt, setzte die Trage auf den Gartentisch, wie es Luc Dubois immer tat, ging in die Knie, hievte sich dieses grüne Ding auf den Rücken und ging fort. Nach links, Richtung Saint-Boniface.«

Er wollte sie unterbrechen. Fang bitte nicht noch einmal von vorne an, wollte er sagen. Aber sie schnitt ihm das Wort ab.

»Der Umschlag lag im Wagen. Die Uhrzeit stand unter dem Kommentar. Willst du behaupten, dass Jean-Paul den eleganten Kommentar zu meinem

Gedicht geschrieben hat, oder der große Unbekannte, den niemand kennt?«

Wieder brach der Fels unter ihm ab, er verlor den Halt unter den Füßen, rutschte. Sie hatte es gewusst. All die Jahre, während er glaubte, sie sei verunsichert, verwirrt, wage es nicht, seine Behauptung anzuzweifeln, hatte sie es gewusst. Sie hatte es schriftlich. Sollten ihr je Zweifel gekommen sein, konnte sie es nachlesen, wie am Ende eines Romans.

»Erzähl mir von Anouk«, sagte sie mit veränderter Stimme. »Wo ist sie? Wie geht es ihr?«

Gut, dachte er, jetzt werde ich es erzählen. Jetzt werde ich es endlich erzählen. Er hatte es so lange mit sich herumgetragen, verborgen unter Arbeitswut, Erfolg und Depression wie unter einem immergrünen Blätterdach. Jetzt musste es heraus. Sonst würde etwas in ihm zerspringen und er würde an der Geschichte ersticken. Aber er musste seine Worte sorgfältig wählen, jeden Satz prüfen, bevor er ihn aussprach. Der Ausgangspunkt, die Bedingungen, die Folgen. Die Geschichte wollte eine Form bekommen, einen Anfang, eine Mitte und einen Schluss.

14

Er stand in der Küche und sah durchs Fenster, wie die Frauen davongingen. Isabelle trug Anouk in der Trage auf dem Rücken. Sie lief voran, öffnete das Gartentor und ließ Andrea hindurchgehen. Dann schloss sie das Türchen gewissenhaft, schaute noch einmal zu ihm herauf, hob flüchtig die Hand und folgte Andrea. Durchs weit offene Fenster hörte er noch eine Weile Andreas Stimme. Sie kam in heftigen Stößen, abgehackt und kurzatmig. Er verstand nicht, was sie sagte, aber er konnte es sich denken. Allmählich wurde es leiser. Aus der Ferne klang es wie das angstvolle Bellen eines kleinen Hundes, der vor dem Laden angebunden allein bleiben muss. Es machte ihn nervös, dass sie so viel redete, wo sie sichtlich nicht mit Isabelle Schritt halten konnte. Sie wollte wohl den Bus verpassen.

Nachdem die Frauen aus seinem Sichtfeld verschwunden und Andreas Beschwörungen verklungen waren, trank er in der Küche einen Kaffee. Er atmete tief ein, als läge ein freier Tag vor ihm. Mit der Tasse in der Hand stand er am Küchenfenster und blickte in den Garten hinab. Das Gartentor aus rostigem Schmiedeeisen hing ein wenig schief in den Angeln. Andrea lag ihm in den Ohren, dass er es reparieren müsse. Wenn man es arglos aufstieß und die Klinke losließ, schwang es unverhofft in den Garten hinein und knallte gegen den verdorrten Kirschbaum, der keinen anderen Daseinszweck mehr hatte, als dieses Tor aufzuhalten, wenn es zu schwungvoll aufgestoßen wurde. Auch der Kirschbaum war Andrea ein ständiges Ärgernis. Sie fand, dass er wegmüsse. Ein verdorrtes Gerippe im Garten. Was sollten die Leute denken. Die Dorfbewohner kritisierten gerne die Fremden, schimpften über verwilderte Gärten und defekte Zäune. Und ein Kirschbaum auf dieser Höhe, fast schon in den Bergen, war ohnehin hoffnungslos. Darauf konnten nur diese Deutschen kommen. Oder allenfalls noch die Belgier. Keine Ahnung von der einheimischen Vegetation. Dass die Oberholzers aus der Schweiz kamen und den Baum gar nicht gepflanzt hatten, spielte keine Rolle. Sie sollten ihn jetzt einfach entfernen. Aber wer würde dann das ungestüme Gartentor bremsen, wenn der Kirschbaum fort wäre? Luc hatte nicht vor, das Tor zu reparieren. Er wusste gar nicht, wie er das anstellen könnte. Und er fand, dass es so genau richtig war. Er seufzte ein wenig. Andrea und er hatten nicht den gleichen Geschmack, das zeigte sich immer deutlicher. Sei's drum. Er hatte anderes zu tun.

Er ging durch den Garten hinüber in sein Arbeitszimmer. Er hoffte inständig, dass Andrea den Bus erreicht hatte. Wenn nicht, wäre hier gleich der Teufel los. Dabei musste er arbeiten. Er schrieb an einem Artikel über den Wasserfall an der Flanke des Saint-

Boniface, eine Mischung aus Forschungsbericht und Fiktion. Er hatte auch für solche Gelegenheiten eine Methode entwickelt. Ein erfundener Student oder Tourist, meist jedenfalls ein jüngerer Mann mit einem nicht zu großen persönlichen Problem, vielleicht eine verlorene Brieftasche, ein vergessener Geburtstag oder ein nahender Prüfungstermin, machte einen Spaziergang im Wald, hörte die einheimischen Vögel zwitschern und rufen, wurde von irgendwelchen Insekten gestochen, kam womöglich vom Weg ab und stieß unversehens auf den Wasserfall. Er war beeindruckt von dem unverhofften Naturschauspiel und ließ sich gerne davon von seinem Problem ablenken. Der fiktive Mann entdeckte seinen Forschergeist, schlug den Wasserfall in Archiven und Bibliotheken nach, suchte im Internet und sprach mit realen Wissenschaftlern und Ortsansässigen. Als naturwissenschaftlich interessierter Mensch konnte er auch die zwitschernden Vögel und die blutsaugenden Insekten genauer identifizieren. Der naturwissenschaftlich interessierte Laie, für dessen Lieblingszeitschriften Luc Dubois seine Artikel schrieb, erfuhr so auf unterhaltsame Weise viel Wissenswertes über ein Naturschauspiel und die Gegend, in welcher es sich befand. Luc hatte dieses Muster zwar nicht erfunden, aber er benutzte es regelmäßig und es lag ihm irgendwie. Inzwischen war es sein Markenzeichen. Und eine Garantie für Erfolg. Auch an diesem Tag kam er gut voran mit dem Artikel. Ein paar Fragen waren allerdings noch zu klären. Die Fakten mussten stimmen, wenn die Fiktion glaubwürdig sein sollte. Er musste noch einmal am Fuß des Wasserfalls, am Rand des kreisrunden Beckens stehen, von dort hinaufschauen, wie der Strahl über die Felskante schoss, auf den Steinen aufgeschürft und zerfasert wurde und fast nur noch Staub war, bevor er beinahe sanft ins Becken herabfiel. Das wollte er am Nachmittag tun, wenn Anouk ihr Mittagsschläfchen machte. Vielleicht blieb sogar Zeit, um über den gewundenen Pfad zum Kamm hinauf zu steigen und über das Gipfelkreuz zurückzuwandern. Er hatte das lange nicht getan. Wenn er sich ein wenig beeilte, wäre er rechtzeitig wieder da, um Isabelle abzulösen und sich selber um Anouk zu kümmern, bis Andrea nach Hause kam.

Er sah auf die Uhr. Es war fast zehn. Bestimmt war Isabelle mit Anouk schon lange zurück. Und Andrea hatte den Bus erreicht. Sonst hätte er sie gehört. Es war Zeit, dass er seinen Morgenspaziergang mit Anouk machte. Auf dieses Ritual wollte er nicht verzichten. Aber dann fiel ihm ein, dass Isabelle von ihm einen Kommentar zu ihrem Gedicht erwartete. Sie hatte es ihm am Tag zuvor gegeben. Mit einem etwas verschämten Lächeln. Er hatte sich nichts dabei gedacht. Isabelle schrieb nur heimlich und zeigte ihre Texte niemandem. Er war der Einzige, der manchmal etwas von ihr lesen durfte. Er ermutigte sie nach Kräften, ihre Texte zu zeigen, zu ihnen zu stehen, denn sie waren wirklich gut. Aber sie war nicht überzeugt. Sie beschwor ihn immer wieder, niemandem von ihrer Leidenschaft für das Schreiben zu erzählen. Es wäre ihr peinlich, wenn jemand davon erführe. Aber dann, als er das Gedicht zweimal gelesen hatte, war er nicht mehr so sicher, ob das Lächeln von gestern das übliche verschämte Lächeln der noch unsicheren Künstlerin gewesen war, die fürchtete, dass eine Kritik ihren Traum für immer zerstören könnte. Nein, sagte er sich. Da ist noch etwas anderes. Eigentlich war es ziemlich eindeutig, auch wenn sie mit ihrer Aufforderung, sag mir, was du darüber denkst, so harmlos daher kam. Und traf es sich nicht gut? Andrea war nicht da.

Es gefällt mir sehr, schrieb er also darunter. Es drückt etwas aus, das ich auch empfinde. Lass uns heute Nachmittag darüber sprechen. Jetzt muss ich meinen Spaziergang mit Anouk machen. Und gewohnheitsmäßig, setzte er das Datum und die genaue Uhrzeit dazu.

»Irgendwie fand ich das mit der Uhrzeit originell. Es gab so einer hingeworfenen Notiz einen Anstrich von Ernst und Sorgfalt.«

Er grinste hilflos. Isabelle saß nur da, das Weinglas in der Hand und wartete.

Er steckte das Gedicht zurück in den Briefumschlag, in welchem er es erhalten hatte. Es war ein großer grauer Umschlag, in welchen man so ein Blatt hineinschieben konnte, ohne es zu falten. Isabelle hatte wie immer ein handgroßes Fragezeichen darauf gemalt. Und wie immer strich er es durch und setzte drei Ausrufezeichen daneben, jedes so lang wie ein neuer Bleistift. So kindisch war er damals.

Dann ging er hinaus in den Garten. Das Haus hatte zwei Ausgänge - oder zwei Eingänge. Einer führte in die Küche, der andere in sein Arbeitszimmer. Im Sommer, wenn sie da waren, standen am Tag beide Türen offen. Und alle Fenster sowieso.

»Ich ging mit dem Umschlag in den Garten«, fing er an. »Anouk lag im Wagen. Wie jeden Morgen«.

Andrea legte das Kind immer dort ab, wenn es nach dem Frühstück noch einmal eingeschlafen war. Und wenn es dann wieder aufwachte, machte er mit ihm einen Spaziergang, damit Andrea ihre überfälligen Berichte für die Schule schreiben konnte.

»Sie musste eben aufgewacht sein. Sie zappelte und versuchte, sich aufzusetzen. Sie lachte, als sie mich sah.«

Sie strahlte, strampelte und gluckste, als sie ihn entdeckte. Nie wieder würde ihn jemand so anstrahlen, so bedingungslos, zahnlos und begeistert von seinem Anblick. Hast du ausgeschlafen? Anouk streckte die Hände nach ihm aus. Er legte den Briefumschlag in den Wagen, fasste die kleinen Hände und half Anouk, sich aufzusetzen.

»Sie trug noch den Schlafanzug.«

Isabelle nickte. »Den weißen Body.«

Dieser weiße Body, den er danach so oft in den Zeitungen abgebildet gesehen hatte. Slaap lecker. Er dachte, dass er genügen würde. Es begann schon wieder, heiß zu werden. Die Windel schien frisch zu sein. Er konnte gleich mit seinem Kind losgehen.

»Ich sah dich am Küchenfenster stehen. Und habe dir zugewinkt.«

»Mit dem Umschlag.«

Er hatte den Brief aus dem Wagen genommen und winkte Isabelle damit. Dann legte er ihn mit einer langsamen und überdeutlichen Bewegung zurück ans Fußende des Wagens. Anouk zappelte und quietschte. Sie wollte los. Die Babytrage stand neben dem Kinderwagen im Gras. Er hob das Kind aus dem Wagen und setzte es in den Tragesitz, stemmte den Sitz auf den hölzernen Gartentisch, ging ein wenig in die Knie und schlüpfte in die Gurte.

»Dann setzte ich Anouk in die Trage und ging los.«

So einfach. Er setzte Anouk in die Trage und ging los. Wie jeden Tag. Anouk krähte und strampelte. Sie wurde gerne von ihm spazieren getragen. Aber sie war schwer geworden. Sein Kind gedieh prächtig. Bald würde er es nicht mehr weit auf dem Rücken tragen können.

»Es war ein so ein schöner Morgen.«

Seit Tagen war alles so gewesen, wie es im Sommer

hier unten sein musste. Sonnenschein, Hitze, Zikadengesang und das ewige Gurren der Wildtauben. Die Sonnenblumen drehten tellergroße Blüten nach dem Licht, in den ungemähten Wiesen blühten Orchideen, während donnernde Mähdrescher wie ausgehungerte Ungeheuer die Weizenfelder abfraßen. Abends rief vom Wald her ein Käuzchen, als wäre es aus einer Geisterbahn entflogen und fände den Heimweg nicht mehr, und in der Nacht hörte man aus den Tiefen des Gartens ein Knurren und Schmatzen. Eine Kröte fraß einen Wurm. In der letzten Nacht hatte ein schwacher Mistral eingesetzt und wehte jetzt angenehm kühl über die aufgeheizte Welt und die Körper der Menschen.

»Ich wollte den gleichen Weg nehmen wie jeden Morgen. Den Spazierweg zum Friedhof hinauf und dann durchs Dorf zurück. Aber dann bin ich doch ein Stück weiter zum Boniface hinaufgegangen.«

»Das war doch verboten«, sagte Isabelle.

»Ein Stück, bis zum Waldrand hinauf, ist ja sogar Andrea mit Anouk gegangen. Den Picknickplatz kannte sie doch.«

Aber wenn der Weg anfing, steil zu werden, durfte er nicht weiter. Das hatte er seiner Frau hundertmal versprechen müssen. Im Wald oben wurde der Pfad schmal und steinig, schlängelte sich zwischen Gebüsch und Krüppeleichen aufwärts. Da könnte Anouk sich verletzen, wenn ein zurückschnellender

Ast ihr ins Gesicht schlug. Andrea sah es ohnehin nicht gern, wenn er das Kind in der Rückentrage herumtrug. Da siehst du sie ja nicht. Sie kann einschlafen und du merkst es nicht. Oder du kannst sie irgendwo anstoßen, wenn du dich umdrehst. Sie selber benutzte ein Tragetuch, in welchem sie Anouk an der Brust oder auf der Hüfte tragen konnte. So sehe ich, wie es ihr geht. Wenn also Luc die Trage benutzte, dann musste er unbedingt vorsichtig sein. Und auf keinen Fall durfte er in die Berge gehen, zum Gipfelkreuz hinauf oder zum Wasserfall. Er könnte ja einmal stolpern.

»Es war ein so schöner Tag«, sagte er noch einmal, »und ich war so lange nicht oben gewesen. Ich konnte einfach nicht umkehren.«

Es war immer das Erste, was sie taten, wenn sie wieder da waren. Am Morgen nach der Ankunft stiegen sie auf den Hausberg, ganz hinauf bis zum Gipfelkreuz, rüttelten am Türgriff der Kapelle, die natürlich verschlossen war wie im Vorjahr und bei allen Versuchen davor, spähten durch die schmutzige Scheibe des einzigen Fensterchens in den dunklen Raum hinein, als ob sie prüfen müssten, ob der heilige Boniface seine segnenden Hände immer noch erhoben hatte oder ob er endlich doch einmal müde geworden war und sich mit dem süßlichen Lächeln, tout sucre, tout miel, auf den wie mit Lippenstift nachgezogenen rosaroten Lippen begnügte. Dann gingen sie durch den Wald, bis sie den Wasserfall rauschen hörten, stiegen steil hinab und kamen Stunden später zufrieden zurück. So war es immer gewesen. Es war ein Ritual, das ihn mit dieser Landschaft verband und mit seinem Haus. Und mit dem heiligen Boniface, der ja vielleicht auch die Fremden ein wenig beschützte.

Aber in diesem Jahr waren sie nicht hinaufgestiegen. Natürlich nicht. Andrea hätte es nicht geschafft. Das war schlimm, aber sie sprachen nicht darüber. Sie taten so, als wäre dieser Berg ihnen ganz gleichgültig. Vielleicht war er deshalb nie alleine hinaufgegangen. Und mit Anouk durfte er es nicht.

»Ich wollte ja nicht weit. Nur bis zur Kanzel.«

Wenn man nach dem Picknickplatz im Wald ein Stück aufwärts ging, drei oder vier Kehren auf dem gewundenen Weg, dann kam man zu einer Abzweigung. Ein Trampelpfad führte weg vom Weg auf eine Felsnase hinaus. Darunter fiel der Hang schroff ab. Das war die Kanzel. Man konnte dort stehen, wie ein Pfarrer bei der Predigt in einer gigantischen Kirche, und statt über die Köpfe von Gläubigen über Baumwipfel und Felder bis zu den fernen Bergen sehen.

»Wenn ich den Picknickplatz damals schon gekannt hätte, wäre ich vielleicht gar nicht weiter gegangen. Vielleicht hätte ich mit Anouk von dort ein wenig übers Land geschaut.«

»Von der Kanzel aus ist der Blick aber viel schöner.«

Der Wind wehte ihm ins Gesicht, als er unter den Bäumen hervortrat. Der Himmel war makellos blau über den dunklen Wäldern, das Licht auf den weißen Felsen blendete ihn, und in grellem Kontrast glitt ein Schatten darüber hin. Er hob den Kopf.

»Da war ein Bussard in der Luft oder ein Milan.«

Schau, was für ein großer Vogel, sagte er zu dem Kind auf seinem Rücken. Er drehte den Kopf nach hinten, verlagerte sein Gewicht auf einen Fuß.

»Wir schauten nach oben. Anouk und ich.«

Und da brach unter ihm die Felskante ab, er verlor den Halt, den Boden unter seinen Füssen und rutschte den Abhang hinunter. Es war steil und steinig. Er kippte nach hinten und schlitterte abwärts, versuchte, sich zur Seite zu drehen, Halt zu finden, sich festzuklammern, rutschte in knirschendem Staub über Kanten und Buckel, Geröll polterte um ihn her.

»Und da brach die vordere Kante des Felsens ab und ich rutschte den Hang hinunter. Es war nichts Schlimmes, nur eine Rutschpartie. Aber –»

Er kam in niedrigem Gestrüpp zum Stillstand. Er lag auf der Seite, auf der rechten Seite, und lauschte, lauschte hinter sich, wo nichts sich regte. Es war nichts passiert. Er fühlte nirgendwo Schmerzen. Nur ein harmloser Abrutscher, wie er in diesen schroffen Bergen schon einmal vorkommt. Er war abgerutscht. Das war alles. Hatte sich nicht einmal wehgetan. Und das Kind auf seinem Rücken war in seinem gepolsterten Sitz einfach mitgerutscht.

Sind wir Rutschbahn gefahren, Anouk? Anouk weinte nicht. Das war ein gutes Zeichen. Aber sie gab auch keine Antwort. Sie rührte sich nicht. Sie war wohl sehr erschrocken. Vorsichtig löst er den Riemen vor der Brust, schlüpft aus den Tragegurten, richtet sich halb auf und dreht sich zu dem Kind herum. Er braucht es nicht herauszunehmen, nicht zu berühren, nicht abzutasten, kein Blut auf dem kleinen Körper zu suchen, nicht auf seinen Atem zu lauschen. Das Köpfchen hing ganz haltlos nach hinten, wie bei einem Neugeborenen und schlenkerte hin und her, als er nach einer Weile des verwunderten Staunens, des eiskalten gefühllosen Entsetzens, ungläubig am Alugestell des Tragsacks rüttelte.

»Anouk war tot. Sie hatte das Genick gebrochen.«

Isabelle rührte sich nicht, sah ihn nur an. Ein paar Schritte entfernt saßen fremde Menschen an den Tischen, aßen und tranken und redeten, lachten, riefen nach der Bedienung und unter einem Tisch kläffte ein kleiner Hund giftig auf, als einer der Stammgäste mit einem schönen Schäferhund an der Leine hereinkam. Aber sie beide schienen nichts davon zu merken. Sie saßen nur da, an ihrem Tisch in der Gaststube des Hotels zur Linde, aufrecht und reglos wie Unbekannte auf einer Fotografie.

»Und dann«, sagte Isabelle nach einer unbestimmten Weile. »Was hast du gemacht?«

Aber er hörte es nicht. Er kauerte dort unten am Steilhang und fühlte, wie ein Zittern seinen Körper erfasste, ein Zittern, das ein Beben wurde, ein Schütteln, ein Schlottern wie nackt im Schnee. Er hörte seine Zähne aufeinander klappern und biss sie zusammen, um sie zur Ruhe zu zwingen.

»Luc!« Isabelle legte eine Hand auf seinen Arm. Warm und lebendig. Die grünen Augen groß und nahe bei ihm. »Was hast du dann gemacht?«

»Ich weiß nicht«, sagte er ratlos. »Ich – ich wusste nicht, was tun.«

Gibt es irgendeinen Menschen auf der ganzen Welt, der weiß, was in dieser Situation zu tun ist?

15

Panik schnürte ihm die Brust zusammen, Atemnot, Herzrasen, Angst. Er musste zurück ins Dorf. Er musste Hilfe holen. Aber er hockte nur dort, auf den sonnenwarmen Steinen und starrte auf das Gebüsch, das seine Fahrt gebremst hatte, bis sein Herz langsamer schlug und nicht mehr so laut und er zum ersten Mal dachte, dass es am besten ganz zu schlagen aufhören sollte. Und als es dann doch weiter schlug, da hatte sich ein Gedanke in seinem Kopf festgesetzt und alle anderen verdrängt:

So konnte er nicht zurück. Er konnte Andrea das Kind nicht so bringen. Es war unmöglich, undenkbar, unfassbar. Sie hatte so viel auf sich genommen. Er durfte ihr das nicht antun.

Er hatte keinen Plan. Er konnte nicht denken. War ganz Wirrnis, ganz Sumpf.

Er nahm Anouk aus dem Tragsack, stützte das Köpfchen mit den Fingern beider Hände, blickte seinem Kind ins Gesicht. In die weit geöffneten blauen Augen. Dann legte er es sanft auf einen warmen flachen Stein zwischen niedrigen Krüppeleichen und noch verkrüppelteren Buchsbaumbüschen. Der Kopf rollte haltlos zur Seite. Er zog die Ersatzwindel aus dem Fach unter der Sitzfläche der Trage heraus und breitete sie aufgefaltet auf dem Stein aus. Der Nässeschutz knisterte leise, als er das Köpfchen darauflegte, aber jetzt fand es Halt und lag still. Er sah noch einmal in diese Augen, die immer noch verwundert dreinblickten, und strich dann die Lider zu. Er beugte sich über sein Kind, küsste es auf die Stirn und streichelte die warmen, weichen Händchen, die schlaff herabhingen. Tot. Er musste Hilfe holen.

Aber ich kann sie doch nicht hierlassen, ging es ihm durch den Kopf. Ein Tier könnte sie finden ... der Raubvogel könnte ... Er begann Steine herbeizutragen, legte sie rund um den kleinen Körper, schichtete Wände auf, einen kleinen Sarg ohne Boden und ohne Deckel. Auf der Suche nach Steinen fand er weiter unten am Hang eine einzelne Blume auf einem hohen Stängel, ein lilafarbener Stern. Er riss sie ab, der Stängel war zäh und kantig und schnitt ihm die Finger blutig. Er legte die Blume auf den schneeweißen Body. Von seinen Händen fiel ein roter Tropfen auf die Schrift. Slaap lekker. Dann suchte er das Taschenmesser in der Hosentasche. Hier in den Ferien hatte er immer eines dabei. Im Wald wusste man nie, wann man es brauchte. Er schnitt Zweige von den Buchsbäumen, grüne Büschel mit saftigen Blättchen, dicht und prall und grün und saftig wie das Leben selber, und legte sie wie ein Dach auf die Steinwände, die er um den kleinen Körper geschichtet hatte.

»Luc«, wieder Isabelles Hand auf seinem Arm, »was hast du mit Anouk gemacht?«

»Ich habe sie dort liegen lassen. Unter einer kleinen

Eiche. Ich habe sie zugedeckt. Mit grünen Zweigen ... Buchs ...«

Keine Raupen. Das kam später.

Sie wartete.

»Was hast du dir dabei gedacht?«

So würden sie das Kind finden und es der Mutter bringen. Er wusste nicht wer, die Männer eben, die nach Anouk suchen würden. Sie würden sie finden und nach Hause bringen, der Mutter zu Füssen legen. Andere würden das tun. Nicht er. Er würde einfach dort sein, die Mutter des Kindes in die Arme nehmen und mit ihr verzweifeln. Das hatte er sich wohl gedacht. Oder vielleicht hatte er es sich erst später so zurechtgelegt.

»Ich weiß nicht. Ich stand unter Schock.«

Noch tagelang, wochenlang dauerte diese innere Starre, diese Taubheit, während er sprach und herumging, sich an der Suche beteiligte, von der Polizei befragt wurde, Andrea beruhigte und darauf wartete, dass Anouk gefunden würde. Endlich gefunden würde.

»Du hast sie einfach dort liegen lassen?«

Er blickte nach oben, dorthin, wo er eben noch gestanden hatte mit der Babytrage auf dem Rücken. Dort war nichts Besonderes zu sehen. Kein Erdrutsch, keine Lawine schien sich dort gelöst zu haben, keine Katastrophe, die ihn und sein Leben und alles, was darin war und es zusammenhielt, mit sich fortriss wie eine Welle im Bach. Vielleicht war er zu weit entfernt, um die Stelle richtig zu sehen. Er war ein langes Stück den Steilhang hinuntergerutscht. Über sich sah er nur glatten Fels und lockere Steine. Da würde er nicht mehr hinaufkommen.

»Da war nur Geröll. Ich wäre nie hinaufgekommen.«

»Aber du bist doch zurückgekommen.«

Hangabwärts schien der Boden fester. Da wuchsen Büsche, Gestrüpp und kleine Eichen. Er suchte einen Weg nach unten. Einzelne Steine lösten sich und polterten abwärts, zeigten ihm den Weg oder hielten ihn auf, wenn er ins Rutschen geriet. Aber es dauerte gar nicht lange, bis er auf den Pfad stieß, der vom Wasserfall her kam und um den Berg herum zurück ins Dorf führte. Ob er überhaupt wusste, wo er war? Er erinnerte sich nicht. Nur dass er einem Weg folgte, wie im Traum, wie in Trance. Es war still im Wald und angenehm kühl. Er hörte den Bach rauschen und Vögel rufen, Elstern und Eichelhäher. Sie warnten vor ihm. Wie immer, wenn er durch den Wald ging. Mückenschwärme hingen zwischen den Bäumen, Rossmist lag auf dem Weg und einmal roch es unangenehm nach Fäulnis und Verwesung. Da wachte er auf, so wie man im Traum erwacht und doch weiter schläft, und merkte, dass er den Rucksack auf dem Rücken trug, das Alugestell mit dem Babysitz aus grünem Stoff mit winzigen gelben Sternchen. Er musste ihn sich aus Gewohnheit wieder angezogen haben. Er nahm ihn ab und schmiss ihn in den Bach, der hier nach seinem Sturz über die Felsen gurgelnd und brausend in einem tiefen Bett entlangzog. Das Ding brauchte er ja nicht mehr.

»Ja«, sagte er, »ich bin zurückgekommen. Ich weiß nicht wie.«

»Meine Mutter hat dich gesehen. Aber sie wohnt auf der anderen Seite des Dorfes. Nicht am Weg zum Saint-Boniface.«

»Ich habe eine Abkürzung genommen, die niemand kannte. Nicht einmal ich selber.«

Er verzog den Mund. Eine unbestimmte Grimasse, hängen geblieben auf dem Weg zu einem Lächeln.

Sie schien nicht zu verstehen.

»Ich bin nach dem Absturz direkt auf den Weg abgestiegen, der vom Fuß des Wasserfalls ins Dorf führt. Von da war es gar nicht mehr weit bis nach Hause.«

Anna hatte im Garten Himbeeren gepflückt. Sie hatte ihn gesehen. Sie rief ihm etwas zu und normalerweise wäre er stehen geblieben, um mit ihr ein wenig zu plaudern. Aber jetzt winkte er nur und ging vorbei. Er hätte zu ihr gehen, ihr alles erzählen, sie um Hilfe bitten können. Oder wenigstens telefonieren, fremde Hilfe herbeirufen, wie er es geplant hatte in seinem wirren Kopf. Aber es kam ihm gar nicht in den Sinn. Er musste nach Hause und dort Hilfe herbeirufen. So hatte er sich das ausgedacht und davon konnte er nicht abweichen. Es war der Gedanke, der einzige, den er gefasst hatte, wie ein Seil über einem Abgrund. Wenn er ihn losließ, würde er abstürzen. Er musste ins Haus gelangen und zum Telefon gehen. Und Andrea durfte es nicht merken. Das war das Wichtigste. Das beschäftigte ihn schon die ganze Zeit. Seit er die Trage weggeworfen hatte. Andrea durfte nichts merken. Er musste ins Haus und telefonieren. Und sich dann verstecken, bis sie das Kind brachten. Damit sie ihn nicht fragen konnte. Er wusste nicht, wie er das anstellen sollte. Eigentlich war es unmöglich. Aber was sollte er sonst tun? Er ging geradewegs nach Hause und hoffte einfach, dass sie ihn nicht sähe, wenn er durch den Garten ins Arbeitszimmer ging.

»Aber ...«, Isabelle suchte nach Worten, »das – das kann nicht sein.«

»Ich habe den Weg abgekürzt. Schau auf der Karte nach, von der Kanzel ist es nicht weit ...«

»Das meine ich nicht. Es kann nicht sein, dass ...«

Plötzlich schossen ihr Tränen in die Augen. Sie stützte die Ellenbogen auf den Tisch, presste die Handflächen aufeinander wie zum Gebet und legte die Zeigefinger an ihre Lippen. Dann entspannte sie sich ein wenig. Sie sprach leise und stockend, in kurzen Sätzen, wie jemand, der sich anstrengt, sich ganz genau zu erinnern.

»Ich war im Garten. Ich habe auf dich gewartet. Ich

machte mir Sorgen. Du warst schon viel länger fort, als an anderen Tagen. Ich saß am Gartentisch und las in der Zeitung. Ich habe nicht gehört, wie du hereinkamst. Das Tor meine ich, es schlug nicht auf. Du musst ganz leise hereingekommen sein. Ich bin beinahe erschrocken. Als ich dich bemerkte, ging ich dir entgegen. Nur ein paar Schritte. Und da ...« Sie sog Luft ein. Es klang wie ein Schluchzen. »Du hast gelacht!«

So war es. Er hatte gelacht.

16

Die mausgesichtige Serviererin machte sich am Nebentisch zu schaffen. Die Quichestücke, die vegetarische und die Quiche Lorraine, lagen unberührt auf den Tellern und mussten längst erkaltet sein. Die Frau blickte herüber.

»Bitte bringen Sie uns noch etwas von dem Wein«, sagte Luc, um sie zu verscheuchen.

Er hatte gelacht. Nie war es ihm gelungen, das zu vergessen. Nicht in zwanzig Jahren. Und Isabelle hatte es auch nicht vergessen. Und sie musste beinahe weinen, wenn sie jetzt daran dachte.

Er näherte sich dem Gartentor, wie ein Kind, das etwas angestellt hat, wünschte, dass er unsichtbar wäre. Am besten für immer. Leise öffnete er das Tor, hielt die Klinke fest, damit das Türchen nicht aufschlug und gegen den Kirschbaum knallte, und da kam ihm vom Haus her Isabelle entgegen.

Isabelle!

Nicht Andrea. Andrea war gar nicht da, war beim Zahnarzt in Valence. Sie würde erst am Abend zurück sein. Er hatte sich ganz umsonst solche Sorgen gemacht! Darüber war er so erleichtert, dass er lachen musste.

»Es war der Schock. Ich hatte solche Angst davor, Andrea zu begegnen. Und da kamst du und mir fiel wieder ein, dass Andrea in Valence war. Da musste ich lachen. Es war Zufall. Ich hätte auch weinen können. Aber ich habe gelacht. Verstehst du das nicht?«

Er hielt inne. Die Serviererin brachte den Wein.

»Hat es nicht geschmeckt?«, fragte sie mit einem Blick auf die unberührten Teller.

»Entschuldigen Sie«, sagte Isabelle. »Wir haben geredet. Bitte nehmen Sie es mit. Wir trinken noch etwas Wein.«

»Ich habe zuerst gar nicht bemerkt, dass du Anouk nicht bei dir hattest. Ich war so froh, dass du endlich da warst. Und als ich es merkte ...«

Sie konnte nicht weitersprechen, suchte ein Taschentuch.

Er hatte es nicht gewollt. Es war passiert. Weil auch sie in jenem Moment lächelte. Ein erleichtertes Lächeln. Und ein wenig vorwurfsvoll. Du warst lange weg. Ich habe mir Sorgen gemacht. Er wollte sie beruhigen. Sich selber beruhigen. Es war nichts geschehen. Ich war am Wasserfall. Es war so schön da unten im Wald.

»Da sagte ich, ich hätte Anouk nicht mitgenommen, ich sei beim Wasserfall gewesen.«

So war es. Das hatte er gesagt.

Sie schob das Taschentuch in ihren Ärmel.

»Aber warum? Warum hast du ...?«

Er wusste es nicht. Er hatte sich das so oft gefragt. Warum hatte er das gesagt? Diese Lüge hatte alles so viel schlimmer gemacht. Nicht nur für ihn. Egal, ob sofort ein Suchtrupp aufbrach, um das Kind an dem Ort zu holen, den er ihnen angab, oder ob er mit Isabelle hinaufrannte, um Anouk zu holen, ob sie Anna anriefen und sie um Hilfe baten oder Armand. Es hätte so viele Möglichkeiten gegeben. Er stand unter Schock, man hätte einen Arzt kommen lassen. Man hätte Andrea in Valence beim Zahnarzt abgeholt und ihr die Wahrheit gesagt. Diese Wahrheit, die zwanzig Jahre lang nur er kannte, die in ihm eingesperrt unsichtbar verrottete wie ein Leichnam im Sarg. Jetzt hatte er sie erzählt.

»Es war doch so logisch«, sagte er. »Ich kam vom Wasserfall her. Du wusstest, dass ich Andrea versprochen hatte, Anouk nicht dorthin mitzunehmen. Also konnte sie gar nicht bei mir sein.«

Er hatte es nicht geplant. Er wollte nicht verleugnen, was ihm, was seinem Kind geschehen war. Er wollte nur einfach nicht mit dem toten Kind auf den Armen seiner Frau gegenübertreten. War das so schwer zu verstehen? Und er hatte nicht daran gedacht, dass Andrea gar nicht da war. Als er dann Isabelle erblickte, statt Andrea, fühlte er sich so erleichtert, so froh, dass er einen Augenblick glaubte oder sich einbilden wollte, das Grässliche sei gar nicht geschehen. Und plötzlich war die Lüge in der Welt. Als Isabelle endlich bemerkte, dass er die Babytrage nicht auf dem Rücken trug, dass Anouk nicht bei ihm war, als er sah, wie ihr Gesicht starr wurde, wie etwas von der Angst, die er eben noch gespürt hatte, in ihren Augen wiederkehrte, da war es zu spät. Nein, er hatte Anouk nicht mitgenommen. Er war zum Wasserfall gegangen, da nahm er Anouk nie mit. Er wiederholte es in den kommenden Tagen so oft, dass er es bisweilen beinahe selber glaubte, dass er manchmal nicht mehr sicher wusste, ob es nicht wirklich so gewesen war. Es könnte doch so gewesen sein. Es musste einfach so gewesen sein. Alles andere war nicht zu ertragen.

»Aber ich habe gesehen, wie du sie mitgenommen hast.«

Er wurde ärgerlich. Spürte den alten Groll. Diesen Wegbegleiter der Lüge. Sie waren alle mitschuldig. Sie hatten ihm das Lügen viel zu leicht gemacht. Auch Isabelle.

»Du hast es gesagt, ja. Aber du schienst nicht dazu zu stehen. Es war wirklich schwer, dir zu glauben.«

Wenn sie ein wenig überzeugter aufgetreten wäre, wenn sie nicht so unsicher gewirkt hätte, dann hätte man auch ihm den Unsinn nicht geglaubt.

»Ich war verwirrt, ja. Aber ich habe keinen Moment daran gezweifelt, dass du Anouk mitgenommen hast. Ich hatte dich ja gesehen. Das mit der Brille war doch Quatsch. Hast du es geglaubt? Ich war immer ganz sicher, dass Luc Dubois an jenem Morgen sein Kind aus dem Wagen genommen hat.«

»Und warum hast du mir nicht widersprochen?«

Sie schien darüber nachzudenken, als sei es das erste Mal.

»Es war, weil du gelacht hast, als du zurückkamst. Du sahst aus, wie jemand, der eine schwierige Aufgabe gelöst hat – oder als hättest du gerade jemandem ein Schnippchen geschlagen. Ich dachte, du müsstest irgendeinen Plan haben. Ich dachte, du würdest mich bald ins Vertrauen ziehen. Du musstest doch einen Grund haben, nicht die Wahrheit zu sagen. Und als sie mich dann in die Zange nahmen, wegen der Brille, und ich merkte, dass sie mich verdächtigten, da sagte ich aus lauter Angst, ich könnte mich geirrt haben, es könnte vielleicht auch jemand anders gewesen sein. Aber das war gelogen. Ich war immer ganz sicher, dass du es warst.«

Ja, so musste es gewesen sein. So hatte er es sich auch erklärt. Oder so ähnlich. Isabelle hatte ihn viel zu sehr bewundert. Sie hatte nicht den Mut gehabt, ihm zu widersprechen. Und als sie merkte, wie sehr ihr das schadete, als sie selber verdächtigt und beschuldigt und durch den Dreck gezogen wurde, da war es zu spät. Als sie einmal gelogen hatte, konnte sie nicht mehr zurück, genau wie er.

Sie schwieg und schien darauf zu warten, dass er etwas sagte. Als nichts kam, fuhr sie fort.

»Der arme Jean-Paul. Glaub mir, ich wollte ihn nicht beschuldigen. Aber sie haben mich so bedrängt.

Wer könnte es gewesen sein? Wen könnte ich mit dir verwechselt haben? Ich dachte, es würde dir helfen, wenn sie Jean-Paul befragten. Dann würde noch etwas Zeit vergehen, bevor alles aufgeklärt wäre. Aber ich habe mich mit dieser Lüge unglaubwürdig gemacht. Danach hat mir niemand mehr getraut.«

Er hatte auch gelogen, aber ihm hatten sie nie misstraut.

»Ich habe lange darauf gewartet, dass du mich erlösen würdest. Ich glaubte, dass du alles erklären könntest. Ich dachte, du brauchtest Zeit, um dir etwas auszudenken oder um deinen Plan zu Ende zu führen.«

»Was für einen Plan?«

»Ich glaubte, dass du Anouk irgendwohin gebracht hast. Sie jemandem übergeben hast, deiner Mutter vielleicht oder einer Freundin. Ich habe das die ganze Zeit geglaubt.«

Er sah sie nur an. Sprachlos vor Verblüffung.

»Ich dachte, du hättest sie Andreas Einfluss entziehen wollen. Oder etwas bei ihr erreichen, sie unter Druck setzen, sie zur Vernunft bringen, ihr klar machen, dass es so nicht weitergehen konnte, dass sie dem Kind schadete.«

Er nahm einen großen Schluck aus seinem Wasserglas.

»Du hast geglaubt ... geglaubt ...« Er probierte es noch einmal. »Du hast geglaubt, ich hätte mein eigenes Kind entführt. Um es vor seiner Mutter zu beschützen? Hast du das geglaubt?«

»Damals fand ich das gar nicht so schlimm. Im Gegenteil, ich wollte dich unterstützen. Deshalb habe ich mich so wenig verteidigt, als du sagtest, du hättest Anouk nicht mitgenommen. Ich fand es unerträglich, wie Andrea mit dem Kind umging. Anouk tat mir leid. Ich war überzeugt, dass Andrea eine unzumutbare Mutter war, der man das Kind wegnehmen müsste. Ihre Gefühle interessierten mich nicht. Ich stellte mir nicht vor, was es für sie bedeuten musste, wenn Anouk etwas zustoßen würde. Erst als ich selber Kinder hatte, ist mir das allmählich aufgegangen.«

»Aber ...«

»Ich habe euch streiten gehört. Ein paar Tage zuvor. Du sagtest, Andrea werde Anouk unglücklich machen mit ihren ewigen Ängsten. Du hast sie angeschrien. Es werde noch etwas wirklich Schlimmes geschehen, wenn sie nicht aufhöre, ständig den Teufel an die Wand zu malen. So könne ein Kind ja nicht normal aufwachsen. Du machst dem Kind selber Angst, hast du sie angebrüllt. Du machst sie verrückt.«

Es stimmte. Er hatte die Nerven verloren. Damals. Und es war nicht das erste Mal. Andrea machte nicht nur das Kind verrückt.

»Als ich dich dann sah, wie du zurückkamst, ohne das Kind, und wie du so erleichtert gelacht hast, da dachte ich ...«

Bitter stieg es ihm in die Kehle. Er war froh, dass er nichts gegessen hatte. So hatte sie das damals gesehen. So deutlich war das gewesen. Während er den Verständnisvollen spielte. Den geduldigen Ehemann, der seiner Frau in einer schwierigen Situation zur Seite stand. Dabei hatte sie ihn zur Verzweiflung getrieben mit ihren ständigen Ängsten und Befürchtungen, hatte ihm das Leben vergällt, die Freude an seinem Kind verdorben. So stand es damals zwischen ihm und seiner Frau. Ihre Ehe war am Ende, lange bevor Anouk verschwand. Er hatte immer versucht, das zu vergessen. Sie hatten beide so getan, als wäre es das Unglück gewesen, das sie entzweit hatte. Trotzdem schien ihm jetzt Isabelles Verdacht monströs. Hatte sie ihm das zugetraut?

»Hast du wirklich geglaubt, dass ich Andrea das angetan habe? Nachdem sie so viel auf sich genommen hat, um das Kind zu bekommen.«

»Ich war jung und dumm. Ich wusste nichts von den Gefühlen einer Mutter. Ich fand Andrea schrecklich. Und du hast immer mitgelacht, wenn ich gelästert habe.«

Es stimmte. Seine Frau war ihm peinlich geworden. Er hätte sie verlassen, wenn da nicht Anouk gewesen wäre. Dabei war sie doch wegen Anouk so geworden. So hysterisch und so fett. Auch deshalb konnte er sie nicht verlassen. Irgendwie fühlte er sich mitschuldig.

Aber er schämte sich ihrer. Und das vervielfachte die Schuld.

»Heute kann ich das selber nicht mehr begreifen. Ich war eine Göre, une gosse. Ich hatte keine Ahnung vom Leben. Aber du, du hättest wissen müssen, was du ihr angetan hast, mit deinem Schweigen, mit deiner Lüge, du warst ein erwachsener Mann, ein Familienvater.«

Was konnte er darauf sagen? Natürlich hatte er es gewusst. Andrea musste erfahren, dass ihr Kind tot war. Das wusste er vom ersten Moment an, von jenem eingefrorenen Atemzug an, als er Anouks Kopf sah, den kleinen Kopf mit den Engelshärchen und den blauen Augen, der so seltsam schlaff herab baumelte. Andrea musste es erfahren. So schnell wie möglich. Aber nicht von ihm. Nicht von ihm. Und als er einmal angefangen hatte, zu lügen, konnte er nicht damit aufhören.

»Ich war ganz sicher, dass Anouk schnell gefunden würde. Dass alles sich aufklären, ich alles erklären würde. Ich hatte ja keine Spuren verwischt. Die Gendarmen waren mit Hunden im Wald. Aber dann kam schon in der ersten Nacht dieses Gewitter, erinnerst du dich, und hat alles weggewaschen.«

Die Mausgesichtige schien am Nebentisch noch etwas erledigen zu müssen.

»Könnte ich einen Eiskaffee bekommen?«, rief Isabelle hinüber.

»Einen Eiskaffee. Gerne.«

»Entschuldige. Ich muss etwas essen«, sagte sie. »Wenigstens einen Nachtisch.« Sie versuchte ein Lächeln.

»Es war ein Fehler«, sagte Luc. »Es war die Versuchung eines Augenblicks, der ich nachgegeben habe. Es war falsch. Und irgendwann gab es kein Zurück mehr.«

»Bist du dir da ganz sicher?«

»Es ging alles so leicht. Als ob sich alle und alles für mich verschworen hätten, nicht gegen mich, sondern für mich. Verstehst du? Ich wartete verzweifelt auf eine Gelegenheit, endlich die Wahrheit gestehen zu müssen. Aber diese Gelegenheit kam nicht. Und je länger sie ausblieb, desto unmöglicher wurde es.«

»Und warum hast du nicht einfach so die Wahrheit gesagt? Zum Beispiel als sie mich beschuldigten?«

Er hatte es sich überlegt. Aber es war schon zu spät.

»Als sie Anouk nicht fanden, auch nach Tagen nicht, und die Suche einstellten, obwohl Andrea unter Tränen protestierte, da begann ich zu begreifen, in was ich mich hineinmanövriert hatte. Und da sah ich keinen Ausweg mehr. Als Jean-Paul dann behauptete, er habe mich mit Anouk gesehen, bekam ich zum ersten Mal Angst, entdeckt zu werden. Ich stellte mir vor, wie die Ermittler der Sache nachgingen, die Flanke des Saint-Boniface noch einmal absuchten. Sie würden an einem Steilhang ein totes Kind finden, das hier schon seit Tagen im Wald lag. Ein Kind mit gebrochenem Genick, das jemand einfach hatte liegen lassen. Sie mussten denken, dass es jemand dort hinuntergeworfen hatte. Vielleicht nachdem er es ermordet hatte. Und würde man mir dann noch glauben, dass es ein Unfall war? Nachdem ich so lange gelogen hatte.«

»Hat Jean-Paul dich denn wirklich gesehen?«

»Es konnte gut sein. Es war ohnehin unwahrscheinlich, dass niemand mich gesehen hat. Jean-Pauls Angaben stimmten ziemlich genau. Vielleicht war das Alibi der Cousine doch falsch.«

»Vielleicht war es auch echt«, sagte Isabelle. »Das Haus der Cousine liegt zwar nicht an der Straße zum Boniface hinauf, aber eine Seite des Gartens grenzt daran. Ich habe immer gedacht, dass Jean-Paul dich gesehen haben konnte. Zum Beispiel, wenn er hinausging, um in den Garten zu pinkeln. Das hat er doch oft gemacht, wenn er betrunken war.«

»Wirklich?« Luc musste beinahe lachen. »Aber er ist nie mehr darauf zurückgekommen. Dass er mich gesehen hat, meine ich.«

»Es hätte ihm ja doch keiner geglaubt. Und vielleicht wäre es ihm peinlich gewesen.«

»Mir hätte es Angst gemacht.«

Deshalb hatte er angefangen, Jean-Pauls Unschuld zu verteidigen, wenn Andrea wieder davon anfing, dass er der Entführer sein musste. Er hat sie jemandem gegeben. Vielleicht hat er sie verkauft! Andrea hatte irgendwo eine Geschichte gelesen, in welcher ein kinderloses Ehepaar einen Obdachlosen angeheuert hatte, um für sie ein Baby zu stehlen. Konnte es nicht so gewesen sein? Musste es nicht so gewesen sein? Wer sonst könnte Anouk entführt haben? Er war es nicht, glaub mir, ich weiß es.

Da war die Geschichte in eine neue Phase getreten. Sie fanden Anouk nicht. Und sie verfolgten lauter falsche Spuren. Er konnte sich nicht erklären, warum. Er konnte es sich bis heute nicht erklären. Vielleicht war wirklich das Unwetter in jener ersten Nacht der Grund. Vielleicht hatte ein Sturzbach alles mitgerissen und irgendwo hingeschwemmt, das kleine Bett aus Stein und alles, was darin war. Oder die Suchhunde hatten sich nicht den steilen Abhang hinuntergewagt, den er hinabgerutscht war auf seinem Rucksack, wie auf einem Schlitten. Vielleicht war alles einfach Zufall. Glück oder Pech. Es spielte keine Rolle mehr. Sie fanden Anouk nicht und sie glaubten, dass sie entführt worden war. Und je länger das andauerte, umso besser war es für ihn. Er hatte es nicht gewollt und anfangs hatte er nur wenig dazu beigetragen. Er hatte einfach nur hartnäckig diese eine Lüge wiederholt. Ich war beim Wasserfall. Ich habe Anouk nicht mitgenommen. Und irgendwann hatte er das so oft getan, dass er nicht mehr zurückkonnte. Wer würde ihm glauben, nachdem er so oft gelogen hatte? Und war es nicht eine ganz und gar unglaubwürdige Lüge? Warum sollte er gelogen haben, wenn es doch ein Unfall war? Dafür gab es keine Erklärung. Jetzt musste er es durchziehen. Weiter lügen. Und da war es besser, wenn Jean-Paul nicht noch einmal befragt wurde. Deshalb hatte er Jean-Paul in Schutz genommen. Und damit seine eigene Unschuld doppelt bestätigt. Wer würde einen Verdächtigen entschuldigen, wenn er selber der Täter war?

»Ausgerechnet du wurdest nie verdächtigt.«

»Am Anfang war ich der Verdächtige.«

»Das war schnell vorbei. Danach sind alle andern drangekommen.«

Er schwieg, ließ den Vorwurf über den halbgeleerten Gläsern hängen. War es denn seine Schuld? Wenn man ihn weiter verdächtigt hätte, wenn die Ermittlungen auch nur ein wenig näher an die Wahrheit herangekommen wären, wenn Isabelle bei ihrer Aussage geblieben wäre, er war es, Lukas Oberholzer, Luc Dubois, er hat Anouk mitgenommen und ist in Richtung Saint-Boniface hinaufgewandert, dann hätten sie Anouk doch finden müssen und dann hätte er die Wahrheit sagen können. Er hatte ja nichts Böses getan.

»Du hast uns alle hängen lassen.«

Er hielt das Weinglas in der Hand und ließ den roten Rest darin kreisen. Was hätte er denn tun können?

»Ich habe erwartet, dass du etwas unternimmst, um mich zu retten, dass du sagen würdest, dass ich mich nicht getäuscht und dass ich nicht gelogen hatte. Das war natürlich naiv.«

»Um dich zu retten, hätte ich die Wahrheit erzählen müssen. Und die hätte mir mit der Zeit niemand mehr geglaubt.«

»Vielleicht. Aber ich wusste, dass du logst und dass ich dafür leiden musste. Und mit mir meine Eltern und Jean-Paul.«

»Eine Zeit lang hoffte ich, dass sich etwas ergeben würde, eine Spur, ein Beweis. Ich stellte mir vor, dass jemand etwas gefunden hatte, das mich überführte, etwas, das ich verloren hatte, und das mich verriet. Oder dass sich plötzlich ein Zeuge meldete, ein glaubwürdiger Zeuge, ein Mann aus dem Dorf, der nichts mit uns zu tun hatte. Ich stellte ihn mir vor, diesen Zeugen, wie er vor dem Untersuchungsrichter sagte: Aber ganz sicher, Monsieur le Juge, das war Herr Oberholzer. Ich habe ihn kurz vor elf im Wald oben angetroffen, bei der Abzweigung zur Kanzel. Er trug das Kind auf dem Rücken. Aber das geschah natürlich nicht. Ich hatte niemanden angetroffen.«

Die Maus war wieder da. Sie stellte eine Art Kelch vor Isabelle ab, matt wie angelaufenes Silber. Ein Sahneberg verbarg den Inhalt.

»Je länger ich mir solche Sachen ausdachte, desto

größer wurde meine Angst vor der Wahrheit und vor ihren Folgen.«

»Und als es einmal ein wenig brenzlig für dich wurde, hast du mich verraten, um deinen Kopf zu retten.«

»Das ist nicht wahr. Das habe ich dir doch schon erklärt. Es ging nicht um meinen Kopf. Jedenfalls nicht nur.« Hörte sie ihm nicht zu?

»Ich dachte, wir wären Komplizen«, sagte Isabelle. »Ich wusste nicht, wobei. Aber am Anfang war ich stolz darauf. Wir waren in die gleiche Sache verwickelt, eine gemeinsame Sache. Ich war sicher, dass du mich retten würdest. Und dann hast du mich fallen lassen und mich bei der Polizei verpfiffen.«

Verräter, hatte Denise als Glückwunsch geschrieben.

»Es war ungeschickt«, sagte er. »Ich wollte dir nicht schaden. Ich habe versucht, uns alle drei zu retten, nicht nur mich. Sie fragten, weshalb du auf Andrea eifersüchtig sein könntest. Verstehst du? Sie fragten das mit einem anzüglichen Unterton. Stell dir vor, sie hätten eine Dreiecksgeschichte daraus gemacht!«

Sie reagierte nicht auf dieses Argument, stocherte in ihrem Eiskaffee.

Er war doch selber am meisten erschrocken, als er die Schlussfolgerung in der Zeitung las. Das Mädchen, das sich alles erlauben durfte, weil es nicht schwanger werden konnte. Und deshalb ein liederliches Geschöpf sein musste. Und sie hatte geglaubt, er werde sie retten.

»Es tut mir leid«, sagte er.

»Ich weiß, das hast du schon einmal gesagt. Aber damals, für mich, war dein Verrat schlimmer als alles andere. Du warst mein Held und mein Ritter.«

Ich weiß, wollte auch er sagen, aber er schluckte es hinunter zu all der Bitterkeit, die er dort schon lange angesammelt hatte. Sie hatte ihn bewundert, Luc Dubois, den Schriftsteller, den Autor, ihr Vorbild. Sie hatte für ihn geschwärmt, hatte für ihn ein Liebesgedicht geschrieben ...

Erschrocken sah er auf und begegnete ihren grünen Augen.

Sie hatte das Gedicht mit seinem Kommentar. Von seiner Hand geschrieben. Und darunter Datum und Uhrzeit. Das musste er zuerst begreifen, hinunterschlucken.

»Aber«, sagte er dann, »warum ...?« Er brach ab und begann von Neuem. »Das Gedicht ... Du hättest es beweisen können.«

Jetzt schaute sie angestrengt in ihren Eiskaffee, rührte ein Stücklein Vanilleeis um und um, sah zu, wie es kleiner wurde, kleiner und doch immer noch da war.

Sie hatte den Beweis in der Hand gehabt. Die ganze Zeit. Er konnte es nicht fassen.

»Ich habe mir so oft gewünscht, dass du an jenem Tag deine Brille aufgehabt hättest, dann hätte niemand deine Aussage angezweifelt. Oder dass du entschiedener aufgetreten wärst. Wenn du einfach darauf beharrt hättest, dass ich es war, der mit Anouk fortgegangen ist. Wenn du dich nicht so hättest einschüchtern lassen, dann wäre mir, wäre uns so viel erspart geblieben. Dann hätte Andrea um das Kind trauern können. Und wir hätten Anouk begraben.«

Und er wäre nicht in die Klinik gekommen, weil er versucht hatte, sich umzubringen.

»Ja«, sagte sie, »ich hätte auch mir viel erspart.«

»Und warum? Warum bist du nicht mit diesem Brief zur Polizei gegangen?«

Hatte sie ihn schonen wollen?

»Es dauerte eine ganze Weile, bis ich überhaupt begriff, dass dieser Brief ein Beweisstück war. Zuerst habe ich ihn einfach vergessen. Ich war so durcheinander und aufgewühlt. Erst Tage später fand ich ihn zufällig in dem Rucksack, den ich an jenem Tag dabeigehabt hatte. Und es dauerte noch einmal ein paar Tage, bis ich mich überwinden konnte, ihn wieder zu lesen. Und da erst dämmerte es mir, was ich in Händen hielt.«

Sie schwieg nachdenklich, nippte vom Eiskaffee.

»Aber du hast auch dann nichts gemacht?«

»Weißt du, wie schrecklich es für mich gewesen wäre?«

Er stellte das Glas ab, in dem er immer noch den Wein hatte kreisen lassen.

Sie hatte ihre Texte versteckt, wie etwas Unanständiges. Niemand durfte wissen, dass sie schrieb. Du musst dich dem Urteil der anderen stellen, hatte er sie ermuntert. Nur so kannst du dich weiter entwickeln. Aber sie hatte Angst, nicht zu genügen, Angst vor den Lesern, dem Publikum, der Öffentlichkeit.

»Weil es dein Coming-out als junge Schriftstellerin geworden wäre?«

Isabelle schnaubte verächtlich und gab keine Antwort.

Er kannte das aus seinen Kursen. Unerfahrene Autoren wollten nicht begreifen, dass sie selber sich im Weg standen, dass es der innere Kritiker war, der ihre Texte schlecht redete und sie nach der Lesung auspfiff, nicht das unverständige Publikum.

Damals konnte er es verstehen. Isabelle war eine Fremde dort unten. Ihre Jugendfreundinnen hatte sie in der Schweiz zurückgelassen und am neuen Ort keine mehr gefunden. Ihre Lehrer sahen vielleicht ihr Talent, aber sie bemängelten ihr Französisch. Und ihrer Leidenschaft für das Schreiben ging sie ohnehin in einer fremden Sprache nach. Niemand lehnte sie ab, aber sie gehörte auch nicht wirklich dazu. Jedenfalls glaubte sie, sie könne es sich nicht leisten, aufzufallen und Kritik auf sich zu ziehen. Und genau das war ihr dann passiert. Aus ganz anderen Gründen und viel schlimmer, als sie es sich je hätte ausmalen können. Und ohne ihre Schuld.

»Wäre das nicht das kleinere Übel gewesen?«, fragte er, immer noch ungläubig.

»Was?«

»Dass alle erfahren hätten, dass du schreiben wolltest, dass du eine Dichterin, eine Schriftstellerin warst.«

Sie seufzte und schüttelte den Kopf. Beinahe belustigt. Als wäre er ein wenig begriffsstutzig.

»Wenn es nur das gewesen wäre, hätte ich es vermutlich in Kauf genommen, als das kleinere Übel, wie du sagst. Aber als ich diesen Brief endlich gelesen habe, bin ich furchtbar erschrocken. Er hätte dich wahrscheinlich gezwungen, zu gestehen, die Wahrheit zu sagen. Aber der Preis wäre für mich höher gewesen als für dich.«

»Mit dem Brief hättest du das ganze Gerede stoppen können.«

Sie löste den Blick vom Eiskaffee und sah ihm in die Augen.

»Ja. Wenn es nur nicht gerade dieses Gedicht gewesen wäre, das du an jenem Tag kommentiert hast. Sollten alle dieses Gedicht in der Zeitung abgedruckt sehen?«

Sie ließ die Frage zwischen ihnen hängen. Er kannte die Antwort. Es war ein Liebesgedicht. Und es war leicht zu begreifen, für wen sie es geschrieben hatte. Ihm fiel seine geschmeidige Antwort auf ihre zweideutige Frage ein und er fühlte, seine Ohren heiß werden.

»Stell dir vor, eine Liebeserklärung an einen zwanzig Jahre älteren, verheirateten Mann. Öffentlich, in der Zeitung abgedruckt. Ich wäre dort unten eine neue Monica Lewinsky geworden. Und Armand hätte mich totgeschlagen.«

Er nickte. Natürlich hätte Armand sie nicht totgeschlagen. Er hätte gebrüllt und womöglich den Tag verflucht, an welchem er die Mutter dieser Schlampe, dieses Kuckuckskindes geheiratet hatte. Und dann hätte er sich wieder beruhigt und versucht, den Schaden zu begrenzen, auch wenn das schwierig war. Aber Isabelle wäre dort unten verdammt und verfemt gewesen auf alle Zeiten, hätte sich so gut wie tot gefühlt. Und sich zu Tode geschämt. Wie Jean-Paul.

»Und deshalb bist du nicht zur Polizei gegangen.«

»Der Brief hätte dich zu einem Geständnis gezwungen. Zum Geständnis, dass du dein eigenes Kind entführt hast. Das wäre ein unvergesslicher Skandal geworden. Aber dann wärst du abgereist und nie wieder in die Gegend gekommen. Und ich wäre geblieben und fortan die Schlampe gewesen, la gigolette, die dem Entführer Liebesbriefe schrieb.«

Sie hatte recht. Sie hatte allen Grund gehabt, ihn nicht zu verraten. Um sich selber zu schützen. Nicht um ihn zu schonen. Aber sie war von falschen

Annahmen ausgegangen. Er hatte sein Kind nicht entführt. Anouk war tot. Aber das hatte bis heute nur er gewusst.

»Es war falsch. Heute weiß ich, dass ich es hätte tun müssen. Trotz allem. Dann wäre es erledigt gewesen. So habe ich mir jahrelang Vorwürfe gemacht. Wenigstens das hätte ich mir erspart.«

»Es hätte uns allen viel erspart.«

Er dachte an Andrea, an Jean-Paul. Und an sich selber. Die Schuldgefühle, die Zweifel, der Zusammenbruch, die Monate in der Klinik.

»Ich habe mich damals entschieden, nicht zu reden«, sagte Isabelle. »Vergiss nicht, wie jung ich war! Aber ich habe die ganze Zeit darauf gewartet, dass du irgendwann einmal reden würdest. Dass du wenigstens Andrea die Wahrheit sagen würdest. Aber Andrea sucht immer noch nach Anouk.«

Er hatte es nie jemandem erzählt, keinem Menschen, nicht einmal dem geduldigen und klugen Therapeuten, der ihn drei Jahre lang begleitet, ihn aufgerichtet, aufgebaut, gestärkt und wieder ins Leben entlassen hatte. Und der immer sagte, Sie verschweigen mir etwas, Herr Oberholzer, etwas sehr Schmerzhaftes.

»Ich konnte nicht. Ich habe es all die Jahre niemandem erzählt. Aber es wäre eine Erlösung gewesen, wenn jemand mich gezwungen hätte, die

Wahrheit zu sagen. Es wäre eine Erlösung gewesen, wenn du mich verraten hättest. Für uns alle.«

Sie nickte. Lange schwiegen sie einfach. Er hing den Gedanken nach, die er so gut verschlossen hatte, eingeschlossen in einem geheimen Winkel seiner finsteren Seele, eingekerkert, wie ein geraubtes Kind in einem Verlies. War es klug, nach so langer Zeit das Gefängnis zu öffnen?

»Ich weiß«, sagte sie, »heute weiß ich das, aber damals habe ich vor allem an mich gedacht. Und irgendwann war es zu spät.«

Sie stockte, als hätte sie einen Fehler bemerkt. Dann sagte sie leise: »Wenn ich gewusst hätte, dass Anouk ...«

Er fühlte, wie die Starre sich wieder in ihm ausbreitete. Innen. Die Starre und die Dunkelheit. Während er nach außen hin weiter funktionierte. Den Wein im Glas kreisen ließ. Kluge Fragen stellte und klare Antworten gab. Wie damals.

»Und jetzt, wo du es weißt?«, fragte er. »Würde es dir heute noch etwas ausmachen, zu deinem Gedicht zu stehen, zu deiner Verliebtheit in einen zwanzig Jahre älteren Mann?«

Sie schüttelte den Kopf.

»Eine Jugendsünde, die ich sogar meinen Studenten erzählen könnte. Nicht ohne Stolz übrigens.«

Sie lächelte sogar. Für sie war es vorbei. Eine Jugendsünde. Sie hatte sich vor zwanzig Jahren in ihr

Idol verknallt. Sie hatte den gleichen Fehler gemacht, wie Monica Lewinsky. Aber ihr Fehler war vor der Welt verborgen geblieben. Er spielte längst keine Rolle mehr.

»Wirst du es tun?«

»Was tun?«

»Dazu stehen. Dem Untersuchungsrichter den Brief unter die Nase halten.«

Sie schwieg, zögerte, schien abzuwägen.

»Oder du könntest ihn Andrea schicken. Sie wird wissen, was damit zu tun ist.«

Das wäre ein éclat, wie die Franzosen sagen. Eine Eruption. Ein Erdrutsch. Noch einmal würden die Zeitungen berichten, sich überschlagen in Vermutungen, Unterstellungen. Und diesmal wäre es nicht mehr nur La Feuille, diesmal würden auch die sozialen Medien mitspielen. Und er, Luc Dubois, der große Lügner, müsste endlich gestehen. Alle würden es erfahren.

»Was würde es bringen?«, fragte Isabelle.

»Ich müsste endlich die Wahrheit erzählen.«

Sie nickte. »Man könnte Anouk begraben. Auf einem Friedhof. Mit einem Gedenkstein zum Trauern.«

Er würde die Ermittler an den Ort führen. Hinaus aus dem Dorf und vorbei am Friedhof. In den Wald hinein, wo die Elstern und Eichelhäher warnten und zwischen dünnen Stämmen Mückenwolken hingen. Oder wären da jetzt die weißen Schmetterlinge wie

Schneeflocken im Sommer? Nur ein Stück aufwärts. Ob es den Picknickplatz noch gab? Tisch und Bänke waren doch längst verrottet, vermodert, zerfallen. Aber vielleicht hatte man neue aufgestellt. Er war nie mehr dort gewesen. Und es spielte keine Rolle. Er musste die Männer weiter hinauf führen. Zum Trampelpfad, der schmal und verborgen zur Kanzel abzweigte. Nach zwanzig Jahren war er vielleicht gar nicht mehr zu sehen, zugewachsen, weil niemand mehr dort hinaus ging. Die Felsnase war womöglich noch weiter abgebrochen. Ein Warnschild stand jetzt dort. Danger! Gefahr! Ein großes rotes X war auf einen Felsblock oder einen Baumstamm gemalt, das Zeichen für »Diesen Weg nicht gehen!«. Wie sollte er da die Stelle finden? War da überhaupt noch etwas zu finden? Weit unten am Hang. Reste von einem steinernen Sarg ohne Boden und ohne Deckel. Waren die nicht längst abgerutscht, hinuntergeschwemmt in den Bach. Mitsamt ...

»Glaubst du, dass man überhaupt noch etwas finden würde?«

»Vielleicht nicht. Aber l'affaire Anouk wäre endlich gelöst. Die Akte könnte geschlossen werden.«

»Würde man mir glauben? Dass es ein Unfall war. Einfach so. Ohne Beweise.«

In jener Nacht, bevor das Gewitter losbrach, jener Regenguss, der Andrea überzeugte, dass Gott auf der Seite des Entführers stehe, da hatte er zum ersten Mal daran gedacht, sich das Leben zu nehmen. Wenn sie Anouk zurückbrächten, wäre er schon tot. Er würde einen Brief hinterlassen, der alles erklärte, und die Beamten würden alles so vorfinden, wie er es beschrieben hatte. Die abgebrochene Felskante, die Rinne, die ein abrutschender Körper gezogen hatte und die an einem kleinen Grab endete, an Anouks Bettchen, wie er es im Abschiedsbrief nennen würde, wo das getötete Kind lag, in seinem weißen Schlafanzug. Slaap lekker, Anouk. Und an den Steinen und Ästen, aus welchen er das Bett gebaut hatte, würden sie seine Spuren finden. Hautschuppen, Haare, Fingerabdrücke von Luc Dubois, dem Vater des toten Kindes. Keine anderen. Und sogar sein Blut an der kleinen blauen Blume und auf dem weißen Schlafbody. Brauchte es noch einen Beweis? Aber dann kam der Regen. Alles hat sich verschworen, sagte Andrea, gegen uns und für den Kinderräuber. Sie hatte recht. Sie wusste nicht, wie recht sie hatte. Alles hatte sich für ihn verschworen. Er hatte eine Chance bekommen und dann noch eine. Und er hatte sich verführen lassen.

»Ich weiß es nicht. Vielleicht ließen sich Beweise finden. Ich glaube, die Technik ist da viel weiter ...«.

Sie brach ab. Sie schien verwirrt.

»Darum geht es doch gar nicht«, sagte sie dann.

»Und worum geht es? Warum sonst hast du das alles hier hervorgezerrt?«

»Es ging mir um Andrea. Ich wollte dich dazu bringen, es ihr zu sagen.«

»Ihr was zu sagen?«

»Das, was ich die ganze Zeit für die Wahrheit gehalten habe, dass du es warst, der das Kind entführt hat. Und dass es Anouk gut geht.«

Er machte eine überraschte Bewegung, stieß mit der Hand gegen ein Glas. Ein Wasserschwall ergoss sich über den Tisch und tropfte zu Boden. Aber er beachtete es nicht. War sie deshalb hergekommen?

»Du hast wirklich geglaubt, dass Anouk irgendwo lebt?«

Er hatte Andreas sture Überzeugung immer für absurd gehalten, für etwas Krankes, Monströses, das endlich aufhören sollte. Dabei war Andrea nicht allein gewesen mit dieser Vorstellung. Isabelle hatte sich zwanzig Jahre lang nichts anderes denken können. Und hatten nicht auch die Ermittler immer wieder neue Spuren verfolgt? Alle glaubten, dass Anouk entführt worden sei. Nur er wusste, dass Anouk tot war.

»Ich war sicher, dass du sie fortgebracht hattest. Und ich fand es in Ordnung. Ich erwartete, dass du rechtliche Schritte einleiten würdest, der Mutter das Erziehungsrecht entziehen oder irgend so etwas. Ich glaubte, dass das möglich sei. Und dann würdest du alles aufklären.«

»Und als das nicht geschah? Kamen dir da keine Zweifel?«

Sie zögerte und schien dann einen Entschluss zu fassen.

»Allmählich wurde mir natürlich klar, dass nicht alles so gewesen war, wie ich es mir ausgemalt hatte. Zuerst hat mich das nicht gestört. Ich hoffte einfach, dass Anouk glücklich war. Und ging es ihr nicht überall besser als in Andreas Nähe? Manchmal redete ich mir ein, dass alles aufgeklärt sei. Bis dann wieder neue Verdachtsmomente gefunden wurden und alles wieder von vorne losging. Aber auch das habe ich nicht immer mitbekommen. Oder erst, wenn es schon vorüber war. Ich war ja weit weg, hatte einen anderen Namen und war mit anderen Dingen beschäftigt. Ich sagte mir, dass es mich nichts anging. Ich hatte mein Studium und meinen Beruf, lernte meinen Mann kennen, heiratete. Mit der Zeit habe ich die Geschichte beinahe vergessen.«

Er wartete. Sie hatte es nicht vergessen.

»Erst als meine erste Tochter geboren wurde, vor sieben Jahren, da begann ich wieder, über all das nachzudenken. Das kleine Kind erinnerte mich an Anouk. Und ich selber konnte mich plötzlich in Andrea hineinversetzen. Ich stellte mir vor, dass man mir mein Kind wegnehmen würde. Dass es verschwunden wäre, und ich nicht wüsste, wo es ist. Manchmal war ich drauf und dran, mit dem Brief zur Polizei zu gehen.«

Ob sie den Brief überhaupt noch hatte? War es

nicht viel zu gefährlich, ihn aufzubewahren. Hatte sie ihn nicht gleich am Anfang vernichtet?

»Und warum hast du es nicht getan?«

»Ich sagte mir, dass es schlimm für Anouk wäre. Wenn sie nichts von ihrer Mutter wüsste, vielleicht eine andere Frau für ihre Mutter hielt, und plötzlich würde eine fremde Frau auftauchen ... Wie müsste das sein für eine Vierzehn- oder Fünfzehnjährige, wenn sie erfahren würde, dass alles ganz anders war, als sie geglaubt hatte, dass da eine andere Mutter war. Eine Mutter wie Andrea.«

Er versuchte, sich das vorzustellen. Ein junges Mädchen, seine Tochter, die plötzlich erfuhr, dass Andrea ...

»Das ist doch kein Argument«, sagte er kalt. »Mutter ist Mutter, auch wenn sie zu dick ist und verrückt.«

Isabelle sah ihn erschrocken an.

»Ich weiß«, sagte sie, »vor Gericht würden wir damit nicht durchkommen.«

Was für ein Gericht? Und warum sagte sie wir?

»Ich habe es immer wieder weggeschoben. Aber es hat mich nie in Ruhe gelassen. Und als ich dann hörte, dass du dich für unseren Autorenkurs hier verpflichtet hast, da ... da habe ich mich entschieden, herzukommen.«

»Und was willst du von mir?«

Es klang schroff und abweisend.

Sie sah ihn ratlos an.

»Ich weiß es nicht.«

»Wozu bist du dann hergekommen?«

»Ich wollte erfahren, wo Anouk ist. Ich wollte dich dazu bringen, mir die Geschichte zu erzählen.«

Das hatte sie erreicht. Sie hatte gewonnen. Er hatte es erzählt.

»Und ich wollte, dass du Andrea und Anouk zusammenbringst. Sie sollten voneinander erfahren und sich kennenlernen. Ich glaubte, dass ich das beiden schuldig sei. Dass du es ihnen schuldig seist ...«

Sie brach ab, kämpfte mit den Tränen.

Sie hatte ihr Ziel erreicht. Er hatte sein Geheimnis verraten. Das Rätsel war gelöst. Er hatte die Geschichte zu Ende erzählt. Aber es war nicht die Geschichte, die sie erwartet hatte.

»Es gibt keine Anouk«, sagte er tonlos. Nicht die Anouk, die sie sich vorgestellt hatte, die Andrea sich jeden Tag vorstellte.

»Anouk ist tot. Das ist die Wahrheit.«

17

»Andrea muss die Wahrheit erfahren«, sagte Isabelle und Luc schrak aus seinen Gedanken auf.

Wir sind noch nicht am Ende, dachte er. Das letzte Kapitel fehlt noch. Was wird Isabelle jetzt tun, wo sie die Wahrheit kennt?

»Hast du den Brief immer noch?«

Sie nickte. Vielleicht log sie.

»Was willst du damit machen?«

Sie zuckte mit den Schultern.

»Mein Mann wird wissen, was damit zu tun ist.«

»Dein Mann?« Daran hatte er nicht mehr gedacht. »Was ist er? Polizist?«

»Psychologe. Er arbeitet bei der Polizei.«

Ja, dachte Luc, vermutlich wird der Psychologe einen Weg finden. Die Wahrheit für eine betrogene Mutter. Aber würde es auch Genugtuung geben?

»Sie werden alles noch einmal aufrühren und umgraben. Die ganze Geschichte. Willst du das?«

»Es wäre das letzte Mal.«

»Und für wen wäre es gut? Für Jean-Paul?«

Sie dachte nach. Dann schüttelte sie den Kopf.

»Jean-Paul ist ein vieux fou, ein verrückter Alter, der manchmal zu viel trinkt. Ça suffit. Es ist schon mehr als genug. Dass er dazu noch ein Räuber und Kindermörder sein soll, hat im Dorf nie jemand geglaubt. Er braucht keine Rehabilitierung und sie würde ihm nicht helfen.«

»Aber für dich wäre es gut.« Sie sollte es doch zugeben. »Du wärst endlich entlastet. Isabelle Bernasconi hat nicht von einem Entführer abgelenkt. Sie hat von Anfang an die Wahrheit gesagt.«

Sie blickte erschrocken auf.

»Isabelle Bernasconi. Wer ist das?«, fragte sie und es klang beinahe wie eine echte Frage. »Sie würden nach ihr suchen und mich finden. Wie damals, als René verhaftet wurde. Und dann würden sie mir all diese Fragen stellen. Ist es wahr, dass Sie Isabelle Bernasconi heißen? Warum verstecken Sie sich, Madame? Und warum haben Sie so lange geschwiegen, Frau Gerber? Was hatten Sie denn zu verbergen?« Sie schüttelte heftig den Kopf. »Das hilft doch jetzt niemandem mehr.«

Sie stocherte wieder in ihrem Eiskaffee.

Half es wirklich niemandem mehr? Oder gab es einen Grund, das alles aufzurühren und die alte Geschichte neu zu erzählen.

»Außer Andrea«, sagte Isabelle leise. »Sie muss doch endlich die Wahrheit erfahren.«

Musste sie das? War es richtig, nach zwanzig Jahren voller Qual am Fundament dieses unerschütterlichen Glaubens zu rütteln und endlich die Hoffnung zu zerstören, die so viele Angriffe überstanden, die vielleicht Andrea überhaupt am Leben gehalten hatte?

Andrea, die vorgestern wie jedes Jahr Anouks Geburtstag feierte, würde aus ihrer Welt herausgerissen. Aus einer Welt, in der sie seit zwei Jahrzehnten hin und her lief wie ein Spürhund im Unterholz und nach ihrem Kind suchte. Diesem Kind, das nach all den Geburtstagen eine junge Frau geworden war, irgendwo lebte und nur darauf wartete, von seiner Mutter gefunden zu werden. Andrea würde jäh erfahren, dass Anouk seit zwanzig Jahren tot war, vom eigenen Vater zu Tode gebracht.

»Hat sie dich eigentlich nie verdächtigt.«

Sie hatte ihn beschuldigt, dass er sein Kind nicht geliebt habe, dass es ihm zu viel gewesen sei, ihn bei seiner Arbeit gestört, seine Karriere verhindert habe. Dass es ihm ganz recht sei, dass Anouk verschwunden war, dass er sie aufgegeben habe und einfach seine Ruhe wolle. Natürlich hatte sie ihn gefragt, woher er so genau wissen wollte, dass Anouk tot war. Aber wenn er sagte, er wisse es einfach, schien sie sich damit zufriedenzugeben.

»Ich glaube nicht«, sagte er.

»Eigentlich kann das gar nicht sein. Sie hat doch alle verdächtigt.«

Sie hatte die halbe Welt verdächtigt und für Anouks Verschwinden verantwortlich gemacht. Nur ihn nicht. Ohne zu zögern, hatte sie Isabelles Leben und Zukunft geopfert, Jean-Paul der öffentlichen Verachtung preisgegeben, Denises Ehe gefährdet, René von Interpol suchen lassen, sogar den tollpatschigen Nap zu einem kinderfressenden Untier stilisiert und nach zwanzig Jahren auch noch Anna ins Gerede gebracht. Sie hatte darauf bestanden, das Haus in Frankreich zu verkaufen, weil sie Geld für ihre Anwälte brauchte, die mit immer neuen Eingaben und Anträgen dafür sorgen mussten, dass die Suche nach Anouks Entführer niemals einschlief. Sie hatte ihre gesamten Ersparnisse drangegeben und die Freundschaft mit Anna und Armand zerstört. Aber ihn hatte sie nie verdächtigt. Isabelle hatte recht. Das konnte gar nicht sein.

»Vielleicht hat sie es geahnt«, sagte er. »Vielleicht wollte sie schon damals die Wahrheit nicht wissen.«

»Vielleicht hätte sie die Wahrheit einfach nicht ertragen können. Bestimmt fühlte sie sich schuldig.«

»Schuldig? Warum sollte sie?«

»Mütter fühlen sich immer schuldig, wenn es um ihr Kind geht. Und sie hatte viele Gründe, sich einzureden, dass sie die Entführung hätte verhindern können. Ist sie nicht zum Zahnarzt gegangen, obwohl sie ein schlechtes Gefühl dabei hatte? Und sie hat mir das Kind überlassen, obwohl sie mich für unzuverlässig hielt. Und hattest du nicht gesagt, dass Anouk wirklich etwas zustoßen werde, wenn sie nicht aufhöre, mit ihren Ängsten ein Unglück herbeizureden?«

War es also nötig, ihr jetzt die Wahrheit mit Gewalt einzuflößen? Wie einer Katze eine übelschmeckende Arznei. Andrea wollte gar nicht wissen, was mit

Anouk geschehen war. Sie hatte sich abgefunden, hatte sich in ihrem Leben eingerichtet, im Leben einer verzweifelten Mutter, die ihr Kind suchte. Sollte man sie aus diesem Traum herausreißen? Auch wenn es ein Albtraum war? War das nicht besser, als aufzuwachen, die Augen zu öffnen und festzustellen, dass sie seit vielen Jahren das Falsche getan hatte? Das Falsche getan und das Falsche geglaubt. Die Unschuldigen verdächtigt und verfolgt, ins Unglück gestürzt und in Schande gebracht, während der wahrhaft Schuldige die ganze Zeit da war, direkt vor ihrer Nase. Und sie hatte nichts gemerkt. Würde das jemand glauben? Würde sie selber es glauben? Berge aus Schuld hatte sie angehäuft, achtlos, ohne es zu bemerken. Und jetzt wollten sie sie mit der Nase darauf stoßen. Schau, was du angerichtet hast mit deiner Sturheit. Und dabei war sie doch selber das am schlimmsten beschädigte Opfer dieses ganzen Unglücks.

Sie sahen zu, wie der Mann am Stammtisch aufstand und seine Jacke anzog. Der Schäferhund trottete hinter ihm her, als er zum Ausgang ging. Der kleine Hund schoss unter dem Tisch hervor und kläffte schrill. Der Schäferhund schien es nicht zu bemerken.

Jemand trat an den Tisch und schenkte von dem Wein ein, der seit einer Weile wieder da stand.

Isabelle rührte sich nicht.

Luc wartete. Sein Herz klopfte hart und schnell.

»Für Andrea wäre es ein Schock«, sagte sie plötzlich.»Es könnte zu viel für sie sein. Wir wissen nicht, was dann passieren könnte.«

Etwas gab nach, tief innen, und verschwand in grauem Nebel.

Sie schwieg wieder, schien dem Gedanken nachzuspüren.

»Es ist zu spät«, sagte sie dann entschieden. »Wir hätten damals reden müssen. Jetzt können wir nur neues Leid heraufbeschwören.«

Sie hob ihr Glas und blickte hinein, ohne zu trinken. Dann setzte sie es wieder ab.

»Und wie könnte man uns verzeihen, dass wir so lange geschwiegen haben?«

»Dafür haben wir genug gebüßt«, sagte Luc.

»Ich weiß, dass das paradox klingt, aber ich bin froh, dass Anouk tot ist.« Sie brach erschrocken ab. »Ich meine natürlich nicht ...« Sie musste noch einmal anfangen. »Ich bin nicht froh darüber, dass sie tot ist, aber es ist besser so. Wenn du sie wirklich entführt und vor Andrea versteckt hättest, das wäre ein schreckliches Unrecht gewesen.«

Sie hatte recht. Das wäre ein großes Unrecht gewesen. Es war allerdings auch ein Unrecht gewesen, zu lügen und alle andern leiden, mit ihm und für ihn leiden zu lassen. Aber er hatte Anouk nicht entführt. Und er war auch kein Mörder. Er war ein Feigling und Verräter. Das ja. Aber ...

»Wir sind keine Verbrecher«, sagte Isabelle, »aber

wir haben so viel Schuld auf uns geladen. Und wir können es nicht wiedergutmachen.«

Sie sah ihn ratlos an.

Er hob die Schultern. »Irgendwann kann man nicht mehr zurück.«

»Dann müssen wir mit den Lügen weiterleben.«

Luc schwenkte wieder den Wein in seinem Glas. Sah zu, wie die schöne Flüssigkeit sich drehte. Er war nicht sicher.

»Man trägt schwer daran«, sagte er.

»An den Lügen?«

»Ja, und auch an der Wahrheit.«

»Entschuldigen Sie, Frau Gerber. Ich will nicht stören, aber ...« Der grauköpfige Wirt war an ihren Tisch getreten. »War etwas mit dem Essen? Sie haben gar nicht ...«

»Es war wunderbar, wie immer«, sagte Isabelle schnell. »Wir haben über alte Zeiten gesprochen und das Essen ganz vergessen.«

»Da bin ich froh«, sagte der Wirt. »Ich habe schon befürchtet, dass Sie nächstes Jahr nicht mehr kommen würden. Ich verliere nicht gern so treue Gäste wie Sie.«

»Machen Sie sich keine Sorgen. Ich komme bestimmt wieder. Und Herr Dubois wird hoffentlich auch wieder da sein. Nicht wahr, Luc?«

Merkt er nicht, dass sie heuchelt, fragte sich Luc.

Wie kann sie wissen, wie das Essen schmeckte, wenn sie es gar nicht probiert hat?

Er ignorierte ihre Frage und wandte sich an den Wirt.

»Ich habe mich bei Ihnen sehr wohl gefühlt.«

Auch das war gelogen. Er dachte an die schlaflosen Nächte und den Fisch, den er ungenießbar gemacht hatte. Aber dafür konnte der Mann ja nichts, was sollte er ihn damit beunruhigen.

18

»Und«, fragte Isabelle, nachdem der Wirt wieder Richtung Küche verschwunden war, nicht ohne zwei Espresso auf Kosten des Hauses in Aussicht zu stellen, »darf ich dich für das nächste Kursjahr engagieren?«

Es kam überraschend. Wollte er es?

»Vier Veranstaltungen?«, fragte er.

»Voraussichtlich, ja. Vielleicht werden es fünf.«

»Zu den gleichen Bedingungen?«

»Auf jeden Fall.«

»Würde die Hochschule auch einen Flug bezahlen, wenn mir die Zugreise zu anstrengend wäre? Und einen Mietwagen hier herauf?«

»Den Flug bestimmt. Über den Mietwagen müssten wir uns noch unterhalten. Aber warum nicht.«

»Und ich könnte wieder hier im Hotel wohnen und essen?« Fern von den Studierenden, sonst würde er nicht kommen.

»Den Wirt würde es freuen.«

»Wirst du auch hier sein?«

Sie hob unbestimmt die Schultern.

Die Maus war herbeigehuscht und stellte zwei Espressotassen und eine kleine Schale mit Pralinen und Konfekt auf den Tisch.

Der Duft von Kaffee und Schokolade stieg auf wie ein frischer Wind an einem heißen Tag. Luc griff dankbar nach einem schokofarbenen Würfel mit sechs weißen Punkten aus Zuckerguss. Er spürte plötzlich, dass er nichts gegessen hatte.

»Der ist für Falschspieler«, sagte Isabelle und zeigte auf den Würfel. Luc drehte ihn um. Der Würfel hatte auf allen Seiten sechs Punkte.

Luc biss die Hälfte ab, kaute genüsslich, setzte eine Kennermiene auf und ließ sich Zeit. Eigentlich sprach nichts dagegen.

Er nahm sich ein Pralinenherz.

Er konnte das Honorar gebrauchen. Und die Abende hier würden ruhig sein. Das Rätsel war gelöst, die Geschichte erzählt. Nächstes Mal dürfte es höchstens für einen Epilog reichen. Und, fiel ihm mit einem Anflug von Besorgnis ein, es würde nicht schaden, Isabelle im Auge zu behalten.

»Ich komme gerne wieder«, sagte er in einem plötzlichen Entschluss, »aber nur, wenn ich jeden Abend mit Madame la Directrice speisen darf.«

Ende